MOHAMMED
HANIF

ROTE VÖGEL

ROMAN

Aus dem Englischen
von Michael Schickenberg

HOFFMANN UND CAMPE

Die Originalausgabe erschien 2018 unter dem Titel *Red Birds*
bei Bloomsbury Publishing, London.

Die Arbeit des Übersetzers am vorliegenden Text wurde vom
Deutschen Übersetzerfonds gefördert.

Die Übersetzung aus dem Englischen wurde mit Mitteln des Auswärtigen
Amts unterstützt durch Litprom e.V. – Literaturen der Welt.

LITPROM
LITERATUREN
DER WELT

1. Auflage 2019

www.hoca.de
Umschlaggestaltung: © Lübbecke Naumann Thoben, Köln
Umschlagabbildungen: mauritius images / Solvin Zankl,
mauritius images / PJF Military Collection / Alamy,
Holger / Fotolia
Satz: Pinkuin Satz und Datentechnik, Berlin
Gesetzt aus der Berling und der DIN Alternate
Druck und Bindung: GGP Media GmbH, Pößneck
Printed in Germany
ISBN 978-3-455-00516-5

HOFFMANN
UND CAMPE

Ein Unternehmen der
GANSKE VERLAGSGRUPPE

FÜR NIMRA & POPPY

جاں پھولاں تاں لال

»Und blicke ich hindurch,
ist es rot.«

SHAH HUSSAIN
(MADHU LAL HUSSAIN)

»Irgendwas ist jedem passiert,
und wenn es noch nicht passiert ist,
wird es passieren. Nur eine Frage der Zeit.«

»Bitte nehmen Sie Platz und
schalten Sie Ihre Handys aus.
Gleich geht's los.«

SABEEN MAHMUD
(1975 – 2015)

IN
DER
WÜSTE

KAPITEL 1
ELLIE

Am dritten Tag finde ich das Flugzeug. Ich hatte nach etwas zu essen oder trinken gesucht, egal was, Hauptsache, Kalorien. Mir ist klar, dass ich mit den kümmerlichen Rationen meines Überlebenspakets nicht lange durchhalten werde. Als ich zu mir gekommen war, hatte ich nur noch einen zerrissenen Fallschirm und eine Dienstsonnenbrille am zerschundenen Leib gehabt. Die Roving Angels waren bestimmt schon unterwegs, um mich zu retten, aber manchmal brauchen Engel eine Weile, und für eine erfolgreiche Rettung muss ich am Leben bleiben.

Noch einmal öffne ich den Reißverschluss des Überlebenspakets und inspiziere den Inhalt, die Dinge, die mich am Leben halten werden.

Vier Energieriegel.

Zwei Vitamin-Smoothies.

Eine Rolle Verbandswatte.

Eine Mullbinde.

Nadel und Faden.

Sie geben dir einen 65-Millionen-Dollar-Flieger, dazu eine supersmarte leitstrahlgelenkte Bombe, an der irgendein Lichtwellenreiter in Salt Lake City jahrelang rumgetüftelt hat, du verbrennst knapp sechzig Liter Treibstoff pro Sekunde, aber wenn du am Arsch bist, erwarten sie von dir, dass du mit vier

Energieriegeln und einem Bio-Smoothie durchkommst. Und, schau an, mit einer Minipackung After Eight. Da hat sich aber jemand wirklich Mühe gegeben, mir den Komfort eines Drei-Sterne-Hotels zu bieten. Noch ein Handtuch? Bitte sehr, natürlich. Und jetzt hau ab und stirb.

Ich blicke nach unten und stelle fest, dass mein linker Stiefel, mein Fliegerstiefel, mit Blut beschmiert ist. Ich betaste meine Stirn, bewege Arme und Beine: nichts gebrochen. Ich wackele in den Stiefeln mit den Zehen: alles gut, da blutet nichts. Perfekte Landung. Meine Überlebenschancen lägen höher, wenn ich jetzt noch das Flugzeug finden würde, oder besser, die Überreste dieser 65-Millionen-Dollar-Maschine. Komm schon. Taschen auf Hinweise durchsuchen. Nichts. Topographische Übersichtskarten. Ein Kugelschreiber. Mehrere Nieten. Die müssen immer dabei sein, nur für den Fall. So ein paar Nieten schaden nie, wenn man sich in der Wüste verirrt hat.

In der Brusttasche Sand. Ein halb fertiger, genau genommen erst angefangener Brief. *Liebste Cath, ich schreibe dies schweren Herzens …*

Ich stehe unter Schock, es wird mir schon wieder einfallen. Fürs Erste alle Hinweise aufbewahren, den Standort bestimmen …

Auf meinem Namensschild steht *Ellie,* um meinen Hals baumelt eine Sauerstoffmaske. Mein Fliegeranzug weist keine Rangabzeichen auf, wie immer bei Kampfeinsätzen. Ein Captain stünde jedoch in der Rangordnung zu weit unten, um ohne Formation zu fliegen, und die meisten Colonels sind zu weit oben und zu vernünftig, um plötzlich planlos in der Wüste zu stehen. Also, darf ich vorstellen: Major Ellie.

Angefangen hatte alles mit einer Besprechung bei Colonel Slatter. Ich erinnere mich an eine Tasse schwarzen Kaffee, einen Donut mit Zuckerguss und ein informelles Treffen anlässlich meines jährlichen Mitarbeitergesprächs.

Ich fragte mich, wieso zum Teufel sie mich evaluierten. Alle warfen ihre Ladung im Zielgebiet ab, so auch ich. Arbeitete ich etwa in der Haushaltswarenabteilung bei Sears? Hatte ich auch genug Bettwäsche verkauft? War ich teamfähig? Hatte ich immer die heiligen Notausgänge freigehalten?

Aber Formulare müssen nun mal ausgefüllt werden, auch im Krieg. Und für Colonel Slatter ist das Ausfüllen von Formularen für ein 360°-Feedback der Krieg.

Schauen Sie sich um, der Horizont ist klar, der Himmel so blau wie die Augen von Cath. Der perfekte Tag für eine allerletzte Mission. Nicht allzu weit vor mir senkt sich der Himmel und verschmilzt mit dem Sand. Nirgends ein Grashalm, nicht mal verdorrtes Gestrüpp. Die Erde eine Herdplatte, die nicht mal Reptilienspuren zulässt, selbst die Skorpione scheinen aus dieser gottverlassenen Einöde geflohen zu sein. Nichts erweckt auch nur den Anschein, essbar zu sein. Hätte ich bloß den Donut gegessen.

Das Mitarbeitergespräch lief gut, wie ich fand. Meine Untergeordneten und Vorgesetzten respektierten mich. Ich hatte den »Aufbaukurs Wüstensurvival« absolviert. Den Kurs »Interkulturelle Sensibilität« hatte ich mit Auszeichnung bestanden, allerdings versäumt, mich für den obligatorischen Sprachkurs einzuschreiben, vorzugsweise für die Sprache einer Region mit hoher Konfliktintensität. Von den PTBS-Sitzungen mit dem Therapeuten der Staffel hatte ich keine einzige verpasst. Als wir auf meine Ziele für das kommende Jahr zu sprechen kamen, nuschelte ich etwas von einem Platz an der Führungsakademie. »Zu wenig Punkte, um das zu packen«, sagte der Colonel. »Drohnenpiloten sind jetzt die Stars. Jetties sind out. Wir sind nur Museumsstücke, die man um der guten alten Zeiten willen behält.«

Na toll, dachte ich. Sie schicken mich in den Ruhestand

und ersetzen mich durch einen Nerd in Houston, der eine Drohne fernsteuert, jemanden, der mit einer Hand Krieg führt und mit der anderen seine Pommes in Barbecuesoße tunkt.

Colonel Slatter schlug höflich vor, ich solle mein Profil aufpolieren, bevor es so weit komme.

Profil? Und ich dachte, Sein zähle bei uns mehr als Schein.

Meine Karriere sei recht geradlinig verlaufen, sagte er, unterm Strich zwar viel Kompetenz, aber keine außergewöhnlichen Tapferkeitsverdienste, keine Erwähnungen von der Sorte »bewies Mut im Gefecht«.

»Aber«, so der Colonel, »wir haben ja Krieg, und ein Krieg ist immer auch eine Gelegenheit, eine Chance, diese fehlenden Extrapunkte nachzuholen.« Unter der glänzenden Glatze des Colonels blitzten seine eisblauen Augen auf, erfüllt von einer Gewissheit, wie man sie nur durch achtzehn Jahre Kriegsführung in fernen Ländern gewinnt.

Ich frage mich, ob es eine Medaille speziell für Piloten gibt, die auf einer Mission plötzlich allein in der Wüste umherirren. Von Verirrten in der Wüste hört man eigentlich nur in der Sonntagsschule und in Air-Force-Sagen. Ich meine, heutzutage pflanzt man Haustieren und Zugvögeln GPS-Chips ein, wer zum Teufel geht denn da noch verloren? Erst recht, wenn man in einer 65-Millionen-Dollar-Maschine herumfliegt?

Darf ich vorstellen: Major Ellie.

Den Horizont absuchend, drehe ich mich um und blicke auf das endlose Meer aus Sand, das mich umgibt. Ich tröpfele etwas Wasser auf meine ausgedörrte Zunge.

In der Ferne wird das Sonnenlicht wie in einem riesigen getrübten Spiegel reflektiert. Wenn ich lang genug hinschaue, sehe ich kleine Kräusel, die das Licht durchziehen, wie Wellen im süßen Wasser eines natürlichen Sees, ein Infinity-Pool nur für mich gebaut. Aber Sie können Ihre Hundemarke darauf verwetten, dass es dort keinen Tropfen Wasser gibt, es ist nur Ihr Hirn, das Ihnen einen Streich spielt.

Regel Nummer eins für das Überleben in der Wüste: was Schönes gesehen? Gleich wieder vergessen. Ist nur eine Fata Morgana.

Dabei fällt mir Regel Nummer sieben für das Überleben in der Wüste ein, und ich pelle mich langsam aus meinem Fliegeranzug. Er ist olivgrün, mit dem Kopf eines kreischenden Vogels auf der Brust und wahrscheinlich meilenweit sichtbar. Ich wende ihn auf links und ziehe ihn wieder an. Jetzt bin ich an die Umgebung angepasst. Ich kann mich in den Sand legen und darauf warten, dass die Angels mich mit ihrem Hubschrauber holen. Ich kann herumlaufen, ohne entdeckt zu werden. Wahrscheinlich könnte ich sogar das Camp suchen, das ich für eine Sekunde im Fadenkreuz hatte, den Daumen schon auf dem Abwurfknopf. Hatte ich ihn gedrückt oder nicht? War die Welt nun ein kleines bisschen sicherer, oder hatte ich es versaut?

»Es gibt einen Hangar, und es gibt ein Camp.« Der Colonel hatte eine Karte hervorgezogen. Er hing an seinen gedruckten Karten und farbigen Reißzwecken, seinen Zeigestöcken und mit Fadenkreuz markierten Zielen. Bevor er uns losschickte, um ein Stück Erde auszuradieren, kam immer erst die Nummer mit dem Zeigestock. In einer Welt der Ungewissheit wird die Existenz des Feindes viel realer, wenn man ihn auf einer Karte aus Papier festnageln kann.

»Schalt das hier aus, und wir sind fertig. Ein letzter Soloeinsatz, dann kannst du nach Hause, Babys machen und dich für den Rest deines glücklichen Lebens um sie kümmern.« Ich wusste, dass sie für Langzeitverpflichtungen etwas mehr zahlten, weil sie dadurch Geld sparten. Neu dagegen war mir, dass sie auch Ratschläge parat hatten, wie man die Kohle ausgeben sollte. Die besten Piloten der besten Luftwaffe der Welt behandelt wie Taxifahrer: *Hey, brauchst du noch 'ne Fahrt? Wir hätten da noch 'nen Luftangriff.*

Der Colonel hatte sich in der Truppe gegen viele Neuerungen gewehrt. Er hatte sich der Einführung von Geistlichen in den Kampfeinheiten widersetzt (*die bumsen kleine Jungs*), der Don't-ask-don't-tell-Regelung für den Umgang mit Homosexuellen (*die ficken lieber einen Arsch als den Feind*) und schließlich der Zulassung von Frauen zum Dienst an der Waffe (*jetzt sind wir endgültig am Arsch*).

Aber zu einem guten Krieg hatte der Colonel nie nein sagen können, schon gar nicht zu einem Krieg mit Luftkampfkomponente.

Er hatte Orden für seine Leistungen im Kampf erhalten, dazu einen Haufen Verweise, weil er zum falschen Zeitpunkt den Mund aufgemacht hatte; von anwesenden Generälen sprach er gerne schon mal als »Buchhaltern in Uniform«. Nachdem man ihn bei Beförderungen immer wieder übergangen hatte, erinnerten seine Einsatzbesprechungen mittlerweile ein wenig an Straßentheater.

»Also, dieses Camp da, am Ende der Welt, da verstecken sich ein paar Jungs von der übelsten Sorte, Abschaum, eindeutig identifiziert. Es heißt, die Seals sollen reingeschickt werden, so eine Kommandoaktion in der Nacht, mit Kameras, um sich anschließend einen drauf runterzuholen. Ich sage, wir machen es vor ihnen platt und behaupten, es war ein unbedauerliches Versehen.«

Ein Ziel am Ende der Welt? Aus Versehen? Ist das überhaupt erlaubt? Soll ich jetzt offensichtlich rechtswidrige Befehle ausführen? Der Colonel interpretiert mein Schweigen als Meuterei.

»Was glaubst du, wo wir hier sind? Bei der Heilsarmee? Ich führe eine Kampfeinheit. Wir sind Piloten, keine beschissenen Mönche. Du fliegst hin, machst das Lager platt, kassierst ein Purple Heart und schaffst deinen Arsch nach Hause, bevor man uns als neues Einsatzgebiet die Offiziersmesse zuweist, wo wir das Silber polieren dürfen. Tu es, dann kannst du deiner Liebsten zu Diensten sein. Die Ladys werden uns eh eines Tages alle begraben.«

Gut, Sir. Ist gut. Aber …

»Erledige die Ziegenficker, aber pass auf unsere eigenen Leute auf. Wir sind hier.« Er stach mit dem Zeigestock auf eine willkürliche Stelle der Karte. »Die Koordinaten kriegst du. Ziemlich simpel. Auf der einen Seite ist unser Hangar. Eine Betankungsanlage. Genau genommen etwas mehr als das, ein Erholungszentrum. Fronturlaub für die, die ihn nicht verdienen. Du kannst die Anlage nicht verfehlen. Sie ist riesig, mit Tower, Landebahn und allem Pipapo. Backbord liegt das Zielobjekt. War ein Flüchtlingslager, ist aber runtergestuft worden. Kurz, ein böser Ort mit bösen, bösen Leuten. Man kann das Böse von oben riechen. Niemand wird diese Typen vermissen. Das kannst du mir glauben.«

»Was ist so verkehrt an Bodentruppen, Sir?«

»Willst du, dass ich dich wegen Gehorsamsverweigerung vors Kriegsgericht bringe?«

»Ich versuche nur zu verstehen, Sir.«

»Der Hangar war meine Bodentruppe. Bis die Einheimischen an unseren Systemen rumgemurkst haben, dann haben sie ihn dichtgemacht. Seitdem geht da nur noch Blindflug. Ist das zu fassen? Mein Hangar ist dicht, aber das Flüchtlingscamp, das an dem ganzen Mist schuld ist, gibt es immer noch. Aber ich soll es nicht persönlich nehmen. Reine Routine. Restrukturierung. Ich meine, wir sollten uns um dieses Fleckchen Erde da mal kümmern.«

Und während ich noch darüber nachdachte, ob ich ihn dem Central Command melden sollte oder nicht, machte sich der Colonel selbst zu seiner wahnwitzigen Mission auf. Jetzt spukt er nur noch in unseren Köpfen herum.

Ich hätte daraus lernen sollen. Oh ja, das hätte ich.

Im »Regelwerk Wüstensurvival« steht im Abschnitt zum Verhalten in Notsituationen, dass man nicht auf Befehle warten soll, wenn der Kollege im Einsatz abstürzt. Sobald klar ist, er ist abgeschmiert, setzt man sich in die Maschine, fliegt dieselbe Route und bringt die Mission zu Ende. Früher sollte so die Angst bekämpft werden; damit sagt man dem Feind, du kannst vielleicht einen von uns abschießen, aber wir reißen dir trotzdem deinen erbärmlichen Arsch auf. Also flogen sie Colonel Slatter hinterher. Sie fanden die Trümmer, aber keine menschlichen Überreste. Nichts. Slatter hatte seine Maschine geschrottet und sich in Luft aufgelöst. Kein Zero-Zero-Ausstieg. Er war der aufrichtigste Mann, dem ich je begegnet bin. Jetzt ist er Klatsch und Tratsch im Einsatzbesprechungsraum.

Zu Beginn meiner Dienstzeit stritt man sich darüber, ob das Central Command dem Land dienen solle, oder das Land dem Central Command. Der Streit hörte auf, als das Central Command behauptete, es habe mit der eigentlichen Kriegsführung nichts zu tun und sei nur für so was wie den spirituellen Unterbau des Krieges zuständig. Jetzt wird im Besprechungsraum nicht mehr diskutiert; man erhält seinen Einsatzbefehl, man prüft sein Überlebenspaket in der Hoffnung, es nicht zu brauchen. Und wenn es mal wieder eine Mission der üblen Sorte ist, wirft man seine Pille ein, trinkt einen kräftigen Schluck Kaffee und hofft das Beste.

Es hieß, die im Central Command hätten zu viele Sufi-Texte gelesen. Dass sie ganze Passagen der SOPs aus ausländischen Bibliotheken kopierten, die zuvor in die Staaten transportiert und dort von ordentlichen Professoren für obskure Sprachen akribisch übersetzt worden seien. Die Übersetzungen würden in die Notfallmaßnahmen und die Survivalhandbücher eingefügt. Wahrscheinlich haben die da oben längst das Nirwana erreicht, während wir hier unten Blasen und Dünnschiss bekommen. Und wer zu weit vom Pfad des Einsseins abweicht, wird vom Dienst suspendiert. Aber was ist ein Pilot, der nicht fliegen darf? Nichts als ein kreischender Vogel mit gebrochenem Flügel.

Scheiß aufs Einssein, ich muss noch was trinken.

Ich gehe und gehe; vorbei an tanzenden Monstern aus Sand, an einer zerstörten Straße, breit wie eine Landebahn und mit leuchtend gelber Mittellinie, vorbei an einem großen Krater, der das Resultat einer 500-Kilo-Bombe oder ein ausgetrocknetes Gewässer sein könnte. Ich stoße auf eine Lehmhütte, die vielleicht mal eine Militärbaracke war oder ein Kamelrastplatz von Nomaden. In einer Ecke liegt ein Aschehaufen. Ich durchwühle ihn nach etwas Essbarem. Nichts. Ich will schon umkehren, beschließe dann aber, doch noch etwas weiterzugehen, wobei ich gedankenverloren mit den Nieten in meiner Tasche spiele wie mit Gebetsperlen.

Als ich über einen kleinen Sandhügel klettere, sehe ich plötzlich das Flugzeug. Es steckt vor mir im Sand. »Da ist das Scheißding ja!«, rufe ich und renne darauf zu.

Dumme Idee. Auf etwas Glänzendes in der Wüste sollte man nicht zurennen; in den meisten Fällen ist es etwas Nutzloses wie eine Fata Morgana oder die Fata Morgana von etwas Nutzlosem, beispielsweise einem zertrümmerten Flugzeug. Während ich laufe und an »Wüstensurvival Level 6B« denke, wird mir bewusst, dass meine Mission hier die Rettung des Flugzeugs ist. Beherzigt man wiederum die Logik der Liebe, des Friedens und Einsseins und die ganze andere Grütze, die uns das Central Command als neue Philosophie des Krieges und der Überlebenskunst verkaufen will, liegt dieses Flugzeug seinerseits da, um mich zu retten. Wie gesagt, die im Central Command fahren voll ab aufs Einssein, das sieht man am Lehrplan: morgens »Moralisches Dilemma, moderner Krieg«, nachmittags »Wie man erst sich und dann den Feind bezwingt«.

In Survivallehrgängen geht es darum, Offensichtliches möglichst oft zu wiederholen: Bei welcher Temperatur verliert man den Orientierungssinn? Das hängt vom Orientierungssinn der Person ab. Hat Sand einen Nährwert? Nein, aber filtert man damit seinen Urin, überlebt man den Nachmittag. Auch auf ethische Aspekte legt das Central Command viel Wert. Es geht nicht nur darum, am Leben zu bleiben – was durchaus zu schaffen ist, wenn man einige Grundtechniken beherrscht –, ein paar Pfund zu verlieren und sich fest vorzunehmen, seiner Frau ein liebevollerer Mann zu sein, nein, man soll auch als besserer und anständigerer Mensch zurückkehren.

Wer nicht wagt, der nicht gewinnt, sage ich mir und stelle mich der Aufgabe, wozu ich mich allerdings hinhocke. Die Nase des Flugzeugs und der obere Teil der Cockpithaube ragen aus dem Sand, beides glänzt verheißungsvoll. Ich schaufele den Sand mit den Händen weg, stelle aber schnell fest, dass es sinnlos ist. Je mehr ich schaufele, desto mehr Sand rutscht nach; vom Rest des Flugzeugs ist immer noch nichts zu sehen. Der Sand ist so heiß, dass er mir die Hände versengt. Aber mit meiner Fliegerjacke als Schaufel geht es. Ich konzentriere mich auf eine kleine Fläche und nehme die Hände wieder dazu. Weiter unten ist der Sand nicht so heiß. Er ist kalt und feucht; vielleicht hat er sogar Kalorien.

Nach vier bis fünf Stunden, in denen ich noch einen Energieriegel esse und dreimal an meinem Maracuja-Smoothie nippe, ist es geschafft. Vor mir liegt nicht einmal die Hälfte der Scheißkiste. Die Maschine ist direkt hinter dem Cockpit sauber abgebrochen, ein Teil des Backbordflügels ist abgerissen, die hintere Hälfte des Rumpfes fehlt, die Bruchstelle ist eine offene Bauchwunde, ein Gewirr aus bunten Kabeln und zerfetzten blanken Rohren. Das also habe ich: die vordere Hälfte einer F-15 Strike Eagle mit zwei lasergelenkten 250-Kilo-Bomben, die eine in grauer Schablonenschrift markiert mit *YES*, die andere mit *OH YESS*. Wo ist die andere Hälfte?

Behutsam wische ich den Sand von der Haube. Das Cockpit darunter wirkt vertraut. Es ist, als hätte man sich aus dem eigenen Haus ausgesperrt, als schaute man durchs Fenster hinein und alles wäre wie immer, das Sofa bequem und einladend, der Hund dösend vor dem Kamin, Cath mit einer Zeitschrift für Inneneinrichtung, die sie geistesabwesend und in Zeitlupe durchblättert. Wie gern würde ich einsteigen und abheben. Ich betrachte die Instrumente genau, suche nach Lebenszeichen. Aber die Gyroskope rühren sich nicht, der Radarschirm ist tot, von den Dutzenden verchromten Lebensrettern gibt keiner auch nur einen Piep von sich. Wie kommt die Maschine hierhin? Und, noch wichtiger, wie soll ich damit von hier wegkommen? Irgendwo in dieser Wüste muss die andere Hälfte liegen. Vielleicht funktioniert das Funkgerät noch, wenn ich dieses Teil irgendwie aufbekomme. Die Funkgeräte dieser Dinger laufen manchmal weiter, wenn alles andere längst den Geist aufgegeben hat. Selbst wenn diese Dinger samt Pilot abfackeln, funktioniert das Funkgerät noch. Die Rettungsmannschaften finden dann nur noch verkohlte Klumpen und ein paar feuerfeste Teile wie Helm und Sauerstoffmaske vor. Diese Kohleklumpen sitzen einfach da und ignorieren die verzweifelten Funksprüche, die ein sehr verzweifelter Tower ihnen sendet. Auf dem Papier ist auch die Fliegerjacke feuerfest, allerdings steht dort nicht, dass dir die Augen trotzdem in den Höhlen wegschmelzen.

KAPITEL 2
MOMO

Hier wimmelt es von Dieben. Ich weiß, was Sie sagen wollen. Sie wollen sagen: Was gibt es da schon zu stehlen? Und ich sage Ihnen: Schauen Sie genau hin, es gibt nichts zu stehlen, weil schon alles gestohlen wurde. Bestimmt können Sie sich ein Camp ohne Wasserhähne vorstellen oder auch ein Camp mit Kraftfahrzeugsteuer, ein Camp ohne Straße, ein Camp mit Strommasten oder ein Camp ohne Strom – aber ein Camp ohne Mauer drumherum? Wo also ist diese Mauer, fragen Sie. Gestohlen.

Wie kann man eine ganze Mauer stehlen, wenden Sie ein. Ich sage Ihnen: Sie kennen diese Leute nicht, meine Leute.

Wenn es ums Stehlen geht, sind sie wahre Künstler.

Sie haben die Mauer Stein für Stein geklaut. Das Fundament wurde ausgegraben, jeder Krümel Beton und Mörtel mitgenommen, Stahldraht mit bloßen Händen herausgerissen. Manche werfen mir vor, den ersten Stein herausgestemmt zu haben, aber das musste ich, um das Treiben der Entwicklungshelfertypen im Auge zu behalten, wohlriechenden Weltverbesserern, die die größten Diebe von allen waren. Aber ihren Papierkram haben sie erledigt. Sehen Sie den Krater dort? Das sollte ein Wasserreservoir werden. Und den Haufen glänzender Stahlmasten, festgezurrt mit Ketten und Schlössern? Das sollte unser Strom werden. Sehen Sie den Schuppen mit den zwei Büffeln drin? Meine ehemalige Schule. Für jedes abgezweigte Bündel Scheine, für jeden gestohlenen Sack Getreide oder Zucker ist ein Berg Papiere auszufüllen, der belegt, dass nichts gestohlen wurde. Es gab ein Beschwerderegister, um solche Sachen zu melden, daran war mit Nylonschnur ein Kugelschreiber befestigt.

Ja, richtig geraten, das wurde auch gestohlen, samt Stift.

Es gab hier einen Wasserfall, ja, genau, so einen richtigen Wasserfall, einen Meter breit und so hoch wie ein Basketballkorb. Bro Ali und ich haben darunter gebadet, als ich klein war. Was noch nicht sehr lange her ist. Einige werden fragen, wie ich das wissen kann, wenn ich damals noch ein Kind war. Und überhaupt, wie es denn mitten in der Wüste einen Wasserfall geben kann. Ich sage Ihnen: Sie wissen nichts über diesen Ort, meinen Ort.

Ein kleiner Spaziergang genügt, und Sie kommen an den Hauptattraktionen unseres Camps vorbei: Allahs Dieners Frischemarkt für Geflügel und Gemüse – der Mann ist ein Schmuggler, Hamsterer und Schwarzhändler. Wenn Sie dem Fliegenschwarm vor diesem Schlachthaus entronnen sind, kommen Sie zu ein paar wilden Haufen Altmetall, dem Königlichen Eisenwarendepot, betrieben von zwei jugendlichen Dieben, die sich früher im Hangar bedient haben und heute die Wüste nach Schrott durchwühlen, den sie auf dem freien Markt verkaufen. Im Laden an der Ecke finden Sie Doctor und seinen Stuhl, den er aus einem Krankenwagen gerettet hat. Ja, es gab Zeiten, da hatte das Camp einen eigenen Krankenwagen. Er fuhr mit kreischender, da defekter Sirene die Straßen rauf und runter und verkündete neue Todesfälle oder machte Hoffnung, dass man vielleicht nicht sterben müsse, sondern nur ein Bein oder einen Arm verlieren würde. Was aus ihm geworden ist? Ein Haufen beim Schrotthändler, zum Kilopreis verkauft. Kein Wunder, dass Doctor die medizinische Notfallversorgung aufgegeben hat. Jeder hat damals mitbekommen, wie er zum Arzt wurde, durch Ausprobieren nämlich, weil es keinen anderen Arzt gab. Aber er ist nicht glücklich in diesem Job. Manche Leute wollen im Leben wohl nicht aufsteigen. Doctors Einstellung zur Medizin lässt sich im Grunde so zusammenfassen: Vergiss deine Wunden oder deine Organe, die versagen, mach dir lieber einen Kopf um Mutter Erde, weil die stirbt wirklich.

Alle Häuser des Camps sind mit blauen Plastikplatten gedeckt, die sich berühren. Wenn Mutt gut drauf ist, schafft er es in drei Minuten über die Dächer von einer Ecke des Camps zur anderen und wieder zurück. Manchmal jagen ihn die Kinder, manchmal jagt er sie. Mittlerweile sind die Kinder aber ziemlich gelangweilt von ihm.

An diesem Ort bleibt man nicht lange Kind. Mal ist die Hitze schuld, dann wieder die Büffelmilch oder das Essen im Camp, wie auch immer, es wird erwartet, dass man schnell erwachsen wird. Mein großer Bruder Ali war zwei Jahre älter als ich, als er verkauft wurde. Jetzt nennen die Leute mich den Boss, und ich habe mir den Respekt hart verdient, aber ich weiß, dass der echte Boss Bro Ali war. Er musste nicht mal viel dafür tun. In der Schule war er der Einzige, der alle Bücher schon am ersten Schultag durchgelesen hat. Seine Hefte waren voll mit goldenen Sternchen.

Eines Morgens wachte ich auf und sah, wie er statt seiner Schuluniform einen schwarzen Overall mit einem goldenen Flügel auf der Brust anzog. Am Abend war er noch als normaler großer Bruder ins Bett gegangen – einer, der dem größeren Jungen auf der Straße eine klebt, weil er mit dem Finger auf dich zeigt, und der dir zu Hause dann auch eine verpasst, weil du an dem Mist selbst schuld bist –, und jetzt hatte er Flügel. Als ob die Nacht ihn in einen Engel verwandelt hätte. Unter dem Overall trug er sein Boss-T-Shirt. Es war der Tag, an dem Bro Ali verkauft wurde. Aber das wusste er natürlich nicht. Er dachte, im

Hangar würde eine Festanstellung mit Überstundenregelung auf ihn warten. Die meisten schlauen Schulabgänger glauben, Leben bedeutet Festanstellung. Ich glaube, das Leben ist eine Geschäftsmöglichkeit.

Father Dear behauptet immer noch, dass er seinem Sohn einen Job im Hangar besorgt hat.

Mit Tränen in den Augen versuchte Mother Dear, das Feuer in Gang zu bringen, als Bro Ali das Motorrad von Father Dear bestieg und sie davonfuhren. *Sie sind so mächtig, weil sie immer pünktlich sind. Sie arbeiten wie ein Uhrwerk.* Ich lief ihnen nach, um Bro Ali das zusammengerollte Omelett zu geben, das Mother Dear gebacken hatte. Aber sie waren schon nur noch eine kleine Staubwolke in der Ferne. Er drehte sich um und winkte, als wollte er mir sagen, dass er zurück wäre, ehe ich bis drei zählen könnte. Ich biss von dem Omelett ab. Es wurde in meinem Mund zu Sand. Ich warf es Mutt hin, der mir ganz aufgeregt gefolgt war. Sehr lange schnüffelte er daran herum, bevor er es hinunterschlang. Wahrscheinlich habe ich Mutt deshalb so gern, weil er weiß, wie man Gier beherrscht.

Wie soll man seine Integrität an einem Ort bewahren, an dem Diebstahl nicht nur akzeptiert, sondern erwartet wird? Wer kein kleiner Dieb ist, wer also keine Ziegel, Papier oder Zucker stiehlt, der ist mit Sicherheit ein umso größerer Dieb, der wahrscheinlich ganze Wagenladungen Zucker stiehlt und sämtliche Ziegel und Kupferkabel aufkauft, die die kleinen Diebe geklaut haben. Was willst du machen, wenn du in einem Sumpf aus moralischer Verkommenheit feststeckst?

Bildung, hieß es, *Bildung ist die Lösung all unserer Probleme.* Wir hatten Kunstunterricht. Der Kunstlehrer sagte, malt einen Krug mit Wasser und eine Krähe, die daraus trinkt. Wir hatten Physikunterricht. Newton, sagte der Physiklehrer, saß unter einem Apfelbaum. Ich malte Krüge, dachte über Newton nach. Aber die richtige Bildung holte ich mir im Fernsehen. Der

Empfang klappt nicht immer, aber wenn er gut ist, kann man manchmal *Nat Geo Xtra* und *Capital Talk* sehen. Außerdem brachte Father Dear ein altes Buch mit dem Titel *Fortune 500* aus dem Hangar mit. Darin gibt es Männer, die haben ihre eigene Jacht. Diener in Uniformen servieren ihnen mitten auf dem Ozean das Essen. Verraten Sie mir mal, wie das gehen soll, dass man an so eine Jacht kommt, indem man Krüge und Krähen malt oder unter einem Apfelbaum abhängt. Wie will man denn die Diener bezahlen? Mit Physik- und Kunstunterricht bringt man es höchstens selbst zum Diener auf so einem Schiff.

Ich konzentrierte mich aufs Business und wurde Unternehmer. Nein, das heißt nicht, dass man sich mit denen verbündet, die man nicht schlagen kann, weil das würden die gar nicht zulassen. Und schon gar nicht legt man sich mit ihnen an, sonst kann man gleich einpacken.

Ich bin Geschäftsmann. Ich kaufe und verkaufe. Ich biete Dienstleistungen an und stelle sie in Rechnung. Ich mache Deals und kassiere Provision. Während andere über die Probleme des Erwachsenwerdens reden, finde ich Lösungen für die Probleme der Erwachsenen.

Für manche bin ich ein mieser Geschäftemacher, ein Nachkriegsprofiteur, ein kleiner Schwarzhändler, aber ich sage Ihnen, da spricht der pure Neid. Nur kleine Diebe können so kleinlich sein. Zeigen Sie mir einen anderen fünfzehnjährigen Geschäftsmann in diesem oder meinetwegen auch einem anderen Camp, der einen Jeep Cherokee 3600 CC besitzt. Echt Vintage. Himmelblau. Wenn wir zu einem Deal fahren, fliegt er über den Sand wie auf Engelsflügeln. Ich plane, einen Land Cruiser Vogue anzuschaffen, der für das Klima hier besser geeignet ist, aber selbst wenn ich meinen Vogue habe, werde ich meinen Cherokee nicht aufgeben. Das erste Auto ist wie die erste Liebe, man vergisst es nie. Bei Liebe weiß ich noch nicht so recht (die kommt, wenn sie kommt, wobei ich nicht vorhabe, mich zu verlieben, ehe ich die erste Million verdient habe), aber auch, wenn ich Multimillionär bin, werde ich diese Prinzessin behalten. Wie könnte ich eine Schönheit wie meinen Cherokee je weggeben? Niemals. Momo schwört.

Wie alle erfolgreichen Geschäftsleute habe ich noch andere Vermögenswerte, einige materiell, andere nicht, beide sind wichtig. Denn was ist Business? Ein Prozess, durch den Ideen zu Cash werden, man zeichnet Futures und wartet ab, welche Teile der Vergangenheit auf den Märkten gut laufen.

Manchmal ist die Vergangenheit eine sehr wertvolle Ware.

Ich muss zugeben, als Bro Ali weggegangen ist, war das ein harter Schlag für uns, von dem wir uns immer noch nicht erholt haben. Jetzt habe ich die Verantwortung und führe den Haushalt: Mother Dears Tränen trocknen, Father Dears Hosen bügeln. Zur Schule gehe ich nicht mehr. Und wenn ich nicht zur Schule gehe, kann sie auch gleich dichtbleiben. Die Büffel brauchten eh ihren Stall zurück, jetzt haben sie ihn.

Ich will auch so einen Overall. Angeblich treten kleine Brüder ja immer in die Fußstapfen ihrer älteren Geschwister. Aber das stimmt nicht. Ich will besser sein als Bro Ali. Und überhaupt, in welche Fußstapfen soll ich treten, wenn es keine Spuren im Sand gibt? Wir haben ihn ewig gesucht, keine Spur, nirgends. Nicht einmal ein Gerücht, dass er in mondbeschienenen Nächten am Rand der Wüste gesehen worden wäre. Manchmal stehen dort Familien, rufen nach ihren Söhnen und schwören, dass sie sie sehen können, sie winken, singen Wiegenlieder und rufen bescheuerte Kosenamen: Mond, Blume, Abdul … Und dann rennen sie los und stellen fest, dass da nur Schatten auf dem Sand sind. Ich habe auch mal mit ihnen da gestanden, wobei ich mir ehrlich gesagt ziemlich blöd vorgekommen bin. Ich habe weder Bro Ali noch einen der anderen Jungen gesehen. Wenn man irgendwas tut, weil alle anderen es tun, und sich dabei blöd vorkommt, ist man wahrscheinlich auch blöd. Leider stimmt es, dass wir stagnieren. Jetzt, da der Hangar geschlossen ist und keine Flugzeuge mehr ankommen oder abfliegen, könnte man glatt meinen, dass es bei dem ganzen Kriegsdings nur darum ging, uns Bro Ali wegzunehmen.

Es lässt mir keine Ruhe. Ich kann hier doch nicht einfach leben und es mir im Camp gut gehen lassen, wenn Bro Ali vermisst wird und vielleicht in irgendeinem Höllenloch steckt, wo sie Gott weiß was mit ihm anstellen. Es sind auch früher schon Jungen verschwunden, aber sie waren nicht Bro Ali. Wenn du mit dem Rücken zur Wand stehst, bleibt dir nur der Weg in den Krieg, weil alle anderen Wege versperrt sind.

Immer, wenn mir nichts mehr einfällt, gehe ich mit meinem Mutt jagen. Mal fängt er ein paar Eidechsen, mal muss ich ihm lebende Skorpione aus dem Maul ziehen. Mutt ist nicht lebensmüde, nur saudumm. Ab und zu schnappt er ein und rennt in die Wüste, wo er so tut, als würde er gleich sterben. Er läuft immer zur selben Stelle, dorthin, wo wir unsere Rennskorpione züchten wollten. Er will dann, dass ich ihn suche und überrede, nicht zu sterben.

Als Bro Ali eine ganze Woche nach Beginn seiner Anstellung noch nicht zurück war, mussten wir einsehen, dass »Festanstellung« ein Code für »Entführung« war. Etwa zur selben Zeit wurde Mutts Hirn gegrillt, und er fing an, Dinge zu sehen. Das Geschäft muss seitdem warten. Ich mache ein Sabbatical, wenn man so will. Manchmal geht Familie eben vor.

Habe ich Ihnen schon vom Familiengeschäft erzählt? Father Dear hat im Hangar gearbeitet, Hilfsgüter und Logistik, dazu hat er immer mal wieder Workshops für Jugendliche gegeben, meistens Sexualaufklärung. Wegen seiner Arbeit und weil er seine Arbeitgeber so liebt, haben wir die ganzen Probleme.

Das werde ich ändern. Wir werden eigenes Vermögen aufbauen. Mein Geschäftsmodell sieht vor, Leben zu retten und so Geld zu verdienen. Rettung und Reha. Hohes Risiko, hoher Gewinn. Sie können ja nicht überall Soldaten haben. Man darf nur nicht sentimental werden. Haben Sie schon mal einen Feuerwehrmann weinen sehen, nachdem er ein Katzenjunges gerettet hat? Er macht einfach seinen Job. Tatsächlich sollte der Besitzer des Kätzchens weinen oder das Grüppchen neugieriger Gaffer, denen der Mund offen steht, als würden sie nicht einem uniformierten Mann zusehen, der mit einem dummen Katzenjungen im Arm eine Leiter runterklettert, sondern Gott höchstpersönlich, der vom Himmel steigt, um seine Schöpfung zu bewahren.

Diese Leute – meine Leute – sind nichts als Diebe mit Tränen in den Augen. Doctor heult sich bei uns über den sterbenden Planeten und die Sonne und den Mond aus. Die Schrottplatz-Brüder weinen, weil sie zu wenig überschüssiges Militärgerät finden und weil die Schrottpreise fallen. Andere kommen zu Father Dear und bitten darum, dass er ihnen hilft, ihre Söhne zurückzuholen. Wie unhöflich und schamlos sind diese Leute, dass sie jemanden um Hilfe bitten, der nicht einmal seinen eigenen Jungen zurückholen kann.

In meiner Branche sind Emotionen fehl am Platz. Man ermittelt seine Passiva und Aktiva. Man investiert in kleine sichere Unternehmen wie mein Projekt *Falken für die ethische Jagd*. Man wettet auf Langzeitentwicklungen, wie ich es mit *Sands Global* getan habe.

Eine Rettungsmission ist allerdings ein anderes Business. Da braucht es Motivation. Und Mother Dears Seufzer und Wehklagen reichen aus, um mich zu motivieren, das können Sie mir glauben. Eigentlich müsste Father Dear die Logistik übernehmen. Er sollte uns zumindest irgendwie in den Hangar schleusen, wenn er schon keinen Wagen, keine Waffe und keine Karte besorgen will. Ich kann Benzin beschaffen und mir selbst eine Waffe besorgen, aber kann er uns nicht wenigstens die Muni und eine Karte organisieren? Auf jeden Fall eine Karte. Drei Jahre lang hat er die Logistik und den kompletten lokalen Einkauf für den Hangar gemanagt, und jetzt behauptet er, das Ding steht leer. Das Personal ist angeblich auf eine geheime Basis verlegt worden und überhaupt hätte er keine Sicherheitsstufe, mehr ist aus ihm nicht herauszubekommen. Aber ich spüre, dass er mehr weiß, als er zugibt. Er verhält sich wie Mutt, wenn er einen Knochen stiehlt und ihn irgendwo versteckt, aus Angst, erwischt zu werden. Father Dear meint, wir waren auf dem besten Weg, reich und mächtig zu werden. *Mein Junge hat eine Stelle im Hangar, das ist was anderes als die Aushilfsjobs der anderen Jungs. Vielleicht bekommt er einen Rang und kriegt eine Uniform. Und wenn nicht das, dann vielleicht einen Platz im Zeugenschutzprogramm, weil wenn mein Ali im Hangar ist, erfährt er alles über den ganzen operativen Kram.* Sagen wir einfach, Father Dear ist zu gierig geworden, und jetzt tut er so, als wäre er auch nur ein unglücklicher Vater und ehrlicher Arbeiter.

Jeder unfähige Dieb sagt von sich, dass er ein ehrlicher Arbeiter ist.

So ist mein Vater halt. Ich erzähle Ihnen mal die Geschichte von dem Typen, der sich in den Finger geschnitten hat, dann verstehen Sie Father Dear besser. Also dieser Typ schneidet sich versehentlich in den Finger und bittet seinen Freund, auf die Wunde zu pinkeln, damit der Finger schneller heilt oder wenigstens nicht eitert. Der Freund guckt auf den verletzten Finger, dann auf seinen Hosenstall, und sagt, *ich kann das nicht, das ist entwürdigend.* Der Mann mit dem verletzten Finger bittet und bettelt, *ich weiß, dass du mich und unsere Freundschaft achtest, aber was sind schon ein paar Tropfen Pisse unter Freunden?* Aber der Freund sagt nur, *da unten ist alles ausgetrocknet.*

Manchmal soll so die Treue auf die Probe gestellt werden. Verstehen Sie mich nicht falsch, Father Dears Sinn für Moral ist allumfassend: Er würde nicht einmal auf seinen eigenen Finger pinkeln. Er wird mir nicht helfen, Bro Ali zurückzuholen. Irgendwas verbirgt er. Wie kann es sein, dass jemand einen Arbeitsvertrag unterschreibt und dann einfach so verschwindet? Ich frage mich, was eine Frau tun würde, wenn sie sich in den Finger schneidet, würde sie ihre Freundin um den gleichen Gefallen bitten? Vermutlich sind die Ladys da schlauer. Zunächst mal würden sich gar nicht erst in den Finger schneiden. Und falls doch, fällt ihnen sicher eine intelligentere Art der Wundbehandlung ein als die Pinkel-Methode.

Außerdem ist Father Dear chronisch depressiv. Gerade hat er wieder so eine Phase, er leidet unter der verschmähten Liebe zu seinen amerikanischen Arbeitgebern. Genau das ist unser Problem. Wir sind nicht nur Diebe, wir sind auch chronische Liebende. Diebe können aufhören. Liebende nicht.

Auch Mutt leidet an chronischer Liebe. Er ist dumm, aber zuverlässig. Er braucht Bestätigung wie wir alle. Manchmal braucht er Bestätigung, auch wenn es nichts zu bestätigen gibt. In letzter Zeit sieht er Dinge auf den Dächern. Er hebt dann die Schnauze und knurrt, als hätte er ein Gespenst gesehen. Ich sehe es ihm nach; ich gucke rauf zum Dach und versichere ihm, dass ich es auch sehe. Außerdem brauche ich ihn noch. Mutt ist für die Mission unverzichtbar.

Wenn man jemanden liebt, versucht man immer auch, ihn zu erziehen.

Im ersten Schritt gewöhnt man ihn an die Bedingungen. Ich habe mit Mutt lange Spaziergänge gemacht und ihn in der Wüste zurückgelassen, damit er allein den Weg nach Hause findet. Er ist jetzt ein richtiger Kommandohund. Er kann drei Tage ohne Wasser in der Wüste überleben und wird mir immer treu bleiben. Mag sein, dass er ein gegrilltes Hirn hat, aber sein Herz ist aus Gold.

Sicherheitshalber stelle ich ihn weiter auf die Probe und härte ihn ab. Erst neulich habe ich wieder meinen Spezial-Freistoß an ihm geübt. Der Ball hat ihn voll erwischt, und es kann sein, dass dabei was in seinem fitten, aber verletzlichen Körper kaputtgegangen ist. Anschließend hat er geschmollt. Bestimmt sitzt er jetzt an der Skorpiongrube in der Wüste und wartet darauf, dass ich ihn hole.

Ich weiß, für ihn ist es nur ein Spiel, aber manchmal tut es doch weh: Als ob es nicht schon schlimm genug wäre, dass Bro Ali verschwunden ist, jetzt ist auch noch Mutt weg. Wenn jemand aus freien Stücken geht, ohne Zwang, tut das immer besonders weh. Mutt wird seine verletzten Gefühle und den kleinen Kratzer verwinden und nach Hause kommen.

Bro Ali müssen wir holen.

Mutt kommt von alleine zurück. Das tut er immer.

KAPITEL 3
MUTT

Zwischen Beißern und Leckern gibt es einen großen Unterschied, doch neigt die menschliche Rasse nicht zum Subtilen, sodass die meisten ihn nicht zu erkennen vermögen. Sie sehen die gebleckten Zähne, doch nicht die baumelnde Zunge. Sie sehen den eingezogenen, zitternden Schwanz, aber nicht den regen Intellekt. Sie hören das Knurren, aber nicht das Winseln, das sagt, *hab mich lieb, o bitte, hab mich nur ein bisschen lieb.*

Mitunter ist es gut, einen schlechten Ruf zu haben. Es ist höchst befriedigend, ein Paar Füße herannahen zu sehen und zunächst nur kalte Gleichgültigkeit oder Bin-spät-dran-Gedanken zu wittern – und dann sehen sie dich plötzlich, und da ist er, der Geruch fauler Äpfel, der Geruch der Todesangst. Die Weitsichtigen stellen sich nicht nur vor, gebissen zu werden, sie stellen sich auch vor, dass sie Tollwut bekommen, in eisigem Wasser ertränkt und dann in nasser Erde begraben werden, wo ihnen Engel mit Hundeköpfen Fragen stellen. Abrupt drehen die Füße um, als hätten sie etwas vergessen, oder überqueren die Straße, als ob der Engel des Todes sie nicht auch auf der anderen Straßenseite mit einem schnellen Satz erwischen könnte. Ich beobachte es amüsiert, rühre mich nicht vom Fleck und gebe ein leises, langgezogenes Knurren von mir, damit dieser Minderbemittelte weiß, dass ich seinen Selbsterhaltungstrieb zu schätzen weiß. Fein gemacht, weiser Mann, du darfst weiterleben. Mutt weiß ein bisschen Angst zu würdigen, ein Quäntchen Respekt, auch wenn es durch Täuschung gewonnen ist.

Ich beiße nicht. Manchmal lecke ich, wenn ich nicht sicher bin, ob Freund oder Feind, und manchmal schnappe ich auch aufs Geratewohl nach einem Schienbein, wenn ich mich nicht entscheiden kann, aber ganz ehrlich, Pfote aufs Herz, ich beiße nicht. Natürlich weiß ich, wie das geht, und wenn die Pflicht rief, habe ich es auch schon mal getan, aber in der Regel erreiche ich mein Ziel, ohne jemandem die Zähne ins Fleisch zu schlagen.

Meistens schnuppere ich. Der Ruf eines Weisen gründet auf der Schärfe seines olfaktorischen Sinns, nicht der Schärfe seiner Backenzähne.

Ich kann immer genau sagen, wonach etwas riecht. Heute zum Beispiel riecht mein Leben nach schwachköpfiger, ungeliebter Katze. Nicht, dass ich mich beschweren wollte. Auch wenn ich Grund dazu hätte. Nichts zu beschnuppern hier außer meinem eigenen gebrochenen und blutverschmierten Bein. In diesen Teil der Wüste kommt niemand zum Picknicken. Hierher kommt man, um vor Scham zu sterben.

Ich bin – so nennt man es wohl – ein geborener Stoiker, trotzdem belle und heule ich bisweilen. Aber hören diese Leute auf mich? Dieser Ort gleicht einem Schlachtfeld, weil niemand mehr an Vorahnungen glaubt, weil niemand auf deutliche und wohlartikulierte Warnungen hört.

An dem Tag, als Momos älterer Bruder mit viel Tamtam verabschiedet wurde, habe ich mich heiser geheult. Ich habe gebettelt, gefleht, gejault und gebellt, als würde das Camp jeden Moment von einer Horde stinkender Katzen überrannt.

Sollten Sie Katzen bevorzugen, gratuliere ich Ihnen; dann können Sie das hier weglegen und stattdessen mit Ihrem Bürstenset spielen. Ich habe mich im Leben mit so einigen Exemplaren herumgeschlagen, ich habe zu dem Thema nichts zu sagen. Glückwunsch zu Ihrer positiven Lebenseinstellung, durch Ihre Entscheidung wird die Welt ganz gewiss zu einem sichereren Ort.

Fein gemacht, und jetzt verwauen Sie sich.

Gehen Sie, ich muss über meine elende Existenz nachdenken.

Als sie ihn weggebracht haben, habe ich nicht geweint. Weinen ist was für Weichlinge. Ich wollte keine Prinzessin mit gebrochenem Herzen sein. Ich habe mich geweigert, an der Verabschiedung von Momos Bruder teilzunehmen, als sie ihn in ein weißes Hemd und einen schwarzen Overall gesteckt haben, auf dass er zum Mann wird und eine Waschmaschine und eine Mikrowelle mit nach Hause bringt. Stattdessen bekamen sie nur Tränen. Jeder in seiner eigenen Ecke, mit seinen eigenen Tränen. Eine ganze UNO aus Tränenäugigen.

Man sollte meinen, Menschen, denen eine Tragödie widerfahren ist, werden milde. Aber nein. Sie bekommen feuchte Augen und werden grausam.

Es ist mir schwergefallen, fortzugehen, trotzdem habe ich beschlossen, dieses herzlose Haus zu verlassen, wo alle ständig von meiner Treue schwadronieren, auf meinen Verstand aber nichts geben. Was mache ich hier? Mitten in der Wüste, ohne ein Schatten spendendes Blatt, ohne Gesellschaft, weder von Mensch noch Hund, nur hier und da ein Skorpion, der vom eigenen Streben nach Unbesiegbarkeit verzehrt wird. Habe ich mich verirrt? Wollte ich ein bisschen allein sein? Hatte ich die Nase voll davon, der beste Freund von Leuten zu sein, die mich nicht nur Hund nennen, sondern mich jetzt auch noch wie einen behandeln? Warum nach einem bestimmten katalytischen Ereignis suchen, wenn, wie der Dichter sagt (ich achte die Dichtkunst, auch wenn sie nichts für mich ist und ich deshalb immer paraphrasiere), ein Unglück nicht erst in dem Augenblick geschieht, da es geschieht, weil Chronos einen schon seit Jahren darauf zuschubst. Und was mir passiert ist, war beim besten Willen kein Unglück, es war ein Angriff, einfach und brutal. Durch meinen Mentor, besten Freund und selbst ernannten, sogenannten Besitzer: Momo.

Es ist allgemein bekannt, dass Menschen, denen Gewalt widerfährt, ihre Wut an den eigenen Leuten auslassen. Jemand versetzt dem Opiumraucher auf dem Basar einen Tritt, woraufhin er, der sich nicht wehren kann, nach Hause geht und seine Kinder tritt. Große, reiche Nationen holen sich in fernen Ländern eine blutige Nase und streichen armen Babys daheim das Milchgeld. Man kann ein feindliches Flugzeug nicht mit einem Stein vom Himmel holen, aber dem Nachbarn kann man die Fenster einwerfen.

Erschüttert hat mich die Plötzlichkeit des Angriffs, seine schiere Bosheit. Ich habe im Leben so einige Schläge eingesteckt, ich lasse mir also nicht nachsagen, dass ich den Schwanz einziehe. Aber wenn mich jemand brutal in den Rücken stößt, dann sage ich – entschuldigen Sie die unflätige Ausdrucksweise, verzeihen Sie den schlechten Atem –, wau auf dieses Camp. Verflucht sei dieses schon verfluchte Haus. Da gehe ich lieber in die Wüste. Was kann mir schon Schlimmes passieren? Ich verhungere. Ich werde von der Sonne geröstet. Besser als für den Rest meines Lebens durch diese trostlosen Straßen zu hinken. Ob diese Straßen trostlos sind, fragen Sie? Sie haben keine Ahnung, wie trostlos. Wenn brave Bürger wie ich, Söhne dieser Erde, die Stätte ihrer Ahnen verlassen, sollte klar sein, dass alle Hoffnung verloren ist.

Gott hat diesen Ort schon vor langer Zeit verlassen. Ich hege keinerlei Illusionen über meine eigene Bedeutung auf dieser Erde, aber ich kann mir vorstellen, wie er sich gefühlt haben muss. Er hatte die Nase voll. Ich habe sie noch etwas voller.

Auf dem Weg aus dem Camp habe ich mir ein letztes Mal die Trostlosigkeit besehen. Mit seinen dicht gedrängten blauen Plastikdächern sieht der Ort aus wie ein großes Dixi-Klo, und so riecht er auch. Dieser Diener Gottes verkauft verstorbene Hühner, zieht den Leuten das Geld aus der Tasche und spart es für Allah. Die zwei Schrotthändler, Säulen der Lokalwirtschaft und begierig auf alles, was glänzt, sind Schwachköpfe. Doctor sitzt auf seinem Brachland und meint, jeder solle sein eigenes Gemüse anbauen. Warum fragt ihn nicht mal jemand, woher man dann Eiweiß kriegen soll?

Ich wurde geboren, als hier noch richtige Häuser anstelle dieses Camps standen, als es keinen Krieg gab und Doctor noch kein Doktor war, sondern ein Bauer mit Interesse an Kräutern. Er wusste, wie man Grünzeug mit nur wenigen Tropfen Wasser anbaut. Als dann die ersten Bomben fielen und der erste Krankenwagen eintraf, war ich es, der Doctor in die Sache hineinzog; ich suchte nach Überlebenden, und Doctor wuchtete sie in den Wagen. Dann fing er an, echte Ärzte und Krankenschwestern bei ihren Fahrten zu begleiten, und lernte dabei wohl das ein oder andere: wie man verhindert, dass Verwundete an ihrem Blut ersticken, oder wie man mit diesem Knoten da ein Bein abbindet und es so vielleicht rettet. Nachdem die echten Mediziner wieder verschwunden waren, nannten ihn alle Doctor. Er weiß, wie man Babys zur Welt bringt und Knochenbrüche richtet, aber er ist nicht glücklich als Arzt. Er möchte lieber wieder Bauer sein. So etwas gibt es nur in diesem Camp: Ein Bauer, der zum Arzt wird, und damit nicht glücklich ist. Er kann Menschen von ihren Schmerzen befreien, möchte aber lieber Rüben anbauen.

Des Weiteren lungern auf dem Platz noch ein paar Betrunkene und Konkubinen herum, Männer, die ihre Ehefrauen für eine halbe Flasche schwarzgebrannten Schnaps feilbieten, und Frauen, die eben diese Flaschen auf dem Kopf ihrer Käufer zerschlagen, bis sich schließlich alle gegenseitig das Feuer der Hölle an den Hals wünschen. Wir waren die einzige intakte und anständige Familie im Camp, und dann das. Na gut, der ältere Sohn hat ein paar Ziele für diese Leute im Hangar ausgespäht, die nach gekochtem Kohl riechen, aber als Pazifist bekommt man nun mal keinen dicken Jeep.

Der Jeep führte einen kleinen Konvoi der Amerikaner an, der Wasser holen sollte. Offenbar hatten sie im Hangar alles, was sie brauchten, außer Wasser. Dem Jeep folgte ein gepanzertes Fahrzeug mit Maschinengewehr auf dem Dach, hinter dem ein sehr wachsamer amerikanischer Soldat stand. Mitten auf dem Platz hatte der Jeep eine Panne, und obwohl die Amerikaner alle möglichen Helme, Waffen und Funkgeräte dabeihatten, hatten sie eines nicht: einen Mechaniker. Eindringliche Anweisungen ertönten knisternd aus ihren Apparaten, die Antennen zitterten wie die Rute eines freudig erregten Hundes. Bro Ali trat vor und fragte: »Darf ich?« Sofort zielten drei Gewehre auf ihn, als wäre er ein Straßenräuber und kein Teenager, der seine Hilfe anbietet. Bro Ali zeigte auf die Motorhaube des Jeeps und ging langsam darauf zu. Sein Kopf und Oberkörper verschwanden im Motorraum des Wagens, während seine Beine in der Luft baumelten. Kurze Zeit später rief er: »Okay, versuchen Sie es jetzt mal.« Der Jeep erzitterte kurz, dann lief der Motor. Die Gewehre wurden gesenkt, und Bro Ali tauchte wieder auf, wobei er sich nur schwer ein höchst zufriedenes Lächeln verkneifen konnte.

»Danke, junger Mann«, sagte der große Typ mit dem Helm. »Wie würde es dir gefallen, so ein Baby zu fahren?«

Bro Ali nuschelte schüchtern etwas von Schule. Father Dear trat vor und besiegelte unser Schicksal. »Aber er kann nach der Schule arbeiten, er kennt sich sehr gut mit Maschinen aus.«

Father Dear wurde für die Leute im Hangar zum Mann für alles, er wurde ihr Logistik-Mann, ihre Lokal-Connection. Er besorgte Ziegen für sie, und wenn sie Arbeitskräfte brauchten, organisierte er ihnen ein paar Jungen, die gegen einen Tageslohn losgeschickt wurden, um kleine Arbeiten zu erledigen, wie kaputten Stacheldraht flicken oder Sandsäcke für neue

Bunker füllen. Manchmal kamen die Jungen nicht zurück, aber es waren hektische Zeiten, und niemandem fiel es groß auf.

Damals machte dieser Ort etwas her. Das Leben hatte einen Sinn. Verstehen Sie mich nicht falsch, ich bin Pazifist durch und durch, aber ich vermisse die Zeiten, als die Weißkohle in Uniform aus dem Hangar noch durchs Camp fuhren und die Bomben fielen. Dieses Pfeifen, die Sirenen, die Explosionen, das ganze Zisch-zisch-zisch jagte mir eine Hundescheißangst ein. Es war entsetzlich. Aber später, nachdem alles, was explodieren konnte, explodiert war, herrschte Ruhe. Und überall lag Schutt, über den man hüpfen, verbranntes Fleisch, an dem man schnuppern konnte; Suchtrupps mussten zu den Verschütteten geführt werden, die jede Seele auf diesem Planeten verfluchten. Man rettete Leben. Man bekam einen Keks zur Belohnung. Das Leben war gut. Es hatte einen Sinn. Die panische Angst war schlimm, ja, aber anschließend galt es, Leben aufzuspüren und zu retten, oder es gab Beerdigungen, bei denen man rumhängen konnte, wo der Duft von Rosenwasser über frisch aufgeworfener Erde schwebte und man sich ganz traurig fühlte. Rosenwasserduft ist der Geruch eines plötzlichen Todes nach einem gut gelebten Leben.

Ob ihnen die Bomben ausgegangen sind?

Es ist keine Bombe mehr gefallen, seit Momos älterer Bruder den schwarzen Overall getragen und seine Mutter ihn zum Abschied etwa hundertmal umarmt hat. Bei den Amerikanern gilt er als vermisst. Lange haben sie behauptet, er sei auf eine Mission in die Berge geschickt worden, wo er angeblich immer noch ist. Jetzt schweigen sie. Momo sagt, sein Vater habe Bro Ali an die Amerikaner im Hangar verkauft, weil er sehr geschickt darin war, Signale an die Flugzeuge zu senden, sodass diese die Bomben an den richtigen Stellen abwerfen konnten. Wenn man mit Leuten kooperiert, die die Häuser deines Volkes zerstören, kann das tragisch enden. Aber er war wirklich gut darin, unser Bro Ali, das muss man sagen. Nur was, wenn er sich geweigert hat, ihnen weiter Ziele für ihre Bomben zu verraten, nachdem sie ihn angestellt hatten? Wenn es so war, hatte er sicher seine Gründe. Und Bro Ali konnte stur wie die Rute eines Hundes sein. Einmal hat er nur so zum Spaß Father Dears Akten gestohlen, und als der ihn deswegen windelweich geprügelt hat, hat Bro Ali kein Wort gesagt. Wie soll Mutt wissen, was von all dem wahr ist und was nicht? Aber seine Söhne verkauft man nicht, selbst wenn der Käufer in Dollar zahlt. Nicht einmal, wenn der Sohn ein Rotzbengel ist. Auch nicht, wenn er es verdient hat.

Aber sie glauben eben gern an große Theorien. Es will ihnen nicht in den Kopf, dass jemand aus freien Stücken weggeht und dann vielleicht nicht zurückkommen möchte. Die spärlichen Informationen, die ich hatte, habe ich Momo mitgeteilt, und was hat mir das gebracht? Ein übel zugerichtetes Bein. Die Wüste. Entferntes metallisches Bersten am Himmel. Was ist da oben los? Letzte Nacht war hier so ein Getöse, dass ich kurz geglaubt habe, die glücklichen Zeiten der Nachtangriffe kämen wieder. Aber es dauerte nur ein paar Sekunden, dann war es wieder still.

Jetzt ist es helllichter Tag. Kein Blatt, das Schatten wirft. Selbst die Eidechsen haben sich verkrochen. Gesellschaft leisten mir nur die dummen Skorpione, die immer auf der Suche nach anderen Skorpionen sind, mit denen sie kämpfen oder Skorpionliebe machen können.

Vielleicht wusste ich einfach nicht weiter. Vielleicht habe ich mir gesagt, mehr ertrage ich nicht. Trotzdem vermisse ich jetzt diesen trostlosen Ort, den ich für immer hinter mir gelassen habe. Es hat mich immer geärgert, wenn Momo mich eine Drama-Queen genannt hat. Das klang nach mangelnder Intelligenz meinerseits, als setzten meine Emotionen meine Ratio außer Kraft oder als machte ich ihm eine Szene, um Aufmerksamkeit zu bekommen. Tja, und jetzt schwelge ich in Erinnerungen an fallende Bomben. Und an jene, für die man angeblich der allerbeste Freund ist und die einem dann den Dolch in den Rücken rammen.

Ja, nennen Sie mich ruhig sentimental.

Kann es sein, dass ihnen wirklich die Bomben ausgegangen sind?

Wie ihnen ja auch das Salz ausgegangen ist.

Vor dem zweitschlimmsten und dem schlimmsten Tag meines Lebens lagen die schönsten Tage meines Lebens.

Manchmal warfen sie zwischen den Bombardements diese rosaweißlichen behauenen Salzblöcke ab, die an kleinen Schirmen zur Erde schwebten. Das Gute daran war, dass sie keinen Lärm machten; keine Sirenen gingen los, nichts brannte, keine Häuser stürzten ein, es gab nichts aufzuspüren, nichts zu retten. Nur jede Menge aufgeregtes Vieh, mit dem es zu konkurrieren galt. Diese Salzbomben waren angeblich Teil eines humanitären Plans, der uns Tieren helfen sollte. Anscheinend stecken sich Tiere, wenn sie Salz lecken, nicht mit diesen fiesen Krankheiten an, die von verwesendem Menschenfleisch ausgehen. All die sogenannten Tiere stürzten sich wie wild auf dieses Manna vom Himmel. Offensichtlich ist niemand der Ansicht, dass Hunde auch Tiere sind oder eine Dosis Salz brauchen; was Letzteres angeht, hatte ich eigentlich nie Bedarf. Allerdings ist Neugier für den cleveren Hund essenziell, deshalb musste ich wissen, was der ganze Rummel sollte, und schlich mich dazwischen. Ja, dazwischen, glauben Sie mir ruhig. Während die Ziegen oder Kühe am Salz leckten, waren sie so abgelenkt, dass sie glatt vergaßen, Tritte oder Kopfstöße auszuteilen. So konnte ich mich zwischen den Beinen durchschlängeln und auch mal lecken. Aber mehr noch als das Lecken liebte ich es, die Salzblöcke zu betrachten. Sie schienen rosafarbene Schätze zu bergen, als wäre jemand in einer Mine auf juwelengefülltes Gestein gestoßen und hätte es in der Wüste verstreut. Nach jedem dritten Lecken hoben die Kühe den Kopf, um zu schauen, ob noch mehr vom Himmel fiel, oder vielleicht auch nur, um sicherzustellen, dass von dort oben niemand herabschaute. Dann senkten sie den Blick wieder zu ihren Hufen, um in ihrer himmlischen salzseligen Sanftheit auch an mir zu lecken. Oh, dieser Atem. Er roch fürchterlich, nach Erinnerungen an gewaltsam geraubte Kälber, die noch gesäugt worden waren, und nach von Menschen gestohlener Milch. Aber man kann ihnen ja nicht sagen, *hey, Big Mama, lass das mal mit der Zunge, Lecken ist meine Aufgabe.*

Als ich aus dem Camp rannte, roch ich ein letztes Mal den Kummer, der aus den Öfen der Häuser aufstieg. Hier einer, den sie hingeschickt hatten, dort einer, der nicht zurückgekehrt war. Das Hemd einer Schuluniform, das gebügelt im Schrank wartete, ein platter Fußball, halb fertige Bilder von Krügen und Krähen an den Wänden. Die Jungen, die mal kurz weg waren, die Jungen, die bald zurück sein würden.

Für mich gibt es kein Zurück. Nur Sand, an dem ich lecken kann. Ich rieche, wie sich Hunger nähert. Ja, da kommt jemand auf mich zu, der noch hungriger ist als ich. So was. Ich versuche, den Kopf in den Sand zu stecken. Geht nicht. Zu welchen Grausamkeiten sie doch mit Sprache fähig sind. Mein Kopf liegt auf dem Sand. Mein gebrochenes Bein schmerzt.

Aber am schlimmsten schmerzt mein gebrochenes Herz.

KAPITEL 4

ELLIE

Am sechsten Tag stoße ich auf die ersten Anzeichen von Besiedlung. Ich finde eine Kupferschale, halb vergraben in etwas, das wohl mal ein Bach war. Sie ist schlammverkrustet. Vorsichtig säubere ich sie mit dem Ärmel meines Fliegeranzugs und entdecke am Boden der Schale eine orientalische Kalligraphie. Hätte ich doch nur einen der angebotenen Grundlagenkurse für Arabisch, Persisch oder modernes Paschtu belegt und nicht das Modul über Guerilla-Gärtnern.

Mit neu geweckter Hoffnung blicke ich mich um.

Sechs Tage lang habe ich weit und breit kein Lebenszeichen gesehen. Hätten mich die Ziegenficker abgeschossen, wären sie längst hier, um mich zu jagen. Was aber, wenn sie einfach nur gern Leute abschießen, ohne sie unbedingt gefangen nehmen und foltern zu wollen? Vielleicht sehen sie keinen Sinn darin, Informationen aus ihnen herauszuholen oder die üblichen Videos zu drehen. Nihilistischer Widerstand ist am schlimmsten; der sei gerade schwer angesagt, hatte man uns in »Einführung in interkulturelle Sensibilität« erzählt. Colonel Slatter hatte die Hintergründe so umrissen: Früher habe es Kunst um der Kunst willen gegeben, jetzt hätten wir Krieg um des Krieges willen. Keine territorialen Eroberungen, keine Sklavenjagden, keine Massenvergewaltigungen, scheiß auf die Ölquellen, was interessieren uns die mineralischen Bodenschätze. Massenvergewaltigungen könne man auch outsourcen. Krieg bedeute heute nur noch Bombenteppiche, gefolgt von Trockennahrung und Bastelkursen für die Flüchtlinge. Menschen, die jahrhundertelang ihren Weiler nicht verlassen hätten, Ziegenhirten, die an nichts als saftige Weiden und traditionelles Liedgut glaubten, Frauen, die nie weiter als bis zum Dorfbrunnen gegangen seien – sie alle könnten nun endlich in UN-Zelten wohnen, von USAID gespendete exotische Lebensmittel essen und von sprudeligen Softdrinks rülpsen.

Aber der Fortschritt – in seiner alten Form – sei zu langsam; Schafe bumsen reiche nicht aus, damit eine moderne Zivilisation entstehe. Man könne nicht warten, bis das Straßennetz auch hier ankomme und Feriendörfer gebaut würden. Wenn das Ende der Welt wirklich naht – und es naht tatsächlich, da sind sich mittlerweile alle einig, vom Jesus-klopft-an-deine-Tür-Knallkopf bis zum Die-Erde-erhitzt-sich-immer-schneller-und-wir-werden-alle-geröstet-Freak –, muss das alles zügiger gehen, dann braucht es Interventionen. Man kann denen nicht einfach Tröpfchenbewässerung und Zeltschulen schenken und hoffen, dass sie sich zivilisieren und die Millenniumsziele erreichen. Wie öde. Was bringt es, die Natur des Menschen zu ignorieren, wenn es doch immer wieder nur darum geht, dem Nachbarn das Haus abzujagen und seine junge Frau zu bumsen? Gebt diesen Männern auf Kamelen Panzerfäuste, und sie sind ratzfatz im neuen Jahrtausend. Dafür brauchen sie nicht einmal eine Ideologie. Oder aufwendiges Training. Sie müssen mit dem Ding ja nicht zielen können. Auf die Schulter damit und Feuer frei.

Colonel Slatter spricht in meinem Kopf. Nachdem ich zu lange rumgeeiert hatte, war er losgeflogen und nicht zurückgekehrt. Seitdem gilt er als vermisst, *missing in action*. MIA, so ein Dreck. Jetzt bin ich also dran und folge der Tradition. Kollege schmiert ab, du fliegst ihm nach, selbe Route. Ich frage mich, ob Colonel Slatter den Absturz vielleicht überlebt hat und jetzt die Wüste durchstreift und Ziegenhirten terrorisiert. Wenn du anfängst, mit toten Kameraden zu sprechen, dauert es nicht mehr lang, und du leistest ihnen Gesellschaft.

Wach auf.

Der Wind nimmt zu, um mich herum erhebt sich langsam der Sand und schwebt; ob es der Beginn eines Sturms ist oder nur eine leichte Brise, weiß ich nicht. Es gibt vieles, was ich über diesen Ort nicht weiß. Im Survivalkurs hatte alles ganz logisch geklungen; um der Wüste zu entrinnen, müsse man sich nur an der Flugrichtung des Sandes orientieren. Ich nehme mein Fernglas und blicke hindurch. In der Ferne flattert eine Fahne. Habe ich was im Auge? Ich reibe mir die Augen, öffne sie wieder und sehe verschwommen einen roten Fleck. Ob er in meinem Auge oder da draußen in der Wüste ist, kann ich nicht sagen.

Die Wüste nimmt deine Augen in Besitz. Sie werden selbst zur Wüste. Ich habe mich schon daran gewöhnt. Ein Vogel. Nein, doch kein Vogel. Je nach Tageszeit sehe ich Dinge, die nicht das sind, was sie scheinen. Fata Morganas. Wir hatten sie im Lehrgangsmodul »Einführung in interkulturelle Sensibilität« behandelt. Colonel Slatter hatte von Luftspiegelungen gesprochen, fachsprachlich auch »Miragen«, wie die Kampfjets, diese französischen Flugvehikel, die zwar elegant aussehen, wie das meiste aus Frankreich, aber in einem echten Krieg völlig nutzlos sind, wie so ziemlich alles aus Frankreich. Aber die Miragen der Wüste, fuhr er fort, seien glitzernder Sand, Sand, der vorgebe, kein Sand zu sein, der seinen ältesten Trick abziehe und von weitem wie Wasser aussehe, sodass ihr Arschlöcher hinrennt und feststellt, das ist gar kein Wasser, sondern nur noch mehr Sand. Und jetzt hat euer Körper schon so viel Wasser verschwendet, dass ihr abnippelt, und das alles nur, weil ihr Sand für ein Gewässer gehalten habt.

Tut das nicht. Wirklich nicht. Auch dann nicht, wenn ihr

sicher seid, dass vor euch nicht nur ein Wasserloch, sondern eine richtige Oase liegt, mit diesen arabischen Bäumen und einem üppig bewachsenen Teich, mit Oben-ohne-Chicas mit transparenten Schleiern und schimmernden Hosen, die euch zuwinken. Selbst wenn ihr die Ladys zählen oder durch ihre Pluderhosen hindurchsehen könnt, rennt nicht. Wartet und denkt nach. Euer furztrockenes kleines Hirn verarscht euch gerade. Wenn euch aber das Spektakel allzu echt vorkommt, dann geht wenigstens langsam. Macht die Augen zu und macht sie wieder auf. Denkt an die Kinder. Denkt an all die sterbenden Kinder in allen Kriegen der Welt. Wenn ihr nicht vorsichtig seid, wenn ihr nicht auf jeden eurer Schritte achtgebt, seid ihr schon so gut wie eins von ihnen. Nur dass mit euch niemand Mitleid haben wird, denn ihr seid ja keine richtigen Kinder. Wenn ihr näher rangeht und das, was ihr seht, immer noch für echt haltet, seid ihr entweder schon ein Zombie oder auf bestem Wege, einer zu werden. Freut euch, wenn ihr schon einer seid, weil das, was euch erwartet, wird euch nicht gefallen. Da wollt ihr lieber tot sein, glaubt mir. Nicht tot im Wäre-ich-doch-tot-heul-schluchz-Sinn, sondern richtig tot. Denn diese schimmernden Schönheiten, die gar nicht existieren, auf die ihr aber trotzdem unbedingt zurennen müsst, werden euch verdammt wehtun. Das also ist eine Mirage; wen wundert's. Ein französisches Wort – was soll da schon Gutes bei rauskommen.

Die Frischlinge im Lehrgang hatten hinter vorgehaltener Hand gekichert, während Colonel Slatter weitergesprochen hatte. »Wenn ihr Glück habt, ist da ein pisswarmer Tümpel mit ein paar Sträuchern drum herum. Ausgehungert wie ihr seid, wird euch das wie das Paradies auf Erden erscheinen, wie eine kleine eingezäunte Luxuswohnanlage, wo Milch und Honig fließen, ein Tal voller sexhungriger Frauen und ewiger Erektionen.

Schon klar. Und eure Mutter ist die heilige Maria, und euer Vater Josef, der sie natürlich nie angefasst hat.

In Wirklichkeit werdet ihr dort einen Ziegenhirten antreffen. Oder, mit etwas Glück, einen Kamelhirten. Die sind meist ein bisschen zurückhaltender, gut genährt und geduldig, wie ihre Herde – vielleicht ab und zu heimtückisch, aber geduldig. Und was auch immer man ihnen nachsagt, ein Kamel bumsen ist tierisch umständlich. Und Kamele haben ein gutes Gedächtnis. Deshalb machen Kamelhirten nicht mit ihren Tieren rum. So steht es auch in ihrem Buch. Ihre alten Schriften sind voll mit Ermahnungen, dass man nicht mit seinem Kamel rummachen soll. Und schon gar nicht mit dem eines anderen.

Bei eurem Glück allerdings erwartet euch ein Ziegenhirte mit Flöte, der irgendeine dämliche Melodie spielt, bei der ihr gleich Heimweh bekommt. Der freut sich über euren Besuch, weil ihn die beschissenen Ziegen und das ständige Gedudel seiner Flöte total nerven. Ein Künstler ohne Publikum also, der sich selbst dafür hasst, dass er diese Flöte spielt. Am Ende wird er euch schlachten, wie er alle paar Wochen eine seiner Ziegen schlachtet, aber vorher fickt er euch noch. Natürlich denkt ihr als Erstes an die Ehre unserer großen Nation, die von einem beschissenen Flöte spielenden Ziegenhirten befleckt wird, aber das Ganze ist viel persönlicher. Es tut nämlich weh. Nach der ersten Tasse Wasser gibt er euch nichts mehr zu trinken. Stattdessen ermuntert er euch, dass ihr euch bückt und direkt aus dem Wasserloch trinkt, damit ihr eins mit der verdammten Natur werdet. Nur sagt er das nicht, weil er ein Naturliebhaber ist, nein, er hasst die Natur, er hat sie gründlich satt und will viel lieber leben wie in dem Porno, den er mal gesehen hat, den mit der Schaumstoffmatratze und den zwei Russinnen. Mit anderen Worten sollt ihr das Wasser aus dem Tümpel schlürfen, damit er den Teil besser begutachten kann, den er ficken will, nämlich euren bleichen, dankbaren Arsch.

Plötzlich fragt ihr euch: Wo sind eigentlich die tanzenden Mädels abgeblieben? Womöglich bereiten sie ein Festmahl für euch vor, oder vielleicht erlaubt es ihre Kultur nicht, dass sie halb nackt vor ausgehungerten weißen Jetties rumhüpfen. Jedenfalls fängt der Schäfer wieder an zu flöten, um sich in Stimmung zu bringen, während ihr dieses Pipiwasser schlürft und euch in Sicherheit wiegt. Endlich kommt ihr in den Genuss jener legendären Gastfreundschaft der Wüstenvölker. Ihr wisst, was es mit dieser Gastfreundschaft auf sich hat, oder?

Gleich erfahrt ihr es.

Mit neunundneunzigprozentiger Wahrscheinlichkeit schlachtet er euch. Bleibt eine Ein-Prozent-Chance, dass er seine Freunde einlädt und eine kleine Party schmeißt, bei der der Letzte, der euch fickt, entscheiden darf, ob sie euch schlachten oder als Geschenk an andere Ziegenhirten weiterreichen.«

An dieser Stelle rief Colonel Slatter eine Viertelstunde Pause aus, damit wir die Bilder bei koffeinfreiem Kaffee und Keksen sacken lassen konnten.

So viel zum Hauptmodul von »Interkulturelle Sensibilität«.

Ich blicke noch einmal durchs Fernglas. Der Sand umschwebt immer noch meine Knie; kein Sturm, aber in der Ferne aufgewirbelter Sand. Rote Flecken sehe ich keine mehr, nur einen Staubteufel, der langsam und zielsicher auf mich zusteuert, als wäre ein Teil der Wüste auf der Suche nach Wasser und hielte mich für eine Oase. Aus dem wirbelnden Sand taucht Cath auf, in einen schimmernden weißen Kaftan gehüllt, die Arme weit geöffnet. Endlich holt sie mich. Ich will auf sie zulaufen, aber sie ist schon nicht mehr da. Bilder erscheinen und verschwinden. Cath auf dem Sofa, im Bett, am Telefon, im Restaurant am Tisch, wie sie sich Kindernamen überlegt, sich Anzeigen für Grundstücke in der Nähe guter Schulen ansieht; dann im Krankenwagen, im Krankenhaus, weg und doch noch da, überall. Die meisten unglücklich verheirateten Menschen träumen davon, dass ihr Partner eines Tages eines nicht allzu schrecklichen Todes stirbt und sie nach der Beerdigung in ein leeres Zuhause zurückkehren, in tiefer Trauer und gleichzeitig voll

Vorfreude auf den Beginn eines neuen Lebens. Wenn sie dann tatsächlich nach Hause kommen, sitzt ihr Partner für gewöhnlich auf dem Sofa und fragt, wo sie gewesen sind.

Wer an diese Fata Morgana glaubt, der glaubt alles.

KAPITEL 5
MOMO

In meinem Traum fällt ein Mann vom Himmel. Er fällt nicht wie ein Mensch, der vom Himmel herabgeworfen wird, nicht wie ein Stein, den ein wütender Gott auf die Erde schleudert. Er schwebt herab wie ein Blütenblatt, das von einem gut gelaunten Gott abgezupft und fallen gelassen wurde. Als er sich dem Boden nähert, reißt er die Augen auf; er fällt auf eine Erde, die er aus einem Albtraum kennt. Ich hebe die Arme, um ihn aufzufangen oder wenigstens zu bremsen. Sein schwereloser Körper schwebt in meine Hände, die Erde unter meinem Bett erzittert, und ich wache auf.

Obwohl es noch dunkel ist, versucht Mutt, mich aus dem Bett zu zerren. Er stößt mir seine feuchte Nase ins Ohr, kratzt mit seinen Pfoten an meiner Brust. Bis er beim Training einen Schuss einstecken und in die Wüste verschwinden wird, ist es noch ein paar Tage hin.

Schläfrig umarme ich ihn und frage mich, ob es das ist, was mir jetzt passieren wird: Kehre ich zu Gott zurück? Mit zwölfeinhalb wurde ich ein wahrhaftiger Mann Gottes. Ich spürte seinen Pulsschlag (oder was auch immer Gott anstelle eines Pulses hat). Ich betete mit solcher Hingabe, dass ich Fieber bekam. Ich lieh mir Mother Dears Gebetskette und ratterte Seine Namen herunter: der Schöpfer, der Vernichter, der Vergeber …

Mother Dear sah mich stolz an und gab mir einen Extrakeks zu meinem Glas Milch, während Bro Ali mich mit Verachtung strafte. »So, so, wer erschleicht sich denn da mit den Namen Gottes ein paar Kekse?« Aber seine Sticheleien perlten an mir ab. Wenn ich ins Bett ging, bebte ich vor Gottesfurcht, und morgens erwachte ich in Seiner warmen Umarmung und spürte – zusätzlich zu meiner Erektion – Seine göttliche Präsenz. Jetzt weiß ich, dass jeder diese Phase in der frühen Jugend durchläuft. Die Freuden des Geistes kommen vor den Freuden des Fleisches. Die Seele erwacht, kurz bevor wir entdecken, wie es ist, ekstatisch das eigene Fleisch zu reiben.

Werde ich rückfällig? Werde ich wieder ein fanatischer Teenager? Nein, das glaube ich nicht. Weil Er sich eines Tages disqualifiziert hat. An jenem Tag.

Sagen wir, Gott war mir gnädig und ich war Sein demütiger Diener – bis Bro Ali nicht aus dem Hangar zurückkehrte. Ich betete mit äußerster Sorgfalt, appellierte an Seinen Sinn für Gerechtigkeit – *o Löser aller Probleme, o Finder aller Vermissten, o Barmherzigster, bitte, bitte, bitte* –, aber dann dachte ich, was soll's. Kein Bro Ali, kein Gott. So einfach ist das. Dann kommen wir eben nicht ins Geschäft. Andere haben es noch nicht aufgegeben, sie rezitieren weiter Seine Namen und hoffen, dass Er ihren Sohn zurückbringen und den Strom reparieren wird. Ich hoffe, sie werden Ihn eines Tages im Himmel treffen und Ihn fragen können, ob Er eigentlich einen Plan hatte oder ob Er einfach nur ein bisschen Fun haben wollte mit seinem Lieblingsvolk, dem Volk der Wüste.

Bro Ali wollte gehen. Das Leben hier ödete ihn ziemlich an, das muss ich zugeben. Er sah kein Potenzial in diesem Ort. Ihm fehlte der Geschäftssinn. Als ich mein *Sands-Global*-Projekt startete, kam er mir patriotisch. »Dieser Sand ist doch deine Heimat, das ist, als würdest du deine Mutter verkaufen«, stichelte er. Und ich entgegnete, was denn dann mit all den Ländern sei, die Öl verkauften. »Verkaufen die etwa ihre Muttermilch?« Ich fragte ihn, warum er rumlief und ihnen Ziele lieferte. »Hast du sie gebeten, unser Haus zu zerbomben, weil du deine Treue beweisen und einen Job bei ihnen haben wolltest? Findest du das patriotisch?« Woraufhin er seine Du-bist-zu-jung-um-das-zu-verstehen-Grimasse zog und ging. Manche Menschen sind eben zum Sklaven geboren. Er musste unbedingt ein Unternehmenssklave werden. Und Sklaven sind, das liegt in der Natur ihres Berufes, nicht sehr gut im Verhandeln.

»Was willst du später mal machen?«, fragte ich ihn.

»Ich will die Welt sehen.«

Wozu will er die Welt sehen? Die ist doch überall gleich. Mütter, Väter, Schrottplätze, Schulen, Hangars. Wissen Sie, was ich mit der Welt machen will? Ich will sie besitzen. Ganz oder mindestens ein fettes Stück davon.

Ich saß im Unterricht, und nachdem ich einen Krug gemalt und einen Aufsatz zum Thema »Der glücklichste Tag meines Lebens« geschrieben hatte, meldete ich mich und fragte den Lehrer: »Wie baut man eine Lieferkette auf?« Ich hatte in *Fortune 500* gelesen, dass nicht die Produktion, nicht der Vertrieb und auch nicht das Humankapital ein Unternehmen erfolgreich machen, sondern eine ausgezeichnete Lieferkette. Der Lehrer war überrascht.

»Wenn ich eine Jacht will, brauche ich ein eigenes Unternehmen, und ein Unternehmen braucht eine zuverlässige Lieferkette. Können Sie mir beibringen, wie man die aufbaut?«

Für den Physiklehrer war Ehrgeiz offensichtlich ein Fremdwort. »Wozu brauchst du eine Jacht? Hast du überhaupt schon mal das Meer gesehen?« Aus dem wird nicht mal ein Newton, weil er schon nicht glaubt, dass es hier Apfelbäume gibt. Ich hatte sehr wohl das Meer gesehen, in *Der weiße Hai 2*, aber es war sinnlos, ihm das zu sagen. Später stellte ich Bro Ali die gleiche Frage, aber auch er war keine große Hilfe. Er findet, mir fehlt es an Moral.

»Also willst du später mal genau so ein Dieb werden wie alle anderen«, sagte er.

Es ist, als wäre er mitten in unserem Streit verschwunden.

An diesem Punkt wird mich Mother Dear korrigieren und sagen, *dein Vater hat ihn verkauft wie ein Schaf.* Aber da widerspreche ich ihr. Father Dear hat nie Schafe verkauft. Father Dear hat nie auch nur irgendwas verkauft. Father Dear besitzt keinerlei unternehmerische Fähigkeiten. Father Dear ist nichts weiter als ein Buchhalter, und nicht einmal ein sehr guter. Er hält sich außerdem für einen Sozialarbeiter und einen ausgebildeten Sexualkundelehrer. Er hält sich für den Besten. Aber niemand lacht über seine Witze.

Ich versuche immer noch, Mutt zu beruhigen, versuche, mich an das Gesicht des Mannes zu erinnern, der vom Himmel herabgesunken ist. Mutt hat mich mit seiner Angst angesteckt. Aber wovor habe ich Angst? Vor einem Mann, der vom Himmel fällt? Der Himmel selbst könnte auf die Erde fallen, und ich würde nicht weglaufen; ich würde mir ein Geschäftsmodell überlegen und ihn in mein Aktienportfolio aufnehmen.

Am Morgen kommt Father Dear in Begleitung von Lady Flowerbody nach Hause.

Eins vorweg: Es ist nicht meine Absicht, gut gekleidete berufstätige Ladys zu beleidigen, die, so nehme ich jedenfalls an, auch gut riechen, Gutes tun und gute Manieren haben. Der Name Flowerbody stammt von Mother Dear; es ist ihre Art zu sagen, dass die frühmorgendliche Besucherin nichts weiter als eine billige Schlampe ist. Als Beweis reicht ihr, dass Father Dear sie als eine Art Kollegin vorstellt. Genau so ein Vater ist Father Dear: Er ist arbeitslos, hat aber angeblich Kollegen. Zwar reagiert nie jemand auf seine Petitionen, aber er trägt seine Akten mit sich herum, als fänden sich darin die Antworten auf alle offenen Fragen des Universums.

Mother Dear nennt sie hartnäckig *diese* Flowerbody, auch nachdem mein Vater sie uns als die neue Koordinatorin des Programms für Familienrehabilitation vorgestellt hat. Ich hasse es, wenn Frauen aufgrund ihres Charakters oder gar ihres Aussehens beleidigt werden – sie werden schließlich mit ihrem Gesicht und Körper geboren, und Arbeit braucht jeder –, aber Mother Dear ist sicher, dass wir einen zweifelhaften Charakter im Haus haben. *Schau dir diese Haare an, dieses Make-up, was will die überhaupt hier?* Mother Dears Finger umklammern starr die Gebetskette. »Sollte sie sich nicht lieber um ihre eigene Familie kümmern, anstatt andere Familien zu zerstören?«, sagt sie.

Sie ist nicht die erste Wissenschaftlerin, die uns besucht. Immer waren es wohlriechende Weltverbesserer, die uns Milchpulver mitbrachten und uns nach unseren Gefühlen fragten, die sie dann in hübschen ledergebundenen Büchlein notierten.

»Sie ist die neue Koordinatorin des …« Father Dear räuspert sich. Sein Leben lang schon räuspert er sich, bloß um immer wieder festzustellen, dass er nichts zu sagen hat.

Dann hüstelt er, als ob dieses Hüsteln ihn zur Stimme der Vernunft machen würde. Sie verschwinden in die Küche. Ja, dieselbe Küche, in der Mother Dear noch ein letztes Mal mit Bro Ali sprechen wollte und mich hinausschob. Sie hat mir nie erzählt, worüber sie gesprochen haben. Ich werde sie auch nicht danach fragen, sonst fließen wieder Tränen, und die Namen Gottes fliegen mir um die Ohren. Mutt schlich sich damals rein, aber auch wenn er zielsicher verlorene Gegenstände wiederfinden kann, versteht er doch wenig davon, wie Familie funktioniert. Jaulend kam er wieder raus. Ich bin seine Familie, die einzige, die er je hatte, und die einzige, die er je haben wird.

Aus der Küche dringt ein geflüsterter Streit, der zu einer geflüsterten Beinaheschlägerei eskaliert, die niemand hören soll, die aber alle mitbekommen. Mother Dear boxt Father Dear wie üblich vor die Schulter, woraufhin er mit Scheidung und Mord droht. Währenddessen sitzt Lady Flowerbody draußen im Hof auf einem Plastikstuhl, mustert die vertrockneten Pflanzen in den Tontöpfen und bewundert die grünen Glasscherben auf unserer Grundstücksmauer. Natürlich hört sie von hier alles, auch wenn ihr Blick in die Ferne schweift und sie so tut, als habe sie mit diesem wüsten Ehekrach nichts zu tun. Ich versuche sie abzulenken, indem ich ihr Mutt vorstelle, der zu sagen scheint, ja, stimmt, deine Mutter verurteilt sie zwar etwas vorschnell, aber diese Frau riecht definitiv nach Ärger.

Es ist ziemlich offensichtlich, dass man ihr in der Ausbildung beigebracht hat, Diskussionen über ihre Rolle in dieser Welt zu ignorieren. Ich weiß eine gute Ausbildung zu schätzen; wenn mein Terminkalender nicht so voll wäre, würde ich Mutt noch einmal komplett neu erziehen. Nichts geht über eine gute altmodische Erziehung. Auch wenn sie in Mutts Fall nutzlos ist; sein Hirn ist komplett verbrutzelt. Wie alle Hirne in diesem Land. Wer in diesem Lager lebt, hat garantiert ein verbrutzeltes Hirn. Wir können sie ein Leben lang ausbilden, aber kaum ist der Zeitpunkt gekommen, das Gelernte in die Praxis umzusetzen, vergessen sie alles und wenden sich wieder an Gott. Sobald sie in die Gräben rennen sollen, es irgendwo brennt oder sie sich einfach nur in einer Reihe aufstellen sollen, damit die Lebensmittel verteilt werden können, fängt die eine Hälfte von ihnen an, »Gott ist groß« zu schreien, während in der anderen Hälfte jeder die Vorfahren des anderen verwünscht. Ihre Söhne gehen weiter fort, und die Leute warten weiter auf sie in der Hoffnung, dass sie eines Tages mit einem Arm voll Goodie-Bags aus einer besseren Welt zurückkehren werden.

»Wer ist diese Frau?« Mother Dear hat Father Dear in den Hof gezerrt und verhört ihn vor Lady Flowerbody. »Und was in Gottes Namen hat sie in meinem Haus verloren?«

Father Dear bleibt gelassen, als würde er Lady Flowerbody einem potenziellen Arbeitgeber empfehlen. »Sie ist USAID-Beraterin. Sie arbeitet mit den Familien, die von den Luftangriffen betroffen waren, und führt eine Umfrage zu postkonfliktiven Konfliktbewältigungsstrategien unter Berücksichtigung lokaler Geschichte und lokalen Brauchtums durch.« Father Dear wiegt den Aktenstapel mit allen Petitionen, die er je eingereicht hat, im Arm.

»Warum beschimpft sie uns, warum sagt sie ›Familien, die hiervon und davon betroffen sind‹? Wieso sagt sie seinen Namen nicht? Wie ist sie überhaupt hergekommen? Kann sie mit diesen Schuhen etwa in der Wüste laufen?«

Mir gefällt ihr Schuhgeschmack immer besser. Die Dinger würden im Nahkampf auch als Waffe taugen. Ich finde, dass ihr bläuliches schulterlanges Haar und das pulsierende Muttermal auf ihrer Oberlippe eine hübsche Abwechslung in unser tristes Heim bringen. Drei parallele Falten auf ihrer Stirn zeugen von Intelligenz. Ihre Vorgänger rochen nicht so gut. Und als der Hangar geschlossen wurde, kam eh niemand mehr. Es war ganz einfach, erst bombardierten sie uns, dann schickten sie uns gebildete Leute, die sich um unsere psychische Gesundheit kümmern sollten. Es gab Workshops wie »Leben mit dem Trauma« für Eltern, es gab eine Umfrage zu »Traditionellen Heilmethoden in Zeiten von Not und Aufruhr«. Unser Camp entwickelte sich unter Ausländern mit guten Absichten zum beliebten Reiseziel. An einigen von ihnen probierte ich auch meine Geschäftsideen aus, aber sie waren hoffnungslose Fälle.

»Ich bin hier, um mit Jugendlichen zu arbeiten«, sagt sie, um Father Dear weitere Peinlichkeiten zu ersparen. Das Mal auf ihrer Oberlippe verwandelt sich in einen roten Punkt.

»Aber er ist kein Jugendlicher; er benimmt sich vielleicht wie ein Teenager, aber er ist keiner. Er ist ein nichtsnutziger alter Mann. Die schwarzen Haare sind gefärbt.« Mother Dear ist noch nicht fertig mit Father Dear.

Lady Flowerbody lächelt verständnisvoll, als würde sie pro Beleidigung bezahlt.

»Meine Dissertation befasst sich mit der Psyche muslimischer Teenager, ihren Hoffnungen und Wünschen; eventuell veröffentliche ich sie als Buch mit dem Titel *Kinder der Wüste.* Zusätzlich würde ich meine akademische Arbeit gern ausweiten und meine Ergebnisse auch praktisch umsetzen«, sagt sie. »Ich möchte diese Gemeinschaft als Labor nutzen, um meine These zu belegen, dass unsere kollektiven Erinnerungen genau genommen unser kulturelles Kapital sind …«

Man muss vorsichtig sein, was man liest. Bro Ali hat viele Bücher gelesen, die in seinem Kopf für einige Verwirrung gesorgt haben. Ein Buch über meine Psyche, geschrieben von dieser Lady, wer soll das lesen? Ich jedenfalls nicht. Wenn ich etwas lesen will, greife ich zu meiner alten *Fortune 500* oder mache den Fernseher an, hoffe auf Empfang und darauf, dass *Secret Millionaires* läuft …

Plötzlich denke ich: Ist da vielleicht Geld zu holen? Könnte die Lady eine neue Einnahmequelle werden? Kann ich sie davon überzeugen, in mein ganz eigenes Reha-Projekt einzusteigen?

Mutt schnuppert an ihr und kommt kopfschüttelnd zurück. Damit markiert er sie als Spitzel. Allerdings ist nach Mutts Überzeugung jeder, der seine feuchte Schnauze nicht küsst, ein Spitzel. Wenn sie wirklich einer ist, ist es besser, sie bei uns im Haus zu behalten und dafür zu sorgen, dass sie nur das zu sehen bekommt, was sie auch sehen soll. Ich selbst werde nie zum Spitzel werden, aber ich weiß, wie es funktioniert. Spitzeln ist Spiritualität für unverbesserliche, eingefleischte Materialisten.

Tee wird serviert. Tränen fließen. Es fallen viele weitere Namen Gottes. Der Streit dreht sich nun um ein anderes Thema: wo sie schlafen soll.

»Wie kannst du eine unverheiratete, ungebundene Frau

unter deinem Dach schlafen lassen, wenn wir einen jungen Mann im Haus haben?« Mother Dear redet über mich. Mother Dear redet über unser Haus, das Haus, das ich gebaut habe. Bro Ali war zwar der Bauleiter, aber mein Beitrag war mehr als wesentlich. Mit etwas Hilfe von USAID haben wir es aus den Trümmern des alten Hauses gebaut. Für Lady Flowerbody mag es nichts Besonderes sein, aber verglichen mit den anderen Häusern im Camp ist es ein Palast. Es besteht aus genormten Fertighausteilen und dem, was vom alten Haus noch übrig war. Als sie uns die üblichen blauen Plastikwellplatten für das Dach gaben, protestierte ich – *Können wir nicht wenigstens eine andere Farbe bekommen?* –, aber alle bekamen die Platten im selben Blau. Weil Bro Ali sich verantwortlich fühlte, strengte er sich besonders an. Er rettete die Fliesen aus unserem Bad, hängte die massiven Holztüren aus, sägte sie ab und setzte sie als Fenster ein. In der Küche gibt es ein verchromtes Kochfeld, eine Gasflasche und einen offenen Schrank für die Messingtöpfe aus Mother Dears Mitgift. Im Elternschlafzimmer liegt ein Teppich, und das Bett hat eine echte Federkernmatratze. In einer Ecke des Wohnzimmers steht ein Fernseher, den Mother Dear mit einem Bettlaken abdeckt, als sei er ein Mädchen, das sich verschleiern muss, weil junge Männer im Haus sind. Unser Hof ist riesig, und Father Dear hatte die clevere Idee, die Mauerkrone mit Glasscherben zu spicken, den Scherben leerer J&B-Whiskyflaschen aus dem Hangar. Am anderen Ende des Hofs stehen zwei Hütten für Gäste. Den Hof überspannt ein Regenbogen aus Kunststoffwäscheleinen. Eines Tages wird es einen Salon, ein Esszimmer, ein Spielzimmer, ein Sitzungszimmer für Geschäftstreffen und eine Garage mit vier Stellplätzen für meine persönliche Fahrzeugflotte geben – aber fürs Erste ist es, was es ist. Und das ist keine Bruchbude. Hier wird sich noch einiges ändern, aber das hat Zeit, schließlich bin ich, woran Mother Dear uns gern erinnert, noch ein junger Mann.

Ich habe nichts dagegen, »junger Mann« genannt zu werden,

aber ich lasse mir keine Charakterschwäche nachsagen. Dieser junge Mann fällt nicht auf diesen Lockvogel herein. Wer hoch hinaus will, der stürzt nicht über ein wohlriechendes Dekolleté. Meine Prioritäten sind klar. Ich habe weit höhere Ziele als duftende Titten.

»Sie ist Beraterin. Man hat sie hergeschickt, um die psychischen Folgen nachkriegsbedingter Anpassungsleistungen junger Menschen zu evaluieren, die notwendig sind, um den eigenen Platz in einer im Wandel begriffenen Welt zu finden und gleichzeitig die eigenen wachsenden körperlichen Bedürfnisse darin zu integrieren.« Father Dear kann es sich nicht verkneifen, hier seine eigene Philosophie über die Bedeutung von Sexualaufklärung einzuschmuggeln.

Kopfschüttelnd stimme ich begeistert zu.

Ein Plan, den man nicht ganz versteht, ist wie eine unmittelbar bevorstehende Offenbarung.

Mother Dear braucht keine Berater im Haus. Sie braucht keine psychologische Unterstützung, um ihr Leben in den Griff zu kriegen. Sie braucht kein Brauchtum oder abgefuckte Vorträge über die optimale Work-Life-Balance. Sie will ihren Sohn zurück. Sie will ihn leise schnarchen hören, bevor sie zu Bett geht. Sie will ihm noch mehr Butter aufs Brot streichen, noch mehr Zucker draufstreuen. Sie will ihm zärtlich die Hose ein Stück hochziehen, bevor er das Haus verlässt. Sie will hören, wie er an die Tür hämmert, reingepoltert kommt und brüllt: *Ich habe Hunger.* Sie will seine auf dem Boden verstreuten Hemden aufsammeln und daran riechen, bevor sie sie auf den Wäschehaufen wirft.

Father Dear greift zum einzigen Trick, der sicher bei ihr funktioniert. »Sie hat Kontakte«, sagt er. »Sie wird uns helfen, Informationen über ihn zu besorgen. Der Hangar ist zwar zu, aber sie kennt ein paar Leute im Hauptquartier.« Ich finde es seltsam, dass er Bro Alis Namen nicht nennt. Mutt reckt den Kopf zum Himmel und gibt ein langes Jaulen von sich, seine

Art zu sagen, dass das alles eine Überdosis Bullshit ist. Ein besonders guter Kenner der menschlichen Natur war er noch nie. Menschliche Sehnsüchte kapiert er nicht. Früher hatte er mal Manieren, aber bei dem Unfall, der ihm das Hirn geröstet hat, sind sie ihm abhanden gekommen. Jetzt wird er es nie lernen.

»Natürlich kann der Prozess der Rehabilitation erst beginnen, wenn wir unseren Verlust anerkennen«, sagt Lady Flowerbody und zeigt sich von ihrer professionellen Seite, was bedeutet: *Ich sage alles, was ihr hören wollt.*

Mother Dear lässt sich davon nicht beeindrucken. »Ich weigere mich, meinen Verlust anzuerkennen. Ich habe nichts verloren. Wenn ihr mir meinen Sohn nicht zurückgebt, werdet ihr lernen, was ›Verlust‹ bedeutet. Eure Gutmenschen-Familien sollen brennen. Verfaulen soll eure duftende Welt.«

Lady Flowerbody seufzt erschöpft. »Bitte verstehen Sie mich nicht falsch. Erwartungsmanagement ist Teil meines Jobs.«

Mother Dear ist nicht in der Stimmung für Missverständnisse oder deren Aufklärung.

»Soll das jetzt heißen, dass Sie nichts mit den Leuten zu tun haben, die meinen Sohn mitgenommen haben? Sie arbeiten für die, aber Sie wissen nicht, was die da wirklich machen? Wollen Sie sagen, dass die eine Abteilung sie holt, und die andere anschließend geschickt wird, damit wir sie vergessen? Sollen Sie dafür sorgen, dass wir uns wie Helden fühlen, weil wir unseren Sohn verloren haben?«

»Ich versuche nur zu helfen.«

»Wie?«, will Mother Dear wissen. »Erst bombardieren sie unser Haus, dann nehmen sie mir meinen Sohn, und jetzt kommen Sie, damit wir uns wieder okay fühlen.«

»Ich kenne ein paar Leute, die sich speziell mit Fällen von verschwundenen Personen befassen. Aber wir müssen akzeptieren, dass schlimme Dinge auf beiden Seiten passieren. Natürlich ist das äußerst tragisch, der Verlust eines geliebten

Menschen. Ich habe Zugriff auf gewisse Daten. Das ist zumindest ein Anfang.«

Mother Dear ist mit diesem Anfang einverstanden. »Sie schlafen draußen in der Hütte neben dem Haupttor, und Sie verlassen das Camp nicht, bevor mein Sohn wieder da ist.«

KAPITEL 6
MUTT

Der zweitschlimmste Tag meines Lebens begann unspektakulär. Ich weckte Momo früh, denn die Arbeit an seinem Projekt *Falken für die ethische Jagd* wartete auf uns. Wir steckten noch in der Trainingsphase. Momo legt großen Wert auf Kompetenzentwicklung. Gerade war er dabei, einen Schwarzmilan zur Jagd abzurichten. Er glaubte, da ein Milan bereits wie ein Falke aussehe und sich auch so verhalte, ließe sich die Sache mit einem kleinen Schubs, etwas Motivation und einem kurzen On-the-job-Training schnell erledigen. Um den Milan zu motivieren, hatte er ihm nichts zu fressen gegeben. Auf die Idee, einen Aasvogel zu Geschäftszwecken auszuhungern, können auch nur Menschen kommen. Und da läuft Momo rum und behauptet, *mein* Gehirn wäre gegrillt worden.

Momo schläft jetzt immer in Bro Alis Bett, auch wenn ich nicht sicher bin, ob er überhaupt noch schläft. Kaum hatte ich ihn zärtlich am Ohr geleckt, sprang er schon auf. Als Bro Ali noch da war, musste ich Momo immer regelrecht aus dem Bett zerren.

Momo ist der Meinung, dass ich vor dem Unfall am Strommast, bei dem mein Gehirn gegrillt wurde, noch moralische Prinzipien gehabt hätte. Seiner Lesart zufolge – und ich spreche hier rein bildlich, denn der Junge zeigt kein großes Interesse am Lesen – war ich vor dem Unfall ein moralisch integrer Hund. Jetzt bin ich bloß noch ein verdorbenes Tier. Außerdem hält er mich für einen Dieb. Eine lächerliche Anschuldigung. Warum sollte ich stehlen? Ich nehme, was ich brauche. Das ist alles. Ich habe keine Geheimverstecke oder Schließfächer, ich leihe mir nichts, ich verleihe nichts. Habe ich etwa irgendwo ein Lagerhaus voller Knochen herumstehen? Momo benutzt einen peinlichen Unfall als Rechtfertigung für eine nicht enden wollende Rufmordkampagne gegen mich. Derselbe Momo, der immer gesagt hat, dass sein Mutt mehr Arsch in der Hose habe als jeder Krieger, den dieses Land je hervorgebracht hat. Derselbe Momo, der gesagt hat, ich sei nicht nur sein bester Freund, sondern sein *einziger* Freund. Dass ich viel besser als Familie sei, denn die habe er sich nicht ausgesucht. Vielleicht hätte er auch »Bruder« gesagt, doch das hätte womöglich zu einem Gespräch über seinen wirklichen Bruder geführt, und die Leute hätten gefragt, *hat dein Vater deinen Bruder wirklich verkauft? Für wie viel? Und was, wenn er eines Tages dich verkaufen will?*

Der Tag, an dem der Milan zu uns kam, war still und staubig, die Sonne konnte sich nicht entscheiden, ob sie strahlen oder schmollen sollte. Der Vogel hatte einen gebrochenen Flügel – befand sich aber keineswegs in kritischem Zustand, wie ich betonen möchte – und landete bei uns im Hof. Offensichtlich wollte er etwas stibitzen, aber Momo schmiss sich an ihn ran wie an eine alte Liebe. Mother Dear schenkte dem Ganzen keine Beachtung. Für sie war Momo nur ein guter Junge, der lernte, wie man Verletzte versorgte. Wenn sich ein Junge um verirrte und kranke Vögel kümmert, wird er sich eines Tages auch um seine leidgeprüfte Mutter kümmern. Traurige Mütter sind zwanghaft und leichtfertig optimistisch.

Doch oh, die Falschheit der Menschen. Immer wenn ich die Wörter »Fürsorge« oder »Mitgefühl« von Momos Lippen höre, sehe ich in seinen Augen Dollarzeichen.

Mir entgeht es nie, wenn Momo eine Geschäftsidee hat. Ich umkreiste den müllfressenden kleinen Wicht aus der Vogelwelt und versuchte, Momo zu sagen, dass er von weitem vielleicht wie ein Falke aussehe, von nahem betrachtet aber keiner sei. Er war ein jämmerlicher Aasfresser, das Ergebnis eines amourösen Intermezzos zwischen einer durchschnittlichen Krähe und einem unterdurchschnittlichen Geier, der jämmerliche Cousin eines Falken. Aber Momo hatte schon einen Plan. Und wenn Momo einen Plan hat, lässt er sich nichts mehr sagen.

Irgendwann hatte er einen Konvoi arabischer Scheichs gesehen – sechs Range Rover, dazu einige Falken mit Hauben über dem Kopf. Die Scheichs waren zur Jagd gekommen, und obwohl sie nichts zum Jagen fanden, sagt Momo, er habe mit eigenen Augen gesehen, wie sie ihre Falken mit Rinderhackfleisch und, er schwöre, Schokoriegeln gefüttert hätten. So kam Momo auf die Idee, diesem Milan das Jagen beizubringen und ihn in der nächsten Jagdsaison an die Scheichs zu verkaufen. Momo war überzeugt, er könne dieses Elend mit Flügeln gegen einen Range Rover Vogue eintauschen. Denn er erinnerte sich noch gut, dass zwei der Range Rover im Konvoi leer gewesen waren. Er ist in jenem zarten Alter, in dem man das Konzept von Reservefahrzeugen noch nicht kennt. Reserve ist für ihn überhaupt noch kein Konzept.

Aber nicht, dass Momo meine Meinung interessiert. Nicht, dass er mal zuhört. Sofort durchwühlte er den Schrank seiner Mutter nach Kleidungsstücken, die sich als Haube für den Milan eigneten. Er war überzeugt, es bräuchte nichts weiter als ein Paar Augenklappen, um einen dreckigen aasfressenden Vogel in einen königlichen Falken zu verwandeln. Aber die Unterwäsche seiner Mutter war zu groß für die winzigen hungrigen Augen des Milans, deshalb entschied er sich für sein *I♥NY*-Cap.

Ich sagte es bereits, und ich sage es noch mal: Momo bleibt Momo, und er macht, was er will. Momo hängt ziemlich an dieser Schirmmütze. Er hängt auch an mir, aber ein Junge in seinem Alter kann an mehr als nur einer Sache hängen. Wenn er das Cap trägt, fühlt er sich wie der König des Camps. Für mich herrscht er uneingeschränkt über alles, egal ob mit Cap oder ohne. Sobald er es aufsetzt, riecht er nach Kirschblüten, dem Geruch von Größenwahn à la »erst erobere ich die Welt und dann auf zum Mars«.

Also pisste ich auf das Cap.

Ich bin kein Hund, der sein Geschäft überall verrichtet. Das hier ist mein Haus, und man pisst nicht ins eigene Haus. Aber da saß ich nun und ließ dieses gefiederte kleine Stück Scheiße nicht aus den Augen. Es wand sich unter Momos Cap, wollte raus und winselte wie ein kranker Welpe. Was sollte ich da machen? Ich tat es, um Momo zu beweisen, dass dieser Milan kein Falke war. Wenn er sich nicht einmal dagegen wehren konnte, von einem Hund bepisst zu werden, wie sollte er es dann schaffen, andere Vögel zu jagen? Genau genommen bettelte der Milan förmlich darum. Ich habe also eigentlich gar nicht auf das *I♥NY*-Cap gepisst – vor dem habe ich größte Hochachtung, es ist für den Erhalt unseres Status im Camp unerlässlich –, vielmehr war es so, dass der dämliche Milan vollgepisst werden wollte.

Fast war es also ein Gnadenakt.

Nachdem ich seinem kranken Wunsch nachgekommen war, bekam ich Panik. Ich musste das Cap verstecken, wie ein Amateurkiller, der alle Oberflächen abwischt und glaubt, so würde niemand die Leiche auf dem Boden sehen.

Und jetzt glaubt Momo, ich sei ein Dieb.

Da versteckst du ein dreckiges Cap, weil du dich für einen reflexartigen Akt des Mitleids schämst, und schon bist du ein Dieb. Wenn du aber meinst, du könntest Aasvögel in Jagdvögel verwandeln, indem du ihnen eine Haube aufsetzt, bist du ein Genie.

Wie ich schon sagte, Momo ist Momo, und er ist ein Genie.

Ich war fest entschlossen, ihm treu zur Seite zu stehen. Wenn er sagt, jenseits des Berges stehe eine feindliche Armee, belle ich, *Leute, hört mal her, da hinter dem Berg steht eine riesige Armee.* Und ich sage es im Brustton der Überzeugung, selbst wenn da gar keine Armee ist, kein einziger Soldat da steht, nicht einmal ein Berg in Sicht ist.

Ich habe das Cap versteckt, weil ich nicht wollte, dass Momo einen Riesenanfall bekommt. Und ich war und bin der Überzeugung, dass man kein Dieb ist, wenn man etwas nur versteckt. Hier ist eine Liste von Dingen, die ich versteckt habe, und Sie entscheiden selbst, ob dieser bescheidene Hund ein Dieb ist:

Die Leiche einer Katze, die einen Unfall hatte.

Eine Magazintasche des jetzt stillgelegten Zentralmunitionslagers im Hangar aus der Zeit, als Einheimische noch hinein durften.

Einen Schlüsselbund mit einem Kompass und zwei verrosteten Schlüsseln.

Lady Flowerbodys Nagellackentferner.

Und, natürlich, unser geliebtes *I♥NY*-Cap.

Momo rastete völlig aus. Beschimpfte mich als Köter.

Ich bin niemand, der sich darüber aufregt, wenn man ihn »Hundesohn« nennt. Aber in diesem Fall hatte Momo eindeutig seine Manieren vergessen. Und das alles wegen eines blöden Käppis. Ich wollte ihn doch nur vor der Enttäuschung über sein absurdes Vorhaben bewahren. Arabische Scheichs wären keine Scheichs, wenn sie einen Reserve-Range-Rover gegen einen halb blinden Milan mit Natursektfetisch tauschen würden. So funktioniert die Vermögensverteilung in Nachkriegswirtschaften nun mal nicht.

Als Momo seinen Fußball nahm, sah es einen Augenblick lang so aus, als hätte er die eigene Torheit erkannt. Immer, wenn Momos Geschäftsideen scheitern, holt er seinen Fußball. Und kickt ihn so fest in den Himmel, dass er scheinbar für immer verschwindet und erst dann wieder zur Erde zurückkehrt, wenn alle längst vergessen haben, dass da ja irgendwann mal ein Ball in die Luft geschossen wurde. Natürlich kommt er immer zurück, denn wer auch immer dort oben im Himmel lebt, hat keine Lust, Bälle zu fangen, die man ihm zuwirft. Trotzdem muss man so tun, als glaubte man, dass der Ball niemals auf diese Erde zurückfallen werde, und wenn er es dann doch tut, muss man sich irre freuen und toootaaal überrascht sein. Und dann muss man versuchen, vor Momo an den Ball zu kommen, und sich den Ball nach kurzem Dribbeln abjagen lassen.

Auf diese Art bewältigt Momo das Trauma eines geplatzten Traums. Die meisten erwachsenen Männer bewältigen ihre Trauer so: Sie schieben einen Ball in ein Loch oder dreschen auf ihn ein. Mir war ziemlich klar, dass ich den hässlichen kleinen Vogel um seinen Job gebracht hatte. Jetzt, wo Momos Cap versaut war, gab es keine Haube mehr für den Milan, er würde sich nicht in einen königlichen Jäger verwandeln und stattdessen wieder in sein altes Leben zurückkehren und auf der Müllkippe Aas fressen.

Und unser Momo würde so bald wohl keinen glänzenden Range Rover sein Eigen nennen. Damit hatte ich kein Problem. Unser Jeep Cherokee ist völlig in Ordnung. Der Junge sollte lernen, seinen unvernünftigen Konsumgelüsten zu widerstehen.

Aber ich hatte Momos Liebe zu seinem Cap und seine Versessenheit auf diesen Wagen unterschätzt.

Eigentlich ist es ein stinknormales Cap mit einem kleinen roten Herz darauf, nichts, weswegen man sentimental werden müsste. Momo hat immer zu seinem Cap gestanden, selbst als er von Father Dear Prügel dafür bezog, dass er es verkehrt herum trug, seine Mutter ihn dafür schalt, sich etwas so etwas Schmutziges auf den Kopf zu setzen, und seine ehemaligen Mitschüler ihn damit aufzogen, dass er eine Kopfbedeckung trage, die tote weiße Männer hinterlassen hätten.

Schließlich fand er das versteckte Cap, derweil der hässliche kleine Vogel dahockte, mit seinem intakten Flügel schlug und den Schnabel am Boden wetzte. Momo roch am Cap. Er ist kein guter Schnüffler, aber selbst ihm konnte meine Duftmarke nicht entgehen. Und um auch noch den letzten Zweifel auszuräumen, flatterte der hässliche Vogel mit den Flügeln und spritzte Momo meinen Nektar ins Gesicht.

»Mutt!« Momo spie das Wort aus wie eine bittere Mandel.

Ich sah zu, wie der hässliche Vogel abhob, kurz in der Luft stand, als wollte er seinen verletzten Flügel prüfen, und dann gemächlich davonflog. So hässlich der Vogel, so plump sein Flug. Aus den Augen, aus dem Sinn, und tschüss. Ich blickte zu Momo, voll Hoffnung auf ein Lob, dass ich diesen geflügelten Schwindler hatte auffliegen lassen.

Momo nahm den Ball und ging in den Hof. Zum Himmel blickend, folgte ich ihm, ermutigte ihn, ja, das ist genau die positive Einstellung, die wir hier brauchen, kick den Ball in die Luft, und wir vergessen das stinkende Käppi, Mother Dear wird es schon waschen, so wie sie alles wäscht, was dreckig ist oder nach Kummer riecht.

Er stand da und forderte mich heraus, mir den Ball zu schnappen. *Schwamm drüber*, schien er zu sagen, *lass uns spielen*. Er ließ sich Zeit damit, den Ball zu kicken, hielt ihn mit ausgestrecktem Arm vor sich, als wäre der Schuss, der gleich käme, der letzte Beweis dafür, dass *Falken für die ethische Jagd* gescheitert wäre. Zwar roch ich die Gefahr, die in der Luft lag (sie riecht wie Tee kurz vor dem Überkochen), aber welche Gefahr konnte schon im eigenen Hof auf mich lauern? Hier waren ja nur ich, Momo und der Fußball. Ich sah zum Himmel auf, der klar und blau war und darauf wartete, den Ball in Empfang zu nehmen. Und dann passierte es.

Hätte Momo diesen Schuss in einem Fußballspiel hingelegt, wäre er womöglich Profikicker geworden, einer von denen, die Shirts und Schuhe haben, auf denen der eigene Name steht.

Aber das hier war nur unser Hof, der dämliche Milan schwebte am Himmel, Mother Dear bereitete in der Küche das Essen zu und bearbeitete ihre Gebetskette. Mein Blick war immer noch himmelwärts gerichtet, als der Ball meinen Hinterlauf traf. Sämtliche Luft entwich aus meiner Lunge, aber aus meiner Kehle drang nicht das leiseste Jaulen. Für ein Ausweichmanöver blieb keine Zeit. Nachdem der Ball mein Bein mit der Kraft einer Kanonenkugel, die einen Hochverräter zerfetzt, getroffen hatte, machte ich noch einen Satz. Ich hörte es knacken, aber mein Instinkt und meine unendliche Liebe zu Momo zwangen mich zum Sprung. Erst war ich zu langsam gewesen, jetzt landete ich auf demselben Bein, das eben gebrochen war. Doppelt dumm.

Ich rieche Blut. Mein eigenes. Ich spüre keine Panik, denke nicht an mein zukünftiges Leben als lahmer Mutt. Kein Gedanke an Fliegen und Katzen, die mich für den Rest meines Lebens quälen werden. Ich denke an Momo.

Ja, mein Bein ist gebrochen, und ich sterbe vor Hunger und Durst und Scham, aber wenn jetzt jemand käme und mich fragte: Mutt, was ist passiert, ist dein Bein gebrochen?, würde ich ihm antworten: Ja, aber was wirklich gebrochen ist, ist mein Herz.

KAPITEL 7
ELLIE

Um mich herum heult der Wind. Es klingt, als würden eine Million toter Soldaten ihre Feinde und dazu deren Mütter verfluchen. Da ist Colonel Slatter, der sich mit einer Hand die Eier hält und mit der anderen dem Himmel den Finger zeigt. Dieses andere Purple Heart, der Held von Kandahar, ist auch da und schlägt Purzelbäume im Sand, als wäre er im Park um die Ecke. Eine ganze Armee toter Kameraden ist zurückgekehrt, um von Mutter Natur die wohlverdienten Orden und den noch ausstehenden Sold einzufordern. Ihre toten Gesichter waren im Fernsehen nie zu sehen, dort hat man nur süße Familienfotos gezeigt, nicht ihre abgerissenen Gliedmaßen, nicht ihr makabres, schwachsinniges Grinsen auf Schlachtfeldern am anderen Ende der Welt. Jetzt sind sie für ein allerletztes Gruppenfoto mit mir zurückgekommen. Wobei es auch sein kann, dass sie ihre Mutter oder ihre hübsche Verlobte vermissen. Ich vermisse Cath längst nicht mehr. Ich kann mich kaum noch an sie, ihre kleinen Sticheleien, ihr Flüstern erinnern.

Ich lausche dem heulenden Wind und versuche, seine Botschaft zu entschlüsseln. Ich höre Stimmen, marschierende Stämme, die Schlachtrufe grölen, um mir Angst zu machen. Ich höre meine toten Kameraden, die rufen, nicht dort lang, da lang, nicht diesen Weg. Als ob ich einer beschissenen Karte folgen würde. Als ob ich noch Angst vor dem Feind hätte. Die Angst habe ich besiegt. Ich sage das nicht, weil ich so ein harter Soldat bin oder weil ich auf die Slogans der Army stehe. Meine Angst ist besiegt, weil ich bereits den Inhalt meiner Blase getrunken und im Sand vergeblich nach Nahrung gegraben habe. Wovor soll man noch Angst haben, wenn man den Inhalt der eigenen Blase gesoffen hat und trotzdem noch Durst hat? Ich habe Kabel aus dem Rumpf meiner Strike Eagle zerkaut und nichts als Magenkrämpfe davon bekommen. Ich habe am leeren Treibstofftank geschnüffelt, um high zu werden, aber nichts ist passiert.

Kurz schläft der Wind ein, wie Fieber, das für ein paar Minuten sinkt und dann wieder steigt. Ich muss an Cath denken, die mich gequält und doch immer auf mich gewartet hat, wenn ich im Einsatz war; meine Cath mit ihrem glänzenden Haar, die mich geliebt und gehalten hat, wenn ich im Schlaf *MORS AB ALTO* schrie. In der Sekunde zwischen stiller Erinnerung und dem nächsten Ausraster des Windes höre ich deutlich ein Jaulen. Es ist nicht das Wimmern des Wüstenwinds, kein eingebildetes Knarren weiterer Flugzeugteile, die jeden Moment abreißen, und auch nicht das gedämpfte Geräusch meiner Raketen, die unter mir in Mossul, Kabul oder anderen Städten einschlagen, deren Namen ich selbst im Jenseits noch falsch aussprechen werde, wenn man mich dort danach fragt. Fast klingt es wie ein menschlicher Schrei. Fast. Ein kurzes Schmerzgebrüll und dann ein langgezogenes Winseln, das vom heulenden Wind verschluckt wird. Ich stehe auf und stelle mich in den Wind, die Finger in den Bauch gekrallt, meinen Fliegeranzug bis zum Hals zugezogen. Noch im hintersten Winkel meines Schädels knirscht Sand.

Ich horche, um zu bestimmen, aus welcher Richtung der Laut kam.

Noch einmal jault die Wüste auf, und diesmal besteht kein Zweifel: Es ist weder menschliche Qual, die hier hervorbricht, noch sind es die Elemente der Wüste, die ihr Mitgefühl mit meinen Zustand ausdrücken. Meine toten Kollegen mögen für immer in den Herzen ihrer Liebsten weiterleben, aber davon abgesehen sind sie mausetot. Ich spitze die Ohren, ich gehe los. Der Wind ist abgeflaut und flüstert jetzt nur noch.

Ich erinnere mich vage an etwas, das ich in der Highschool in Geographie oder vielleicht auch im Fernsehen gehört habe: Araber haben neunundneunzig Namen für ihren Gott und einhundertachtundachtzig Namen für den Sand der Wüste. Mir fällt kein einziger mehr ein. Flüstern diese Araber gerade den Namen ihres Gottes? Hinter dem Hügel aus Sand ertönt ein schwaches Stöhnen. Ich gehe hinauf. Auf halber Höhe knicken mir die Beine weg.

Das Stöhnen, das der Wind heranträgt, wird lauter. Auf den Ellbogen robbe ich weiter. Robben ist sowieso gut, sage ich mir. Soldaten robben immer, wenn sie nicht wissen, wo der Feind lauert. Und ich habe keine Ahnung, was mich auf der anderen Seite des Hügels erwartet.

Ich ziehe meinen Dolch und stelle überrascht fest, dass meine Hand mir voll gehorcht und ruhig ist. Hüftabwärts scheint alles tot zu sein. Sterben Menschen so, von den Zehen aufwärts? Die untere Hälfte leblos, die obere einen Dolch schwingend, bereit fürs letzte Gefecht? Das Gehirn stirbt als Letztes, erinnere ich mich. Wahrscheinlich ist es besser, abzustürzen und zu verbrennen, da explodiert zuerst der Schädel. Wozu ein Gehirn, wenn Beine und Schwanz nicht mehr wollen? Mein Schwanz ist allerdings halb so wichtig. Er war eine potenzielle Wasserquelle, die aber versiegt ist; von da unten ist nichts mehr zu erwarten. Den Dolch ruhig in beiden Händen haltend, krieche ich weiter nach oben, wo sich entweder ein Retter versteckt hält, der mich von meinem Elend erlösen wird, oder ein Feind mit der gleichen Absicht.

»Ein beschissener Köter«, sage ich, als ich oben angekommen bin und einen mittelgroßen Pudel entdecke, der auf der

Seite liegt, die Schnauze zum Himmel gewandt. Er heult den Himmel an.

Ich blicke ebenfalls in den Himmel, um zu sehen, was die Töle für ein Problem hat, aber da ist nichts außer diesem verrückten Drecksaraber, der wie immer eine Scheißwut hat. Eigentlich habe ich noch nie einen Araber gesehen, geschweige denn einen arabischen Gott, und eine Geburt habe ich auch noch nie miterlebt (außer in Filmen, wenn Frauen die Beine spreizen, pressen und schreien), aber aus irgendeinem Grund glaube ich, dass dieser Hund ein Weibchen ist und in den Wehen liegt; ihre Schmerzen sind nicht der Hitze oder Verlassenheit geschuldet, sie sind ursprünglicherer Natur. Ich werde Zeuge einer Geburt. Ich schaue auf meinen Dolch und denke, dass er mir noch nützlich werden könnte. Nach der Geburt muss man eine Schnur durchschneiden, so viel weiß ich immerhin. Das also ist meine Bestimmung. Deshalb musste ich so lange durch die Wüste stapfen. Ich krieche näher heran, und die Hündin weicht zurück, was typisch ist für wilde Tiere, die kurz vor dem Werfen stehen. Vermutlich hat sie ihre Gemeinschaft verlassen, um allein in der Wüste zu gebären, wie diese Frauen, die in der Wüste die alten arabischen Propheten zur Welt gebracht haben. Frauen werden in die Wüste verbannt, damit sie dort Propheten zur Welt bringen. So viel zur Geschichte, zur Geburtsstunde der Zivilisation. Zumindest der arabischen Zivilisation. Im Modul »Interkulturelle Sensibilität im Umgang mit Stammesangehörigen« scheint das keine große Rolle gespielt zu haben, jedenfalls fällt mir nichts Nützliches ein.

Ich bücke mich und betrachte die Hündin genauer. Sie sieht mir in die Augen und jault noch mal. Offensichtlich versteht sie nicht, dass ich mit freundlichen Absichten komme. Diesmal klingt es wie verhaltener, hilfloser Protest, vermischt womöglich mit der zarten Hoffnung, dass dieses große Wesen, das sich da über sie bückt und nach verdorbenem Beef Jerky riecht, hier ist, um ihr zu helfen. Wenn doch nur jemand ein Foto davon machen würde: »Vermisster US-Offizier leistet streunender Hündin Geburtshilfe«. Auf der Homepage von *Stars and Stripes* war mal ein ganz ähnliches mit einem Soldaten der Marines zu sehen, der einem Eselfohlen einen Verband anlegt. Ich schiebe meine rechte Hand unter ihren Kopf, was sie zulässt, aber als ich meine andere Hand ihrem Bauch nähere, bellt sie wie wild und versucht, von mir wegzurutschen. *Das Monster will mir meine Babys klauen*, denkt sie sicher.

Aber dann fallen mir zwei Sachen auf: Eines ihrer Hinterbeine ist seltsam verdreht, und: Sie ist ein Er. Jetzt sehe ich auch das Blut im Sand und begreife, dass dieses arme Geschöpf keine Jungen wirft, sondern ein gebrochenes Bein hat.

»Vermisster US-Offizier hilft Welpen mit gebrochenem Bein« – nicht ganz dasselbe wie einer streunenden Hündin Geburtshilfe leisten, aber immer noch eine packende Schlagzeile.

Es vergehen ein paar Sekunden, in denen ich nicht weiß, ob das ein gutes Omen oder ein neuer Fluch ist. Ist dieser hübsche Hund mit dem gebrochenen Bein mein rettender Engel, oder soll er mich auf die Probe stellen? Soll ich ihn gesund pflegen und dann nach einem Ausweg aus der Wüste suchen, oder soll ich ihn einfach Stück für Stück aufessen, während ich nach einem Fluchtweg suche? Wieder schaue ihm in die Augen und spüre neue Energie. Deine Überlebenschancen steigen beträchtlich, wenn du dich mit jemandem zusammentust. Allerdings dürften die Erfinder der Gemeinsam-sind-wir-stark-Theorie dabei eher an einen anderen Soldaten oder einen einheimischen Führer gedacht haben, an eine Sonnendeckbekanntschaft, mit der du dich flüchtig auf dem Schiff unterhalten hast, bevor es unterging, oder an einen enttarnten Eingeborenenspitzel, der aus seinem Dorf verbannt wurde. Einen lahmenden Straßenköter werden sie kaum im Sinn gehabt haben.

Ich habe schon zu viele Entscheidungen getroffen, die auf

bloßen Vermutungen basierten, und jedes Mal war ich anschließend noch ausgehungerter als vorher. Noch einmal schiebe ich die rechte Hand unter den Kopf des Hundes und betrachte seine feuchten Augen, seine vertrocknete kleine Zunge. Neben seinem Maul ist ein kleiner feuchter Fleck, der sich bei unserer Begrüßung gebildet hat, ein eindeutiges Zeichen, dass dieses verletzte Tierchen noch Flüssigkeit enthält, zartes und saftiges Fleisch, prall mit Körpersaft gefüllte Innereien, kurz: die Hoffnung auf Leben. Schwache Hoffnung zwar, aber immerhin Hoffnung. Ich drücke seinen Kopf fest in den Sand, während ich mit der anderen Hand nach meinem Dolch taste, der sicher in einer Lederscheide knapp über meinem Stiefel steckt.

Plötzlich bin ich auf allen vieren und kralle die Finger in den Sand. Es passiert ohne Vorwarnung: Gerade noch bin ich wie ein entschlossener Krieger den Hügel hinaufgestürmt (das Ziel vor Augen, wenn auch mit schweren Beinen und baumelnder Zunge), und im nächsten Moment kauere ich keuchend am Boden. Im Sand breitet sich ein roter Fleck aus. Scheiße, ich blute, denke ich, dann Flügelgeflatter, und ein schimmernder kleiner Vogel erhebt sich aus dem Sand. Meine Hände fuchteln in der Luft herum, wollen ihn schnappen, aber er schießt wie ein Pfeil davon und ist schon bald nur noch ein roter Punkt am Horizont, der sich im Nichts auflöst.

KAPITEL 8

MOMO

Die Bomben hörten auf zu fallen, kurz nachdem Bro Ali nicht aus dem Hangar zurückgekehrt war. Hatte er sich geweigert, ihnen weiter Ziele zu liefern? Hatte er ganz allein den Krieg beendet? Unwahrscheinlich, aber wenn einer es gekonnt hätte, dann er. Manche finden, dass so ein bisschen Ruhe und Frieden eine gute Sache ist, andere vermissen ihr Gehalt. Bro Ali hat mir viel beigebracht. Vielleicht fragen Sie sich, was für Fähigkeiten man in einem Flüchtlingslager schon groß braucht. Man braucht eine Lebensmittelkarte und natürlich ein paar Brocken Englisch, um die ausländischen Weltverbesserer, die Camps wie dieses hier betreiben, davon zu überzeugen, dass man ein zumindest halb menschliches Wesen ist. Wenn man gut betucht ist, muss man außerdem wissen, wie man eine Ziege melkt, oder wenigstens erkennen können, wann eine Ziege nicht gemolken werden will. Bro Ali war ein Mann der Wissenschaft, so wie ich ein Mann der Marktwirtschaft bin. Er wollte mir beibringen, wie man mit glänzenden Bauteilen und Kupferdraht aus dem Hangar ein Transistorradio baut.

Alles, was wir damit empfingen, waren verrauschte Boleros vom anderen Ende der Welt. Ich hatte weder Interesse an selbst gebastelten Radios noch am Spitzeln. Trotzdem sagte ich zu ihm, ich liebe Radios, ich liebe Boleros; ich versprach ihm, eine Radiofabrik zu bauen, wenn ich groß wäre, dass ich eine Gitarre aus Argentinien importieren und Boleros lernen würde.

Nachts verschwand er immer mit seinem Radio. *Ich dreh mal eine Runde, um den Kopf freizubekommen*. Jedes Mal, wenn er loszog, um den Kopf freizubekommen, tauchte ein Flugzeug am Himmel auf. Er sendete ihnen Signale. Seine Mission war es, unsere Gegend von bösen Typen zu säubern. Aber Business und Politik darf man nicht vermischen. Er tat es, weil er überzeugt war. Erst half er den Leuten im Hangar, die Gegend von unseren eigenen bösen Typen zu säubern. Und dann beschloss er, die Gegend von den bösen Typen zu säubern, die hinter den bösen Typen her waren. Er hat wohl nie damit gerechnet, dass dieses ganze Säubern ein großes Loch in unserem Leben zurücklassen könnte.

Eine Sache wollte ich wirklich von ihm lernen: Wie man Schlösser knackt. Ich musste ihn lange bearbeiten, aber schließlich gab er nach. Ja, es stimmt, man braucht tatsächlich so einen kurzen gebogenen Draht dazu, aber noch wichtiger ist eine ruhige Hand. Herz und Hand müssen denselben Takt finden, und ja, auch gleichmäßiges Atmen hilft.

»Wenn du später wirklich mal ein Dieb wie alle anderen werden willst, musst du echt wissen, wie man ein Schloss knackt.« Natürlich meinte Bro Ali das im Scherz, aber es tat trotzdem weh. Ich nannte ihn auch nie einen Verräter, obwohl er rumlief und Ziele für die Hangar-Leute ausspähte. Aber ich bin gleich ein Dieb, sobald ich ein kleines Schloss knacken will, um mir das zu holen, was mir rechtmäßig zusteht.

Lady Flowerbodys Schrank ist ein Kinderspiel. Manchmal knackt man ein Schloss einfach nur, weil es sich gerade anbietet. Um nicht aus der Übung zu kommen. Man weiß ja nie, wann sie einem plötzlich Handschellen anlegen und man sich befreien muss. Im Moment will ich nur einen kurzen Blick auf ihre Referenzen werfen, als Backgroundcheck, damit ich weiß, wo sie herkommt und was sie mit ins Team bringt.

Außerdem hat sie mich zu einem Vorinterview gebeten, einem *Assessment*, wie sie es nennt. Da muss ich auf ihre Fragen vorbereitet sein.

Wollen wir doch mal sehen, wer hier wen interviewt.

Urlaubsfotos. Eine Safari. Ein schwachsinnig dreinschauender Elefant, allzu sehr bemüht, den Safarigästen zu gefallen, die selbstzufrieden in einem Käfig auf der Ladefläche eines Jeeps hocken. Ein paar Rechnungen. Laut Vertrag verdient sie 120 Dollar am Tag. Fünftagewoche. Spesenerstattung gegen Quittung. Sie ist ein Dienstleister wie ich, auch wenn sie behauptet, im Auftrag Gottes unterwegs zu sein. Eine volle Flasche Nagellackentferner. Bestimmt schnüffelt sie. Außerdem eine Tüte Tabak, große Blättchen, ein Klumpen braunes, klebriges Zeug und ein Stapel dunkler Schokoladentäfelchen in glänzendem Goldpapier. Sie ist diejenige mit einer Schublade voll Teenagerkram, und da will sie *meine* Teenager-Psyche studieren?

Als der Tag kommt, an dem ich meine erste Sitzung mit ihr habe, bin ich bereit für sie. Sie ist hier, um mein Trauma zu erforschen. Ich werde sie ins Herz des Traumas führen und dort selbst ein paar Nachforschungen anstellen.

Eigentlich gibt es keinen Grund, eine professionelle Steuergeldschnorrerin mit auf meine Mission zu nehmen, aber sie ist ein Hingucker, gut für ein Ablenkungsmanöver, und genau so jemanden brauche ich in meinem Team. Wir planen keinen klassischen Stoßtrupp, geschweige denn einen offenen Krieg, und das ganze Gerede über Guerilla-Kriegsführung klingt zwar romantisch – *hit and run*, Nadelstich-Taktik, Finger ins Auge und zurück ins Dickicht –, aber wo bitte soll man sich in einer Wüste verstecken? Außerdem mag dieser Ort zwar ärmer als Afghanistan und gewalttätiger als der Sudan scheinen, aber Gott sei Dank geht es hier niemandem um Ideologie. Ihnen nicht und uns nicht. Sie bombardieren uns, weil sie glauben, wir sind mit bösen Arabern verwandt. Wir beklauen sie, weil es das Einzige ist, was uns bleibt. Sie entführen unsere Jungen, weil sie meinen, dass wir sonst nichts haben. Und um die Jungen zu ködern, schicken sie ihre größten Soldaten aus, ihre glänzendsten Fahrzeuge.

Es sah voll super aus, wie sie da aus dem Hangar kamen, ein gepanzertes Fahrzeug vorneweg, darauf ein Soldat mit entsicherter Waffe, heruntergeklapptem Visier und knisterndem Funkgerät. Sie sahen immer stur geradeaus, als ob sie links und rechts nichts interessieren würde. Dem gepanzerten Fahrzeug folgte ein Wassertankwagen, dahinter noch ein gepanzertes Fahrzeug und noch ein Soldat hinter einem MG, der per Funk mit dem Hauptquartier sprach. So sehen Amerikaner aus, wenn sie zum Wasserloch am Rand der Wüste fahren, um dort ihre Wasservorräte aufzufüllen. Und an jedem Fahrzeug flatterten zwei amerikanische Flaggen, als wollten sie nicht dreitausend Liter verseuchtes Wasser holen, sondern eine große Burg oder so was erobern. Die Kinder rannten ihnen immer nach, winkten und wollten Hände schütteln, eine Spritztour abstauben. Keine Frage, auch ich war unter diesen Idioten, als ich den coolen Konvoi zum ersten Mal sah. Bro Ali entdeckte mich und haute mir eine runter, als der Konvoi außer Sicht war. »Ich verstehe ja, dass du in einem großen Auto mitfahren willst, aber wir haben unseren eigenen Jeep«, fuhr er mich an. »Aber du lässt mich nie fahren«, heulte ich unter sorgsam hervorgepressten Tränen. Wenn man Bro Ali ein schlechtes Gewissen macht, wird er immer weich. Also brachte er mir Autofahren bei, und ich rannte nie wieder mit den Idioten hinter dem Konvoi her.

Danach hieß es Jobs, Jobs, Jobs. Der Junge, der in der Schule links von mir saß, bekam Arbeit, der rechts neben mir auch. Aufräumen, Küchen und Klos putzen; sie bekamen Gummihandschuhe und durften sie behalten. Bezahlt wurden sie mit ganz neuen Scheinen. Manchmal mussten sie auch in der Wüste Minen legen, dafür gab es extra.

Kohle verdienen und dem Schöpfer danken sind die einzigen Ideologien, die hier funktionieren.

Wir werden da reingehen wie Schuldeneintreiber. In so einem Szenario ist es gut, eine hübsch gekleidete, wohlriechende Lady mit unbestimmtem europäischem Akzent im Team zu haben.

Besagte Lady hat ihr Büro in einem kleinen Zelt eröffnet. Ein mit Zeitungen abgedeckter Metalltisch steht darin, darauf ihr Notizbuch. Sie ist bereit fürs Geschäft.

Ich gieße etwas Wasser aus einem roten Plastikkrug in einen weißen Pappbecher, blicke auf meine Armbanduhr und frage mich, wie lange es wohl dauern wird, bis sie mir erklärt, was die Buchstaben PTBS bedeuten. Posttraumatische Belastungsstörung. Erst werfen sie Bomben auf uns, dann bemühen sie sich, unsere Belastung zu lindern. Als sie schließlich darauf zu sprechen kommt, benutzt sie nur die Abkürzung, buchstabiert sie ehrfürchtig und lässt sie wie ein Versprechen klingen, das ich ihr vor langer Zeit gegeben habe und das ich nicht vergessen darf.

Aber erst werden die üblichen Floskeln ausgetauscht, die jeder Forscher, der hierherkommt, mit seinen Forschungsobjekten austauscht. Seit ich elf war, bin ich das Objekt zahlreicher Studien gewesen. »Wachstumsschmerzen in Kriegsgebieten«. »Stammeskultur 2.0«. Sogar »Reiki für Kriegsüberlebende«. Ich bin ein gutes Forschungsobjekt. Sie ist die Ärztin im weißen Kittel, ich die Laborratte, die zitternd in ihrem Käfig hockt, aber rege Neugier an ihrem Peiniger zeigt. Ich habe das schon mal gemacht. Sie haben alle ihre Geschichte. Ich werde sie fragen, bevor sie mich fragt.

»Wie war Tansania?«, frage ich und fake einen Schluck aus dem Pappbecher. In den vier Jahren, in denen die Weltverbesserer hier kamen und gingen, habe ich gelernt, dass es hilft, sich an etwas festzuhalten, während man sich ihre Märchen anhört. Sie blickt von der Akte auf, und ich stelle fest, dass ihr bläuliches Haar gar nicht so glänzend ist, ihre schmalen Lippen nur durch den geschickten Einsatz von Lippenstift so voll wirken und das Muttermal auf ihrer Oberlippe anscheinend je nach ihrer Stimmung die Farbe wechselt. Ich ermahne mich, ihr in die Augen zu schauen oder das Muttermal zu fixieren – sinkt der Blick unter Halshöhe, denken sie gleich, du bist auch nur wieder ein geiler Teenager. Aber auf den alten Tittentrick falle ich nicht rein.

Ich habe gehört, dass es in Tansania nette Wellnesshotels gibt, wo man essen und trinken kann, so viel man will, und anschließend von drei Männern gleichzeitig massiert wird. Ist sicher gut für die Haut. Und für die Seele. Alles *all inclusive*. Eines Tages baue ich hier auch so ein Ding. Dann toppen wir das Ganze noch mit einer Ziegenmilch-Detox-Kur, und die Leute rennen uns die Bude ein. Aber im Augenblick geht es um ein anderes Geschäft.

»Es war schön, entspannend. Ich bin gern in der Natur.« Dieser Ort zählt für sie anscheinend nicht als Natur, vielleicht weil es kein Wellnesshotel gibt.

Sie klingt geschäftsmäßig, macht deutlich, dass wir hier sind, um über meine Probleme zu sprechen, wie ich nach Jahren des Krieges mit dem Frieden zurechtkomme und so. Ich bin die junge muslimische Psyche, die ihre sechshändigen Massagen und ihre straffe Haut finanziert. Sie will von mir lernen, wie sie gesagt hat.

Ich kriege PTBS, sie bekommt Tagegeld in US-Dollar.

»Safari?« Ich trinke einen Schluck Wasser. Anders als zu Hause schmeckt es nicht nach Metall. Sie muss irgendwo einen Wasservorrat haben. *Ich werde die Welt retten, aber nur, wenn es auch genug Perrier gibt.*

Sie hebt den Kopf, und ich stelle mir vor, wie sie versucht, ihre eigenen handgeschriebenen Fragen zu entziffern. »Angefangen habe ich als Familientherapeutin, aber mein besonderes Interesse gilt Krisengebieten. Ich habe mit echten Soldaten gearbeitet, die echte Kämpfe erlebt haben, aber die häuslichen Kriegsschauplätze sind viel übler, sage ich dir, da gibt es nur Verlierer. Und am Ende hat man nichts vorzuweisen als ein paar Kinderfotos. Das ist momentan mein Schwerpunkt.«

Ich habe Fotos von Bro Ali, aber die werde ich ihr nicht zeigen. So weit kommt es noch, dass ich einer dahergelaufenen Umfragerin Familiengeheimnisse verrate.

Am liebsten würde ich ihr von den abgefahrenen Glücksträumen erzählen, die ich in letzter Zeit habe. Bro Ali und ich springen mit Gleitschirmen von einem hohen Gebäude, wir landen ganz sanft und spazieren dann mit weißen, flauschigen Engelsflügeln durch die Straßen; es liegt Schnee, aber uns ist nicht kalt. Irgendwas an ihrer strahlend schönen Haut erinnert mich an wilde Tiere in Tansania, wo sie wahrscheinlich Kellner in meinem Alter nach ihrem Seelenleben befragt hat. Sie ist so jemand, der erst ein dickes Trinkgeld springen lässt und dann soziopolitische Einblicke dafür verlangt.

»Manchmal glaube ich, wir haben nur das hier erreicht.« Ich halte meinen Becher hoch. »Früher haben wir Wein aus den Schädeln unserer Feinde getrunken. Jetzt trinken wir gefiltertes Wasser aus Pappbechern, für die Wälder gerodet werden.« Sie wirkt erleichtert. Ich glaube, ich habe ihr einen kleinen Einblick in meine verstörte junge muslimische Psyche gegeben. Sie klappt ihre Akte zu und beugt sich vor, um mir zuzuhören. Erwähnte ich schon, dass ich mich für Geschichte interessiere? In dieser Gegend kann es nämlich hilfreich sein, wenn man einen Zusammenhang zwischen der eigenen Verfassung und einer erfundenen mittelalterlichen Belanglosigkeit andeutet. Ich habe dann das Gefühl, dass meine milde Depression Teil der großen Reise der Menschheit durch die Jahrtausende ist. Hier ist ein witziger Gedanke: Männer sind in einem von zweihundert Fällen in direkter Linie mit Dschingis Khan verwandt.

Wahrscheinlich bin ich sein Ururenkel. Ob Großvater Dschingis Fragen zu seiner geistigen Gesundheit beantworten würde?

Die Geschichte kann warten, jetzt geht es erst mal um die Wirtschaft. Sie wissen ja, wie viel sie verdient: 120 Dollar am Tag. Ich selbst bekomme wahrscheinlich vier Dollar in Form von bezuschusstem Essen, dabei bin ich ein Überlebender des sinnlosesten Krieges in der Geschichte der Kriege. Sogar unsere Eroberer haben uns verlassen. Was hat sie für das Land getan? Safari und Wellnessurlaub in Tansania? Als Geschäftsmann muss man immer zusehen, dass man für sein Geld möglichst viel bekommt. Ich könnte 120 Dollar gut als Anschubfinanzierung für meine Skorpionrennbahn gebrauchen. Neid regt sich in mir. Das ist immer schlecht in Geschäftsverhandlungen.

»Gut so«, sagt sie. »Weiter, erzähl mir mehr davon, was du über Zivilisation denkst. Was beschäftigt dich da so?« Meine junge muslimische Psyche beschäftigt sich gerade eher mit der Frage, was für Geräusche Lady Flowerbody wohl macht, wenn sie den Punkt sexueller Befriedigung erreicht. Irgendwann hat Father Dear mal ein altes Buch mit dem Titel *Cosmopolitan* mit nach Hause gebracht. Darin stand nichts über Lieferketten, dafür aber ein langer Aufsatz über »60 Wege zum Orgasmus«. Mein Kopf kann an viele Dinge gleichzeitig denken. Ich werde nie einer von denen, die immer nur eins im Kopf haben, die beim Autofahren nur an Mädchen denken und umgekehrt.

Ich weiß von Ländern, wo man für 120 Dollar drei Siebzehnjährige für eine ganze Nacht bekommt und ihnen davon auch noch einen Hamburger und ein Bier spendieren kann. Auf *Nat Geo* lernt man spät nachts so einiges, glauben Sie mir. Wenn du dich keiner Frau anvertrauen kannst, die 120 Dollar pro Tag dafür bekommt, deine Gefühle zu ergründen, wem kannst du dich dann anvertrauen? Aber meine echten Gefühle verrate ich ihr trotzdem nicht.

»War das so eine richtige Safari?«, frage ich. Sie wirkt entgeistert, als wäre sie noch in Tansania und ich ein Einheimischer, der sich weigert, ihr den Weg zum nächsten Löwenreservat zu zeigen.

Ihre nachsichtige, wohlwollende Art ist bemerkenswert. Der Kugelschreiber in ihrer linken Hand zuckt immer wieder kurz übers Papier. Vermutlich macht sie ihre Spesenabrechnung.

»Habe ich Sie eigentlich schon gefragt, warum ausgerechnet Tansania?«

Geduldig erklärt sie es mir: Sie mag die Wildnis, ist gern in der Natur und hat einen schottischen Autor gelesen, der seine sehr bewegende Detektivgeschichte geschrieben hat, die in Tansania spielt.

Ich versuche, mir eine Welt vorzustellen, wo Leute ein Buch über einen Ort lesen, an dem der Autor nie war, und dann beschließen, dort hinzufahren und die Psyche der Jugendlichen zu studieren. In genau dieser Welt leben wir. Eigentlich ganz ähnlich wie bei den weißen Männern (und Frauen, aber meist sind es Männer), die um die halbe Welt geflogen sind, um uns zu bombardieren, weil wir, auch wenn wir keine bösen Araber sind, sicher trotzdem irgendwas aushecken.

»Ich finde, wir sollten über dich sprechen.«

»Aber das hat ja damit zu tun. Ich habe in letzter Zeit öfter von wilden Tieren geträumt, die bei uns im Hof herumlaufen. Immer hockt da ein Fuchs auf dem Fensterbrett, der nicht wirklich reinkommen will, der aber auch nicht weggeht. Ich frage mich, was das über meinen geistigen Zustand aussagt. Aber jetzt sagen Sie doch mal, wie nah sind Sie an die Löwen rangekommen?«

Sie blickt auf, erschrocken, amüsiert, und dann wieder streng, als wäre diese Art von persönlichem Gespräch nicht Teil unserer Vereinbarung.

Dann gibt sie doch nach. »Also, diese Safari«, sagt sie in ernstem Ton. »Die Wagen, mit denen wir gefahren sind, waren extra geschützt, mit Gittern, die man unter Strom setzen kann, falls die Tiere zu nah kommen. Und auf jedem Wagen ist ein

Ranger mit Schrotflinte mitgefahren. Trotzdem war es schön, so in der Natur zu sein, meilenweit nur Buschland, echte Höhlen. Alles sehr entspannend.«

Vielleicht sollte das dann dein natürlicher Lebensraum sein, denke ich, immer noch sauer wegen ihres Tageshonorars. Vielleicht solltest du hinter Gittern leben, die auf Knopfdruck unter Strom gesetzt werden können, und ein Mann mit Schrotflinte sollte dein ganzes Leben lang hinter dir wachen. Ich stelle mir vor, wie eine hungrige Löwin auf ihrem schulterlangen Haar herumkaut. Ich stelle mir vor, wie ihr jemand Zwanzigdollarscheine zuwirft. Ich trinke aus dem Pappbecher und stelle mir eine Löwin vor, die sich die Lippen leckt.

Wieder kritzelt sie etwas in ihre Akte. Sie ignoriert mich. »Wir haben eigentlich gar keine Löwen gesehen, nur Spuren und einen angefressenen Büffel, den angeblich eine Löwin gerissen hatte. Wer weiß schon, ob diese Safari-Führer einem wirklich die Wahrheit sagen. So oder so war es herrlich. Du musst hier raus aus dem Ganzen.« Sie macht eine vage Handbewegung. Mir ist nicht ganz klar, was genau sie mit »dem Ganzen« meint.

»Ich glaube, mein Vater hat meinen Bruder verkauft.«

»Wieso glaubst du das?«

»Mein Vater hat ihn mit in den Hangar genommen, und er ist nie wiedergekommen.«

»Ist das gegen seinen Willen passiert?«

»Nein, er wollte es, er hat darauf bestanden. Aber Father Dear hätte es besser wissen müssen. Vor meinem Bruder sind schon andere Jungs nicht zurückgekommen. Father Dear hat geglaubt, er hätte ein besonderes Verhältnis zu den Leuten im Hangar. Warum hat er ihnen nur vertraut?«

»Hat dein Vater Geld bekommen? Woher weißt du, dass es wirklich ein Geschäft war?«

»Haben Sie denn noch nie von faulen Deals gehört? Wieso glauben Sie, dass Weiße immer ihre Versprechen halten?«

»Vielleicht hast du recht. Und was empfindest du dabei?«

»Ich finde, sie hätten uns eine Wiedergutmachung für das Haus zahlen sollen, das sie zerstört haben. Stattdessen haben wir ein paar blaue Plastikplatten und einen Job im Hangar für Bro Ali bekommen. Bro Ali hätte einen Orden oder so was verdient. Ich glaube, er hat ganz allein den Krieg beendet. Er ist in den Hangar gegangen, und schon haben die Bomben aufgehört. Sie haben sogar den Hangar geschlossen. Aber mein Bruder ist nicht zurückgekehrt.«

Sie kritzelt in ihr Notizbuch. »Dein Bruder ist nicht der Einzige, der vermisst wird.«

»Ja, ja, ich weiß, viele Jungs aus meiner Klasse sind auch verschwunden. Der Junge links von mir hat in Kunst immer für mich gemalt. Der rechts von mir hat mir in Mathe geholfen«, sage ich ungeduldig.

»Wie viele Jungen?«, fragt sie.

»Viele«, sage ich. »Warum sollte ich sie zählen? Ich habe nur einen Bruder.«

Sie überhört meine Antwort. »Ein paar von ihren Leuten werden auch vermisst«, sagt sie. »Ich habe Gerüchte gehört, dass viele Leute, die im Hangar gearbeitet haben, nicht mehr da sind. Einige sind in der Wüste verschwunden. Aber das sind militärische Angelegenheiten. Ich kann dir versichern, dass es da feste Verfahren gibt, die im Großen und Ganzen auch funktionieren. Sie unterscheiden die Verschwundenen nach Kategorien, es gibt tiefschwarze, graue und weiße. Weiße kommen immer zurück; manche kriegen sogar Schmerzensgeld.«

Es ist offensichtlich, dass sie mir nicht die ganze Wahrheit sagen wird, da kann ich ihr noch so oft erzählen, dass Bro Ali nicht zurückgekommen ist, obwohl er weißer als weiß ist.

»Das ist sicherlich nicht schön«, fährt sie fort, »aber wenn die Welt in Bewegung gerät, wenn sich die tektonischen Platten der Geschichte verschieben, fallen immer ein paar Menschen in die Spalten. Wir sehen nur Tod und Zerstörung, aber es ist eine grundlegende Tatsache des Lebens, dass unter diesen Umständen Leute verschwinden. Vielleicht möchtest du mir helfen, dieses Phänomen besser zu verstehen. Sag mir doch mal, was du dabei empfindest.«

»Ich habe das Gefühl, ich muss etwas tun. Ihn zurückholen. Ihn den Entführern entführen, wenn es sein muss.«

»Und wie willst du die Entführer finden, wenn sie ebenfalls verschwunden sind?«

»Na ja, nun sind ja Sie hier, oder? Wir werden sie zusammen suchen.«

»Du bist nicht der Einzige, der trauert. Andere werden auch vermisst, und deren Familien trauern auch. Hast du die gefragt, wie die sich fühlen?«

»Ich habe nur einen Bro, und der heißt Ali. Ich lasse mich nicht von den Gefühlen anderer Leute von dem abhalten, was ich tun muss.« Sie will, dass ich weiterrede. Ich erzähle ihr von Mutt und seinem gebrochenen Bein, woraufhin sie mir Tierquälerei vorwirft. »Das ist ein typisches PTBS-Symptom. Soldaten, die im Krieg traumatisiert worden sind, misshandeln nach ihrer Rückkehr ihre Haustiere. Manchmal auch ihre Verlobten. Oder die Tiere von anderen. Aber meist bekommen die eigenen Tiere es ab.«

Ich beende die Sitzung. »Sie haben ja keine Ahnung«, sage ich. »Sie kennen meinen Mutt nicht. Er ist derjenige, der grausam zu mir war.«

Besser ich gehe und hole Mutt, bevor ihn die Skorpione auffressen. Und dann beweise ich ihr, wer hier grausam zu wem ist.

Ich werde ihr zeigen, wer hier im Camp der wirkliche Herzensbrecher ist.

KAPITEL 9

ELLIE

Der Jeep Cherokee mit dem verblichenen fetten USAID-Logo und der schlaffen weißen Fahne hält wenige Meter von mir entfernt. Ich knie am Boden, noch nicht tot, aber so gut wie. Ist dieser Wagen ohne Fahrer auch wieder eine Fata Morgana? Kann mein Wille nun schon Fahrzeuge zu meiner Rettung fernsteuern? Der Jeep ist so nah, dass ich die Abgase dahinter aufsteigen sehe und die Vibration des Motors unter den Füßen spüre. Scheiße, ich kann die Dieselschwaden förmlich inhalieren. Ich erbebe vor Hoffnung und kippe in den Sand.

Irgendwann gibt sich selbst die Hoffnung auf. Mein ganzer Körper ist von Blasen übersät, und mein Inneres fühlt sich an, als wäre es mit Sandpapier ausgeschrubbt worden; staubtrocken und vom letzten Rest Angst gereinigt.

Extreme Dehydrierung kann angenehme Wahnbilder hervorrufen. Seit ich den Hund gefunden habe, bin ich im Kopf an ein paar schönen Orten gewesen. Ich stand in einem blitzsauberen Badezimmer mit Marmorboden und fließendem Wasser; mehrere verglaste Kühlschränke mit kaltem Bier hätte ich fast geöffnet; ich habe meine toten Kameraden getroffen, die freundlich, aber distanziert waren und mir Pommes mit Ketchup gegeben haben; wieder und wieder hat mich ein Helikopter aufgesammelt und zurück zur Basis geflogen; einmal habe ich mich sogar umgezogen, bin in meinen Nissan Sunny gestiegen und nach Hause gefahren, wo ich angeklopft und gewartet habe, dass Cath aufmacht und mich in die Arme nimmt. Sie hat gemeckert, dass ich zu spät sei.

Das hier ist schon kein Traum mehr. Ein führerloses Fahrzeug, das kommt, um einen zu retten, klingt wie die Dolce-Vita-Vision eines Dritte-Welt-Milizionärs. Nicht mal ein Soldat, nur ein feindlicher Kombattant, der von allen Seiten eingeschlossen ist und keine Munition mehr hat, könnte so ein Wunder erträumen. Oder ein amerikanischer Jettie, der in der Wüste abgestürzt ist.

Ich bin ein Offizier mittleren Ranges. Auf so etwas falle ich nicht rein.

Ich halte die Augen geschlossen und höre, wie sich die Tür des Jeeps quietschend öffnet, es klingt, als würde sie von innen aufgetreten. Ich umarme den winselnden Hund und lasse meine Gedanken an einen Ort schweifen, wo Kinder sich auf einer Wippe gegenseitig anstacheln: *höher!* Warum nicht als letzte Tat im Leben ein hilfloses Wesen trösten? Irgendwo in der Vergangenheit höre ich Cath lachen. *Na klar doch, hier, nimm auch noch mein Kissen.* Ich lächele leise. Cath war manchmal sarkastisch, was meine kleinen egoistischen Freuden betraf – wenn ich die ganze Decke an mich riss, den letzten Rest Nachtisch nicht mit ihr teilte, mir selbst den letzten Tropfen Wein aus der Flasche einschenkte, oder wenn ich mich morgens, wenn es an der Tür klingelte, schlafend stellte; sie kannte mich, und das vermisse ich. Aber jetzt muss sie mir vergeben. Im Leben haben wir einander nichts gegönnt. Im Tod können wir großmütig sein. Ich werde sie nie wieder vermissen, werde nie wieder angemeckert werden; bald wird alles vergessen sein.

Tschüss, Erde. Tschüss, Krieg. Tschüss, Frieden. Tschüss, Frozen Margaritas.

Als Erstes bekomme ich einen Tritt in die Rippen, dann noch einen. Eine kleine Gestalt beugt sich über mich und entreißt mir den Hund. Dann noch ein Tritt, diesmal weniger kräftig, dafür verächtlicher. Eine Stimme auf Englisch. »Du wolltest meinen Hund stehlen. Du Hundedieb.« Man hat mir im Leben schon viel vorgeworfen, aber noch nie, dass ich einen streunenden Hund stehlen wollte. Aber der Junge, der über mir steht, ist sich seiner Sache sicher. Er streichelt und küsst den Hund, wobei er mir immer wieder in die Rippen stößt. »Du klaust meinen Hund. Siehst du nicht, dass er verletzt ist? Du Brutalo. In der Hölle sollst du schmoren. Aber da schmorst du ja schon. Gott hat dich gestraft.«

Langsam dämmert mir, dass der Junge hierhergekommen ist, um seinen Hund zu suchen, und jetzt glaubt, ich hätte das Tier stehlen wollen. Endlich, nachdem ich acht Tage durch die Wüste geirrt bin, kommt mein Erretter, und zwar ein Teenager mit einer Stinkwut.

Ich hebe die Hand, um den Vorwurf zu entkräften. Die Bewegung strengt mich so an, dass ich fast wieder umklappe.

»Wenn du nicht den Hund klauen willst, was hast du dann hier vor, so weit weg vom Camp? Nur Bekloppte wandern in diesem Aufzug durch die Wüste.«

Der Junge ist so überzeugt von sich, wie es nur ein Fünfzehnjähriger sein kann, der schon Auto fährt. Er trägt ein Fußballtrikot, weiße Shorts und Fußballschuhe. Gott sei Dank hat er mich nicht mit den Stollen getreten, um seinem Unmut Ausdruck zu verleihen. Er sieht aus wie jemand, der zum Sport will, und nicht wie jemand, der seinen geliebten Hund in der Wüste sucht.

»Was soll diese Uniform? Bist du ein Skorpionjäger? Ein Eidechsensammler?«

Anscheinend bemerkt der Junge erst jetzt meinen Fliegeranzug und hält mich für eine Art uniformierten Straßenkehrer, der nebenbei geklaute Hunde verkauft.

»Haben sie dich zurückgelassen? Die sind nämlich alle weg.« Er versetzt mir einen letzten Tritt, diesmal in den Hintern, und spuckt in den Sand. Dann hebt er mit einer Hand den Hund auf, küsst ihn auf die Schnauze und geht.

Ich bin jetzt voll da und hellwach. Das ist keine Fata Morgana. Eine Fata Morgana tritt einem nicht in die Rippen. Ich sehe den Jungen an und erkenne jetzt, dass er höchsten vierzehn oder fünfzehn ist. Er macht die Tür des Cherokee auf und setzt seinen Hund auf den Beifahrersitz. Dann geht er um den Wagen herum und verschwindet auf dem Fahrersitz. Wie kann es überhaupt sein, dass er fahren darf? Wo sind seine Eltern? Wie können sie diesen Knirps in einem SUV durch die Wüste fahren lassen? Dass Araber ein Faible für Luxuskarossen haben, ist ja bekannt – vergoldete Lamborghinis, Range Rover mit Gucci-Sitzschonern und dazu passenden Gebetsteppichen und so. Aber selbst nach deren albernen Maßstäben ist das hier völliger Wahnsinn. Ich bin mir auch gar nicht sicher, ob er ein Araber ist.

»Hey«, schreie ich, aber nur ein Hauch heißer, trockener Luft entweicht meinem Mund. Ich rappele mich auf die Knie und winke mit beiden Armen.

»Du kannst mich nicht hierlassen.«

Ich sehe meinen Retter nicht. Er ist auf dem Sitz verschwunden.

Der Junge lässt den Motor an, er stottert, dann ein Knall aus dem Auspuff. Kurz schüttelt es den Jeep, dann geht der Motor wieder aus. Noch ein Versuch, wieder das mürrische Geräusch des Motors, der einen Scheiß auf die Zündung gibt. Mit verärgert hochgezogenen Brauen steigt der Junge aus, wie jemand, der es nicht gewohnt ist, dass ihm ein Motor nicht gehorcht. Er knallt beide Hände auf die Motorhaube, stemmt sie mit einiger Mühe hoch und taucht in den Motorraum.

Das muss ein Zeichen sein. Ich bin immer noch baff. Vom Auftauchen des Jungen und seiner Entschlossenheit, mit seinem verletzten Hund einfach wieder wegzufahren, davon, dass er in mir nichts weiter als einen Kleinkriminellen sieht, und schließlich von dem Jeep, der nicht anspringen will. Ist das die Hand Gottes, auf die ich gewartet habe?

Manchmal manifestiert sich Gott als technische Panne.

Schwerfällig komme ich auf die Füße und humpele auf den Cherokee zu, wo der Nachwuchskicker immer noch halb im Motor hängt. Ich hieve mich daneben, mein Gesicht dicht an dem des Jungen, der mit einem Zahnstocher eine Zündkerze reinigt. Zum ersten Mal sehe ich sein Gesicht deutlich. Er hat große braune Augen, einen Hauch von Bart auf der Oberlippe und dunkelbraune Haare, die ihm immer wieder über die Augen fallen. Der Junge schenkt mir keine Beachtung und säubert weiter die Zündkerze, bis ich es nicht mehr aushalte und zische: »Hast du Wasser?«

»Das habe ich schon geprüft. Ist voll, kein Problem.«

Ich stürze mich auf den Kühler, wobei der Junge mir zusieht. Mit zitternden Händen schraube ich den Deckel ab; das Wasser ist kochend heiß und verbrüht mir die Zunge, als ich versuche, etwas aus der kleinen Öffnung herauszulecken.

»Sei kein Tier«, sagt der Junge, setzt die Zündkerze wieder ein und wischt sich die Hände mit einem öligen Lappen ab. »Im Jeep ist Trinkwasser.«

Ich schwanke, ob ich ihn umarmen oder ihm eine reinhauen soll. Gleichzeitig wird mir klar, dass er mich gar nicht hierlassen wollte. Er will mich nur irre machen. Alles hier will mich irre machen. Vorsichtig bewege ich mich am Cherokee entlang, öffne die hintere Tür und sehe eine Plastikflasche des Welternährungsprogramms. Als ich sie hochhebe, schwappt Wasser darin herum. Es ist eiskalt.

KAPITEL 10
MUTT

Ein roter Vogel schoss aus dem Sand empor, bevor der weiße Mann im grünen Overall sich daraus erhob. Ich habe zwar keine Angst vor Geistern, aber ich umgebe mich auch nicht gern mit ihnen. Er kam zu mir und nahm mich in den Arm. Ziemlich peinlich. Er gehört zu den Männern, die nicht wissen, wie man ein Baby hält, wie man einen Hund streichelt, wie man ein Mann ist. Als wäre ich eine kostbare Vase, so fasste er mich an.

Ich kann diesen Mann nicht riechen. Anders als die Männer, die im Hangar gewohnt haben, riecht dieser nicht nach gekochtem Kohl. Welcher Mensch hat bitte keinen Geruch? Oder habe ich das letzte mir verbleibende Talent auch noch verloren? Riechen können heißt überleben. Dieser Mann riecht nach nichts. Nur Geister und Spitzel riechen nach nichts. Ich glaube nicht an Geister; sie sind eine Erfindung meiner menschlichen Gefährten, um sich zu trösten, dass sie, wenn sie sterben, nicht wirklich sterben. Wenn Menschen sterben – und es spielt keine Rolle, ob sie am eigenen Erbrochenen ersticken oder bei dem Versuch sterben, ein Kätzchen zu retten –, kommen sie in den Himmel oder in die Hölle. Wenn Hunde sterben, bleiben sie einfach tot. Was Spitzel betrifft, die haben diesen Ort längst verlassen – hier gibt es nichts mehr zu bespitzeln.

Die Vorstellung, nicht mehr riechen zu können, bereitet mir dröhnende Kopfschmerzen. Und warum versucht er eigentlich immer noch, mich zu umarmen?

Ich brauche deine unbeholfene Liebe nicht, will ich sagen. *Ich brauche eine Aspirin.*

Diese roten Vögel machen mir Sorgen. Sie sind überall. Aber noch mehr Sorgen bereitet mir, dass anscheinend niemand etwas gegen sie unternehmen kann.

Den ersten roten Vogel auf dem Dach sah ich an dem Tag, als Mother Dear in den Küchenstreik trat. Das Argument, das sie vorbrachte, war wie bei jedem professionellen Agitator nur ein Vorwand: Es sei kein Salz da, deshalb werde sie nicht kochen. Doch das alles war nur ein kleines Spiel, reine Täuschung. In Wahrheit sagte sie: *Bringt mir meinen Sohn wieder oder verreckt doch alle, verhungert meinetwegen oder esst halt Mehl und rohes Fleisch. Oder lernt selbst kochen.*

Das kann sie gut. Sie trägt ihre Depression nicht wie ein Ehrenabzeichen an der Brust, sondern verwandelt sie in eine subtile Form des Widerstands. Wäre sie woanders geboren worden, wäre sie jetzt sicher ein sozialistisches Staatsoberhaupt, das mit eiserner Faust ein Land mittlerer Größe regiert. Doch hier ist sie nur eine Mutter mit einer Gebetskette aus Plastik.

Für gewöhnlich kann ich Vögel riechen, bevor ich sie sehe; die meisten riechen nach Unfug, außer Krähen, die riechen nach schmutzigen Geheimnissen anderer Leute. Aber an jenem Tag roch ich nichts. Ich war dabei gewesen, den Himmel zu beobachten. Das tut man hier mit der Zeit ganz automatisch, das können Sie mir glauben, denn hier fällt gerne mal was vom Himmel. Während ich also angestrengt Ausschau hielt, bemerkte ich etwas Rotes auf dem Dach. Ich spürte seine Präsenz. Er war nicht größer als ein Spatz, aber anders als Spatzen, die nicht still sitzen können und die glauben, das Leben sei ein einziges langes Fest, war der rote Vogel völlig ruhig. Und er hatte keinen Geruch. Ich winselte, plötzlich in

Sorge, dass ich meinen Riecher verloren haben könnte, und nahm nur einen schwachen Hauch Kummer wahr, der, kaum überraschend, aus der Küche drang. Eigentlich eine lachhafte Untertreibung – dieses Haus atmet förmlich den Gestank des Kummers. Wenn Mother Dear die Wäsche macht, weht der Geruch von Verzweiflung zwischen den Wäschestücken auf der Leine hindurch. Sie vergießt Tränen ins Curry, so traurig ist diese Frau. Wozu braucht sie Salz, wenn sie auch mit ihren Tränen würzen kann? Traurigkeit beunruhigt mich nicht. Traurigkeit ist in diesem Haus praktisch wie ein Bruder für mich.

Es ist nicht meine Art, Panik zu verbreiten, aber als Sohn dieser Erde und verantwortungsbewusstes Familienmitglied hat man Pflichten, also tat ich, was man eben tut, wenn man von der Präsenz eines rätselhaften Wesens irritiert ist und den anderen sagen will, dass sie sich vorsehen sollen: Ich hob den Kopf und stieß eine kurze Folge von Warnungen aus. Mother Dear blickte zum Himmel, schüttelte den Kopf und widmete sich wieder ihrer traurigen Verrichtung. Um nützlich zu erscheinen, erfinden wir manchmal Arbeit, wo gar keine Arbeit nötig ist. Sie bügelte Laken mit einem nicht angeschlossenen Bügeleisen.

Ich gab ein langes jaulendes Wuff von mir, das in diesem Haus allgemein als Zeichen verstanden wird, dass ich es ernst meine – die Welt geht jeden Moment unter, gleich fallen wieder Bomben, die Katze schielt wieder nach dem Milchtopf. Mother Dear schmiss ihren Pantoffel nach mir. Ich konnte mich gerade noch ducken. Jeder Vogel, selbst einer dieser dickköpfigen Milane, hätte nach diesem kleinen Tumult die Flucht ergriffen. In dieser Gegend gehören fast alle Vögel zum Sicherheit-geht-vor-Typ und misstrauen der menschlichen Rasse – eine kluge Strategie, wie ich hinzufügen möchte, aber ein Privileg, das mir leider verwehrt ist. Doch dieses hübsche rote Kerlchen blieb arglos sitzen, flatterte nicht, ja, hob nicht einmal leicht die Flügel, um sich zum Abflug bereit zu machen, nur für den Fall. Um meine Überzeugungskraft war es offenbar auch schon einmal besser bestellt.

Dann kam Momo rein, und ich bellte ihn inständig an, doch nach oben zu schauen, was er auch tat. Aber er schüttelte nur den Kopf, ging hinaus und verschwand unter seinem Cherokee.

Es dauerte eine Weile, bis ich verstand, dass nicht jeder die Vögel sehen kann. Manche Dinge, die ich sehe, sehen andere einfach nicht, weil sie nicht so aufmerksam sind wie ich. In meinem Hirn mag es seit dem fürchterlichen Unfall etwas wirr zugehen, aber meine Augen sind in Ordnung. Wobei ich betonen möchte, dass ich nie behauptet habe, außergewöhnliche Kräfte zu besitzen. Hunde glauben nicht an Magie, Hunde können es sich nicht leisten, im Leben den Weg der Spiritualität einzuschlagen. Aber die Idee hat ihren Reiz.

Wenn ich sie nämlich sehen kann, habe ich ja vielleicht, nur ganz vielleicht, doch außergewöhnliche Kräfte. Ein verlockender Gedanke, aber erst müssen wir andere Erklärungen ausschließen. Vielleicht sehen die anderen die Vögel in einer anderen Farbe. In dem erdigen Braunton eines Kanarienvogels oder dem Schuhcremeschwarz der Krähen. Oder vielleicht sehen sie die roten Vögel durchaus in Rot, finden aber nichts Ungewöhnliches an ihrer Stummheit oder an ihrer unheimlichen Erscheinung. Ja, unheimlich, denn sie fliegen hier zwar ganz offensichtlich herum, trinken aber weder das verseuchte Wasser dieses Ortes, noch sind sie scharf auf spendenfinanziertes Getreide.

Später einmal werden die Leute bestimmt alles erklären. Doctor, unser Mann der Wissenschaft, wird die logischste und wissenschaftlichste Erklärung liefern: abgereichertes Uran. Gewöhnliche Kanarienvögel hätten kontaminiertes, schwach uranhaltiges Wasser getrunken und seien daraufhin zu roten Vögeln mutiert, es handele sich also im Grunde um nichts weiter als in Farbe getauchte und ihrer Stimme beraubte Kanarien. Da muss ich Doctor leider widersprechen. Ich habe aus demselben Wasserloch getrunken, ich erleichtere mich sogar darin – wieso bitte bin ich dann noch nicht rot?

Wenn die Leute hier für etwas keine echte Erklärung haben, schieben sie es auf den Krieg. Als ob vor dem Krieg alle Brüder gewesen wären und dem Nachbarn keinen Müll in den Hof geschmissen hätten. Als ob wir erst durch den Krieg Mundgeruch und schlechte Manieren bekommen hätten. Das ist, als würde ich sagen, dass meine Hundevorfahren dieses Land einst regiert hätten, aber dann sei der Krieg gekommen und habe ihrer ruhmreichen Herrschaft ein Ende bereitet.

Doctor klaut im Gemüseladen welkes Grünzeug und hält sich für progressiv. Ginge es nach ihm, müssten wir uns alle nur gesund ernähren, dann wäre der Welt schon geholfen. Was soll man machen? Wir brauchen einen Arzt, auch wenn er sich benimmt, als bräuchte er uns nicht.

Ich weiß, wo die roten Vögel herkommen. Natürlich werden Sie mir schwerlich glauben und auf ein gewisses Ereignis verweisen, bei dem mein Hirn frittiert wurde und das mich zum Geschichtenerzähler par excellence gemacht hat, aber Hunde können es sich nicht erlauben, an Mythen zu glauben. Oder an Metaphern. Ein Knochen ist keine Metapher. Ebenso wenig ist ein Strommast ein Phallussymbol, er ist eine öffentliche Bedürfnisanstalt und, wie ich schmerzhaft am eigenen Leibe erfahren musste, ein Gesundheitsrisiko fürs Gehirn.

Rote Vögel sind real. Wir sehen sie nicht, weil wir sie nicht sehen wollen. Denn wenn wir sie sehen, erinnern wir uns. Wenn jemand bei einem Bombenangriff oder einer Schießerei stirbt oder wenn ihm die Kehle aufgeschlitzt wird, verwandelt sich sein letzter Tropfen Blut in einen winzigen roten Vogel, der davonfliegt. Und dann wieder auftaucht, wenn wir die Person um jeden Preis vergessen wollen, wenn wir glauben, sie vergessen zu haben, meinen, jetzt ohne sie leben zu können, oder wenn wir diese unsinnigen Worte sagen, dass wir »darüber hinweg« seien. Der Vogel erinnert uns daran, dass die Person vielleicht verschwunden, aber nicht wirklich weg ist. Sie hat uns nicht vergessen. Er erinnert uns daran, dass sie verschwunden ist, uns aber vermisst. Wir können mit unserem Leben fortfahren und so tun, als wäre die Person nicht mehr da – wir können ihre Kleider verschenken, ihre Notizbücher in der untersten Schublade verstauen, uns beharrlich nur an die klugen und witzigen Dinge erinnern, die die Person gesagt hat, und ein ewig junges Lächeln auf ihr Gesicht kleben –, aber tatsächlich brauchen wir nur den Kopf zu heben, und da ist sie.

Vielleicht irre ich mich. Aber Hunde liegen, was Vögel betrifft, selten falsch. Hunde kennen sich mit Liebe aus. Hunde vermehren sich nicht von allein in der Kanalisation. Sie sind die Frucht der Liebe zwischen zwei anderen Hunden. Wenn Sie irgendwo einem braun getüpfelten Hund mit haselnussbraunen Augen begegnen, können Sie darauf wetten, dass da die Nachmittagslust von Mutt senior vor Ihnen steht, die auch noch in Form eines Halbbruders oder einer Schwester fortlebt.

Als ich den roten Vogel sehe, knurre ich. Momo mag es, wenn ich knurre. Er sagt dann meist, *hey, mein Tiger*. Aber heute Morgen bleibt er unter dem Jeep liegen und sagt, *sei still, Mutt*. Ich mag es, wenn er meinen Namen sagt. Wenn er *sei still* sagt, meint er eigentlich, *mach weiter, mein Tiger, knurr lauter.*

Ich bin unschlüssig, ob ich Momo von den roten Vögeln erzählen soll. Menschen können so pedantisch sein. Sie glauben, da oben sitzt jemand, der Brot und Milch und seltsame sexuelle Gelüste produziert, sie glauben an Seelen, Dschinns, Märchen, Seeungeheuer mit Brüsten und Flossen und politische Theorien über den Nutzen von Ungleichheit, aber wenn man ihnen sagt, wo der rote Vogel herkommt, schütteln sie den Kopf, als wollte man sie zu irgendeiner Hundereligion bekehren.

Es gibt noch einen anderen Grund, warum ich zögere, Momo von den roten Vögeln zu erzählen: Im Herzen ist er ein Geschäftsmann. Selbst wenn er fernsieht oder sein Jeep ein Panne hat, selbst wenn er darüber nachdenkt, seinen Vater zu ermorden, arbeitet er immer an irgendeiner Geschäftsidee, die ihn unglaublich reich machen wird. Bisher hat er zwar ausschließlich mit Schrott gehandelt, aber er wartet darauf, »dass die Märkte sich öffnen, dass sich die Situation stabilisiert, dass die Wiederaufbauphase beginnt«, damit er sich in seine Finanzmarktabenteuer stürzen kann. *Denn was kommt nach dem Krieg?*, sagt er gern. *Der Wiederaufbau. Und was braucht man für den Wiederaufbau? Zement. Ja. Aber was noch? Städte werden nicht nur aus Zement gebaut. Welche andere Zutat braucht man noch? Man braucht Sand. Und genau den gibt es hier, wir haben Zillionen Tonnen davon. Mit diesem Sand können wir die ganze Welt wiederaufbauen. Ach was, eine ganze Galaxie könnte man damit bauen. Und wem gehört der ganze Sand?* Und schon hätten wir das Konzept seiner neuen Firma *Sands Global.*

Ich weiß, was er tun würde, wenn er die roten Vögel sehen könnte. Er würde ihr Marktpotenzial erkennen. Er würde sie einfangen wollen. Das Kosten-Nutzen-Verhältnis analysieren. An riesige Netze denken. Er würde meinen, dass Amerikaner sicher fettes Geld dafür zahlen würden. Dass arabische Scheichs sie bestimmt gern zum Frühstück äßen, wenn sie von ihren magischen Qualitäten erführen. Zweihundert Dollar pro Schuss. Er hat eindeutig zu viele Sendungen im Nachtprogramm von *Nat Geo* gesehen, in denen es die ganze Zeit um nichts anderes als um Tierquälerei geht. Er glaubt, das wahre Leben sei der wirklich allerletzte Teil von *Fast and Furious.* Lady Flowerbody macht mit ihm seltsame Gedankenexperimente. Wer genug Zeit mit amerikanischen Wissenschaftlern verbringt, fängt irgendwann an, Senf zu mögen. Senf riecht nach unerwiderter Liebe. Und man lernt, wie die schlechte Kopie eines Kleinkriminellen aus der New Yorker Unterwelt zu sprechen. Plötzlich glaubt man, mit Sand und hübschen Vögeln Geld machen zu können. Stellen Sie sich das vor, die Seelen der Menschen zu verkaufen, die Sie lieben, damit irgend so ein notgeiler Scheich sie verschlingt, um einen hochzubekommen. Die Erinnerungen an Ihre Liebsten als Teil der Dekoration bei einem schicken Hochzeitsempfang – wie wäre das für Sie? Stellen Sie sich die roten Vögel vor, wie sie in goldenen Käfigen flattern. Ihre intimste Trauer als Partydeko.

KAPITEL 11

ELLIE

Mit zwei Kissen unter dem Hintern kommt Momo, der minderjährige Fahrer des Jeeps, so gerade eben auf Höhe des Lenkrads. Um Gas zu geben, muss er nach unten rutschen und fast im Stehen fahren. Ich bin mir nicht sicher, ob er überhaupt etwas durch die Windschutzscheibe sieht. Aber das spielt auch keine Rolle, weil ich nach draußen sehen kann, und dort ist nichts als Sand. Ich hätte die Flasche nicht in einem Zug austrinken sollen; mein Magen fühlt sich an, als würde er in einem Mörser zerstoßen.

Alle paar Minuten dreht sich Momo zum Beifahrersitz und sagt: »Momo hat dich lieb, Mutt. Momo liebt dich.« Als der Hund nicht reagiert, hupt der Junge und schreit: »Muutttttt. Wir fahren nach Hause, Mutt. Willst du nicht wieder nach Hause, Mutt? *Fast and furious*, nur noch schneller. Wir holen dir einen Arzt, besorgen dir einen Verband, dann wirst du wieder gesund. Dann kannst du wieder brüllen wie ein Tiger.«

Mutt klebt mit der Nase am Fenster und wimmert seltsam menschlich. Ihn scheint die ewige Frage zu quälen: Kann man je wirklich wieder nach Hause zurückkehren?

»Du hättest nicht so gierig sein sollen«, sagt der Junge zu mir, während ich mir stöhnend den Bauch halte. »Wenn man gierig ist, bekommt man Bauchschmerzen.«

»Ich hatte Durst«, murmele ich. »Großen Durst. Mir ist übel.«

»Ein Amerikaner, dem übel ist, Gott bewahre. Amerikaner *sind* übel und gehen diesem Universum übel auf den Sack«, sagt er, ohne dabei in meine Richtung zu schauen.

Unglaublich, wie herzlos dieser Fünfzehnjährige ist. Wo bleibt seine Menschlichkeit? Ich krepiere hier gleich, weil ich acht Tage nichts gegessen habe, und dieser Junge wirft mir übermäßigen Konsum vor.

Ich schließe die Augen, kauere mich auf dem Sitz zusammen und denke an all das, was ich in »Interkulturelle Sensibilität« gelernt habe. »Es gibt viele Gründe, warum sie uns hassen, aber einer davon ist, dass wir unsere Haustiere lieben«, hatte uns der Ausbilder im Modul »Kulturelle Sensibilität im Umgang mit Tieren« im Seminar »Wie man amerikanische Werte verteidigt, ohne die Gefühle des Gegenübers zu verletzen« erzählt. »Sie glauben ernsthaft, dass man mit dem Geld, das wir für Hundeshampoo ausgeben, die gesamte Bevölkerung eines zentralafrikanischen Landes ernähren könnte. Und dabei wissen sie noch nicht einmal was von den Amerikanern, die ihre Pythons mit lebenden Ratten füttern und sie vor dem Zubettgehen knuddeln.« Der Junge am Steuer ist ein Vertreter genau dieser Kultur. Im Moment hasse ich diese Kultur auch; jede Kultur, der winselnde Köter wichtiger sind als in der Wüste verhungernde Menschen, sollte einen Crashkurs in interkultureller Sensibilität bekommen. Und wir reden hier nicht von irgendwelchen dahergelaufenen Menschen, wir reden hier von Piloten, Piloten auf einer Mission, nicht diesen Luftikussen, die einen Regenbogen auf der Brust haben oder Wälder mit Pestiziden einnebeln, wir reden hier von echten Piloten im Einsatz, die in streng geheimer Mission unterwegs sind.

Dieser Hund hier kehrt heim. Dieser Hund hat einen Namen, auch wenn es nur Mutt ist. Dieser Hund wird geliebt.

Mich hat man noch nicht einmal nach meinem Namen gefragt. Wie der Junge heißt, weiß ich, weil er die ganze Zeit »Momo hat dich lieb« zu seinem Hund sagt.

Ich sollte erleichtert sein, glücklich, dass ich aus dieser Wüste gerettet werde, wo ich acht Tage und Nächte festgesessen habe. Stattdessen bin ich angepisst, weil ich nicht die Aufmerksamkeit bekomme, die man eigentlich verdient hat, wenn man acht Tage in der Hölle der Wüste überlebt hat. Nach all den Nahtod-Erfahrungen, nach all den Opfern, die ich für das Land gebracht habe, fühle ich mich gerade wie ein lästiger Anhalter. Eben noch blickt man in der Wüste dem sicheren Tod ins Auge, und im nächsten Moment sitzt man schon in einem Auto und schmollt, weil die Umgangsformen des Retters zu wünschen übrig lassen.

Die letzte Mahlzeit, die ich zu mir genommen habe, bestand aus einer Aspirin und einer Tasse Kaffee. Ich wünschte, ich hätte mir beides für jetzt aufgehoben.

»Du arbeitest für USAID?«, fragt Momo und biegt abrupt ab, ohne dass ein Grund dafür ersichtlich wäre – links sieht alles aus wie rechts, es gibt weder Fahrzeugspuren noch Schilder, überall nur Sand, so weit das Auge reicht.

»So in etwa«, antworte ich und stelle fest, dass mir eine Tarngeschichte fehlt. In dem ganzen Elend habe ich völlig vergessen, mir auszudenken, wo ich herkomme und was ich hier mache. Eigentlich sollte ich eine ausgearbeitete Geschichte parat haben. Warum zum Henker bin ich in einem Fliegeranzug durch die Wüste gelaufen und dabei fast verhungert? War ich das schwächste Glied einer Kamelsafari, das man zurückgelassen hat? In den ersten Tagen hatte ich mir noch Gedanken über eine Tarnung gemacht, aber jetzt herrscht in meinem Kopf gähnende Leere. Kurz denke ich an die halbe Strike Eagle, aber die liegt fünf Tagesmärsche von hier entfernt. Selbst wenn sie den Vogel fänden, würden sie ihn nicht mit mir in Verbindung bringen.

Vielleicht brauche ich gar keine Tarngeschichte. Wenn USAID hier vor Ort ist und Fünfzehnjährige als Fahrer anheuert, kann ich denen wahrscheinlich jeden Mist auftischen. Dann kriege ich saubere Klamotten und eine Untersuchung vom Arzt, sage danke und springe in den nächsten US-Heli, der Richtung Heimat fliegt und der, so hoffe ich, nicht von einem aufmüpfigen Teenie gesteuert wird.

»Und du? Arbeitest du für USAID?«, frage ich, damit sich eine Beziehung zwischen uns entwickeln kann oder wenigstens die Möglichkeit entsteht, gemeinsam über einen Witz zu lachen oder etwas über die nächsten abgehenden Flüge zu erfahren. In Wahrheit will ich ihn fragen: *Scheiße, warum bist du nicht in der Schule? Hast du einen Führerschein? Wieso trägst du Fußballsachen?* Aber all das frage ich nicht. Nur: »Arbeitest du für USAID?«

Eigentlich ist eine Tarnung für mich simpel; ich gebe mich einfach als Pilot aus, der mit einer Ladung humanitärer Hilfsgüter – Nahrungsmitteln, jeder Menge Fußbälle und Süßkram – hierher unterwegs war, dann aber notlanden musste und sich in der Wüste verlaufen hat. Perfekt. Obwohl ich vor Hunger jeden Moment ohnmächtig werde, ist mein Hirn noch in der Lage, glaubhafte Szenarien zu erfinden. Ich bin ein zäher Hund, jemand, der noch fix im Kopf ist, wenn er eigentlich längst fix und alle ist.

»Ich bin zu jung für einen Job«, sagt Momo verächtlich, als hätte ich ihn nach einem peinlichen Familiengeheimnis gefragt. »Ich bin selbstständig. So eine Art Unternehmer.«

Das beruhigt mich. Ich bin also keinen lüsternen Ziegenhirten oder blutrünstigen Kombattanten in die Hände gefallen, sondern bei anständigen Leuten gelandet, die ein eigenes Unternehmen führen und Hunde mögen. Die Art von Gemeinschaft, in der kleine Jungen es aus eigener Kraft zu etwas bringen wollen. Ein Ort, an dem es hoffentlich Toiletten mit Wasserspülung und warmes Essen gibt. Ich schließe die Augen und stelle mir ein blutig gebratenes Rib-Eye-Steak mit einem Klacks Bratensoße vor, dazu ein Glas mit Eiswürfeln.

Um uns herum wirbelt der Sand, und ich habe keine Ahnung, wie Momo sich orientiert. Das ist ein Wüstenvolk, sage ich mir, die kennen hier jedes Sandkorn. Ich vertraue diesem Jungen. Ein Fünfzehnjähriger, der seinen verletzten Hund gerettet hat, wird sich schon nicht verirren oder einen Mitmenschen im Stich lassen. Er repräsentiert das Beste, das die Wüste zu bieten hat. Dieser Junge ist unsere Zukunft. Dieser Junge ist unsere Hoffnung. »Das beeindruckt mich immer an der arabischen Kultur: Ihr Jungs packt es selbst an. Macht was aus euch trotz der Umstände. Amerika hatte mal dieselben Werte, aber …«

»Wer hat gesagt, dass ich Araber bin?« Momo grölt vor Lachen. »Hast du das gehört, Mutt, der Typ glaubt, wir sind Araber. Hey, bring uns nicht auf Ideen. Mutt, wärst du nicht auch gern ein Araber?«

Mir wird vor Erschöpfung schwarz vor Augen; ich träume von Vanille-Milchshakes und Pfannkuchenstapeln, die so hoch sind, dass sie aussehen wie aneinandergelehnte Wolkenkratzer.

Als ich aufwache, fahren wir auf ein gewaltiges Bauwerk zu, das sich vor uns aus dem Sand erhebt wie eine Fata Morgana aus Beton. Endloser Stacheldraht zieht sich um das Gebäude herum. Alle paar Meter hohe, mit Sandsäcken verstärkte Beobachtungsposten. Die einzigen Farben in diesem Albtraum aus Grautönen sind die orangen und weißen Streifen eines schlaffen Windsacks. Auf einem großen Schild steht *Durchfahrt verboten*. Das macht Hoffnung. Wo es einen weiß-orangen Windsack gibt, muss es auch eine Landebahn oder wenigstens einen Hubschrauberlandeplatz geben. »Durchfahrt verboten« heißt in meinem Fall »Willkommen«. Aber der Jeep biegt scharf ab.

Wir passieren eine Reihe verlassener Checkpoints und

Sandsackbunker, bis wir eine unbefestigte Piste erreichen. Es geht vorbei an einem Esel, der auf einer Plastiktüte herumkaut, dann stehen plötzlich Kamele auf der Straße. Der Junge wirft sich mehr oder weniger auf die Hupe, aber die Kamele starren weiter in den Himmel wie eine Gruppe Cloudspotter, bis sie schließlich doch davontrotten, scheinbar enttäuscht von dem, was sie gesehen haben.

»Stur wie die Amis«, flucht Momo den Kamelen hinterher, als er weiterfährt. Wenn er uns so hasst, was bitte schön soll dann der aufgesetzte amerikanische Akzent? Warum verflucht er die Kamele und vergleicht sie mit Amerikanern? Er ist offensichtlich ein Möchtegern-Araber oder stammt aus einem dieser Länder, die Amerika hassen, weil sie nicht selbst Amerika sind. Woher will er wissen, dass ich stur bin? Ich bin eigentlich immer ein ziemlich lockerer Typ gewesen – und gerade bleibt mir angesichts der Umstände eh keine Wahl.

In der Ferne sehe ich ein riesiges Tor, wie der Eingang zu einer imposanten alten Stadt. Es kommt mir bekannt vor. Links und rechts davon ist nichts – keine Mauern, keine Zäune –, als hätte man das Tor in der Hoffnung gebaut, die Mauern würden sich von selbst errichten.

Über dem Tor steht etwas geschrieben, die Buchstaben sind fast verblichen, aber strahlen immer noch eine gewisse Würde aus, wie die Inschrift eines Denkmals für einen toten König. Trotz meiner stechenden Bauchschmerzen beuge ich mich vor und versuche, den Schriftzug zu entziffern: *USAID FUGEE CAMP*. Das *RE* scheint abgefallen zu sein, wahrscheinlich, weil es ihm peinlich war.

Vermutlich war es früher mal ein Dorf, aber jetzt ist es nur noch eine zusammengewürfelte Siedlung. Ich habe noch nie ein Flüchtlingslager in echt gesehen, nur auf Fotos und in den Fernsehnachrichten. Ich erwarte Zelte in akkuraten Reihen, funkelnde Krankenwagen, Leute, die Schlange stehen, um ihre Rationen von Studenten im Urlaubssemester mit Dreadlocks und Nasenpiercing entgegenzunehmen. Was ich tatsächlich sehe, habe ich schon auf dem Monitor meiner Strike Eagle gesehen, kurz bevor ich zögerte, den Knopf zu drücken: ein paar Schrottplätze, Reihen aufeinandergestapelter ausgebrannter Autos, aufgegebene Panzer und gepanzerte Fahrzeuge, einen kleinen Berg aus alten Tastaturen und Handyschalen, qualmende Müllhaufen.

Das Camp ist ein Meer aus blauen Plastikwelldächern, das sich wie ein niedriger schmutziger Himmel endlos erstreckt, unterbrochen hier und da von Haufen grauer Kunststoffmasten und überquellenden blauen Plastikmülleimern. »An Orten wie diesem wohnt das Böse«, hatte Colonel Slatter gesagt. Ich sehe hier nur missglückte Versuche, Gemüsegärten anzulegen: fein säuberlich mit Kieseln markierte Beete und Pflanzenstummel in kleinen Plastiktöpfen. *Müll abladen verboten* steht auf Schildern über den Müllhaufen. Das Ganze wirkt wie eine verzweifelte Anstrengung, die Pest in Schach zu halten.

Dieser Ort brauchte keine Hilfe aus der Luft.

Was habe ich hier eigentlich gewollt? Was hat Colonel Slatter hier gewollt? Er wollte den Ort bombardieren, weil er ihn für eine existenzielle Bedrohung unserer großen Nation hielt. Er tat seine Pflicht, so wie ich meine. Dein Kollege schmiert ab, du fliegst hinterher.

Man sollte meinen, dass einseitige Kriege irgendwann langweilig werden. Aber sie machen weiter damit. Luftkämpfe gibt es keine mehr, niemand spricht heute noch davon, dass wir den Feind wie Jagdhunde hetzen und stellen sollen; meistens jagen wir dem eigenen Schwanz hinterher, da kein anderer mehr Kampfjets zu haben scheint. Da unten rasen sie in Lieferwagen oder Lkw-Konvois umher wie eine Armee aus Ameisen, die auf ein Loch im Boden zukrabbelt – oder von dort wegläuft, es spielt eigentlich keine Rolle. Oder sie bleiben in ihrem Objekt und sehen fern. Aus ethischen Gründen sagen wir nicht »Haus«, sondern »Objekt«, auch wenn wir so nah ranzoomen können, dass wir erkennen, was da im Topf köchelt. Aber keine noch so scharfe Nahaufnahme verrät, ob die Menschen da unten über den Lammbraten diskutieren oder die Vernichtung der westlichen Zivilisation planen. Auf dem Bildschirm sieht man nur eine traditionelle Familie – traditionell deshalb, weil im Hof eine Gruppe Männer auf Plastikstühlen oder Teppichen vor dem Fernseher lümmelt –, ein Steinhaus mit Satellitenschüssel auf dem Dach und Kinder, die im Hof Fangen spielen. Man fliegt eine Schleife, zögert. Auf der Karte ist das Haus als Objekt markiert, in dem feindliche Kombattanten wohnen. Und jetzt schwebst du da oben und weißt nicht, ob dein Fadenkreuz gleich Feinde erfassen wird, die irgendwelche Gräueltaten planen, oder unschuldige Zivilisten, die aufs Abendessen warten. Dir bleiben zweieinhalb Sekunden für die Entscheidung.

Ich hasse den Ausdruck: unschuldige Zivilisten. Setzt Soldaten irgendwie mit Kinderschändern gleich.

Als wir das Tor durchfahren, findet am Rand einer offenen Kloake Schulunterricht im Freien statt: zwei Büffel und etwa ein Dutzend Mädchen, die auf eine leere Tafel starren. Ein offener Jeep überholt uns, hinten drauf ein halbes Dutzend Teenager mit Panzerfäusten, einer von ihnen winkt uns zu. Momo ignoriert sie. Ich habe schon halb die Hand gehoben, halte mich dann aber zurück. Wir fahren an ein paar baufälligen Geschäften vorbei, gerupften Hühnern, die an einem Draht nebeneinander hängen und einstauben, einigen Autos mit Ziegelstapeln anstelle von Rädern, zwei Teenagern, die unter einem dieser Autos Siesta halten, einem Mann im weißen Kittel, der ein verdorrtes Gemüsebeet jätet, und schließlich an einigen Männern und Frauen, die im Sand sitzen und zwischendurch immer mal wieder zum Himmel schauen.

»Diebe, allesamt, genau wie du.« Der Junge sieht mich verächtlich an. »Suchen ständig nach Flugzeugen. Können keinen Jeep fahren, watscheln aber immer schön in die Wüste und denken sich, *ho ho ho, heute finde ich einen Kampfjet*. Nix mehr Kaninchen. Nur noch Altmetall jagen die. Manche Leute bleiben einfach Loser.«

Muss ich mir Sorgen machen wegen dieser bewaffneten Flugzeugnarren? Haben sie meine Strike Eagle schon gefunden? Ist dieser Teenager auf dem Fahrersitz der Hirte aus Colonel Slatters Erzählung, ein gelangweilter kaltblütiger Killer? Wird man mich im Camp als Gast willkommen heißen oder bin ich kurz davor, zur wertvollen Geisel zu werden, die man gegen möglichst viele Konserven eintauschen kann?

»Momo hat dich lieb, Mutt«, ruft der Junge, dem Hund zugewandt. »Und rate mal, wer mit nach Hause kommt. Unser Kriegsheld.«

IM
CAMP

KAPITEL 12
MUTT

Nennen Sie mich einen Wichtigtuer, schimpfen Sie mich einen aufgeblasenen jämmerlichen Köter, der nach Aufmerksamkeit lechzt, aber mich beschleicht ein leiser Kummer, wenn ich an die Nacht denke, in der die Bombe auf unser Haus fiel.

Die anderen wollten gerade zu Bett gehen, und ich machte mich für meine nächtliche Patrouille bereit, als Bro Ali angerannt kam und schrie: »Alle raus aus dem Haus, raus aus dem Haus!« Was sollte das denn jetzt? War es nicht meine Aufgabe, Alarm zu schlagen und zu warnen? Bro Ali rannte herum wie ein durchgeknallter Prophet und verbreitete entsprechende Panik, deshalb sprang ich sofort ein und kläffte den Himmel an, wo ich bereits das vertraute Grollen eines nahenden Flugzeugs erahnte.

Wir saßen alle zusammengekauert in einem provisorischen Schutzgraben im Hof. Mother Dear breitete ihre Arme über Ali und Momo aus wie eine dieser verrückten Hennen, die einem die Augen aushacken, wenn man ihren Küken zu nahe kommt. Derweil winkte Father Dear zum Himmel, als wollte er dem Flugzeug Hallo sagen. Im Gegensatz zu allen anderen bin ich Father Dear gegenüber nicht voreingenommen. Ständig werfen sie ihm vor, er lecke weißen Männern die Stiefel – nun, vielleicht mag er einfach den Geschmack? Ich glaube, er wollte das Flugzeug mit seinen Handbewegungen zum Umkehren bewegen, so ähnlich, wie wenn ich manchmal mit der Pfote eine Fliege verscheuche. Aber das Ding da oben war keine Fliege. Es erwiderte Father Dears Gruß, indem es eine Präzisionsbombe auf unser Haus warf. Zwar hatte Father Dear von ihnen etwas Geld für den Hausbau erhalten, aber trotzdem gehörte das Haus uns, und jetzt hatten sie gerade tausendmal mehr Geld ausgegeben, um es zu zerstören. Ich habe noch nie verstanden, wie Geld funktioniert. Das ist Momos Fachgebiet.

»Wieso haben sie das getan?«, schrie Bro Ali mit bebender Stimme, während er versuchte, sich aus Mother Dears Armen zu befreien. Die Bombe hatte das Dach durchschlagen, Fenster herausgesprengt, Türen durch die Luft geschleudert, es regnete Steine und Holz und Putz und Stahl. Was blieb, war ein Haufen Schutt, wo vorher unser Haus gestanden hatte. Erleichtert stellte ich fest, dass es keine dieser Bomben war, die alles in Brand setzten und nur Asche zurückließen. Selbst in Zeiten des Chaos – besonders dann – gelingt es mir immer, mich auf die kleinen Freuden des Lebens zu konzentrieren.

»Hast du ihnen etwa das falsche Ziel genannt?« Momo war wütend auf Bro Ali und versuchte, sich aus Mother Dears schützendem Gewahrsam herauszuwinden. Er schien zu glauben, er könne zum Haus laufen und die Zerstörung rückgängig machen.

»Ich habe ihnen heute überhaupt kein Ziel genannt«, gab Bro Ali ebenfalls wütend zurück.

Beschwichtigend hob Father Dear die Hände. Er gehört zu der Sorte Familienoberhaupt, die nicht will, dass man in Anwesenheit der Familie über die Arbeit spricht, selbst wenn diese Arbeit möglicherweise zur vollständigen Vernichtung des einzigen Eigenheims der Familie geführt hat.

»Fehler passieren nun mal«, sagte Father Dear. »Wir alle machen Fehler.« Er hielt noch immer zu ihnen.

»Das war kein Fehler«, fuhr Bro Ali ihn an. »Die verwechseln nie etwas. Das weiß ich. Das war Absicht.«

Father Dear ging diese Diskussion jetzt schon zu weit. »Warum sollten sie das den eigenen Kollegen antun? Nach allem, was du für sie getan hast.«

Bro Ali schien nicht sehr stolz darauf zu sein, was er für diese Leute im Hangar getan hatte. Oft hatte ich ihn auf seinen nächtlichen Missionen durchs Camp begleitet und ihm zugehört, wie er in sein Radio plapperte. Er wollte hier aufräumen, indem er ihnen Ziele lieferte. Ich verurteilte ihn nicht dafür, er klang auch so schon verzweifelt genug. »Sie haben es getan, weil sie zeigen wollten, dass sie es können.«

»Dass sie was können?« Momo war untröstlich. Er hatte die blauen Plastikdächer der anderen Häuser immer verachtet.

»Unser Haus bombardieren. Sie werden sagen, dass es nur zu unserem Besten war, weil die Leute langsam Verdacht geschöpft haben. Sie haben unsere Ehre wiederhergestellt, indem sie uns obdachlos gemacht haben. Jetzt sind wir wie alle anderen. Das ist ihr Begriff von Fairness.« Während Bro Ali seine kurze Rede hielt, untersuchte Mother Dear seine Arme und Beine.

»Gott sei Dank, keiner ist verletzt«, sagte sie.

»Sie zahlen uns bestimmt eine Entschädigung. Vielleicht können wir mit dem Geld noch ein Schlafzimmer anbauen und eine neue Küche kaufen«, sagte Father Dear. In Gedanken hatte er schon die Wiederaufbauphase nach dem Krieg erreicht.

»Und wie sie zahlen werden«, sagte Momo. »Ich mache eine Schadensliste.«

»Ich muss einen Job im Hangar kriegen«, verkündete Bro Ali, der immer noch vor Wut wimmerte und Mother Dear umklammerte. Eine erstaunliche Aussage, als wäre die Bombardierung unseres Hauses kein sinnloser Luftangriff gewesen, sondern ein Jobangebot.

»Sie stellen keine Ausländer ein, jedenfalls nicht im Hangar«, sagte Father Dear, der wie immer genau das sagte, was man nicht hören wollte.

»Sie haben doch schon viele Jungen genommen, alle wissen das. Und was ist dabei rausgekommen? Das hier.« Bro Ali zeigte auf die Trümmer, die um uns herum lagen.

»Du bist nicht wie diese Jungen«, sagte Father Dear.

»Ich weiß, ich bin der beste, mit dem sie je gearbeitet haben.«

Bro Alis Entscheidung stand fest. Wollte er sie in friedliebende Menschen verwandeln, indem er für sie arbeitete? Wollte er das System von innen heraus verändern? Wollte er es von innen in die Luft jagen? Oder wollte er lernen? Ich roch den widerlichen Geruch seines Zorns, schäumende Milch am Siedepunkt, aber ich hatte keine Ahnung, wie er seine Ziele erreichen wollte. Wenn ich von Punkt A nach Punkt B will, rase ich los; stellt sich mir unterwegs ein Mensch in den Weg und will mich aufhalten, schlage ich erst einen Haken nach links, und wenn er dann in diese Richtung stolpert, wende ich scharf nach rechts, und schon bin ich am Ziel. Damit haben sich meine Täuschungsmanöver aber auch schon erschöpft. Menschen sind anders. Wenn sie Kinder wollen, treiben sie es nicht einfach miteinander, sondern laden das ganze Dorf ein, verköstigen es, verkünden ihre ehrenwerten Absichten und verstecken sich dann in einem Zimmer, um Babys zu machen. Wenn Menschen das Böse bekämpfen wollen, werden sie selbst böse.

Ich weiß immer noch nicht, wie, aber eines hat Bro Ali erreicht: Seit er in den Hangar gegangen ist, hat es keine Luftangriffe mehr gegeben. Und keine Hilfslieferungen. Die Tore sind geschlossen. Ab und zu kracht es am Himmel, mitunter sinkt die Lufttemperatur plötzlich, aber sie sind abgezogen. Kann ein Siebzehnjähriger einen langjährigen Krieg beenden? Oder war unser Haus das letzte Ziel auf ihrer Liste, und jetzt ist alles abgehakt?

Die meisten Leute interessiert die eigentliche Frage gar nicht: Warum ist er nicht zurückgekommen?

Die meisten Leute sind gleichgültig; Gleichgültigkeit riecht wie das bleiche Gerippe eines Hundes.

Ich habe da so eine Theorie, warum die Angriffe aufgehört haben, als Bro Ali bei ihnen angefangen hat. Er hat gesagt, Schluss mit den Bomben, keine Angriffe mehr, nicht bei Nacht, nicht bei Tag. Wer etwas Böses tut und daraus Profit schlägt, der sagt sich doch immer: Wenn ich es nicht mache, macht es halt jemand anders. So lügen wir uns selbst in die Tasche. Wenn ich diesen Knochen nicht stehle, stiehlt ihn der andere Typ, wenn ich dieses Bein nicht rammle, tut es ein anderer. Als Bro Ali nicht mehr mitmachte, hörten die Bombenangriffe auf. Natürlich könnte es noch andere Erklärungen geben, wir sollten endlich aufhören, dieses Märchen zu glauben, dass ein einzelner Mann die ganze Welt verändern kann, wenn er nur will.

Vielleicht wurde es ihnen auch einfach zu langweilig, uns zu bombardieren? Oder sie brauchten die Bomben woanders? Die Welt da draußen ist groß und schlecht. Vielleicht hat Bro Ali sie auch tatsächlich davon überzeugt, uns nicht weiter zu bombardieren – wobei diese Leute im Hangar nicht so einfach gehen würden, selbst wenn man sie überzeugen könnte. Vielleicht musste Bro Ali einer von ihnen werden, um sie zu überzeugen; womöglich ist das der Preis, den er zahlen musste. Der Gedanke macht mir Angst. Ich kann ruhig und gelassen über die Mysterien des Universums und die Perversionen des menschlichen Herzens nachgrübeln, aber ich möchte mir nicht vorstellen, dass Bro Ali einer von ihnen geworden ist.

Bro Ali hatte großes Potenzial; er konnte die Reifen eines Flugzeugs reparieren, er konnte Heimweh heilen – ein wahres Multitalent, dieser Ali. Er konnte kämpfen wie ein Ninja und predigen wie ein Priester. Und nie tat er es, weil er sich eine Belohnung davon versprach.

Gut so, Bro Ali. Ich habe viele meiner Kameraden verloren, einige während der Bombenangriffe, andere danach, als sie versuchten, ihre menschlichen Gefährten zu retten, und wiederum andere sind durch die fürchterlichen Krankheiten umgekommen, die nach den Angriffen grassierten. Bitten wir dafür je um einen Orden? Benennt man deswegen etwa Straßen nach uns? Und glauben Sie ernsthaft, wir sterben gerne wie die Hunde? Ich sage Ihnen, der Tod ist ein bisschen unangenehmer, als mit den Erinnerungen an die bereits Verblichenen weiterzuleben.

Father Dear hätte Bro Ali aufhalten können, aber stattdessen besorgte er ihm einen Job im Hangar. Jetzt läuft Momo rum und erzählt allen, dass Father Dear seinen Bruder verkauft habe. Für den Jungen besteht das Leben nur aus Transaktionen. Wir wissen jedenfalls nicht, wie der Deal aussah, aber irgendeinen Deal muss Father Dear geschlossen haben. Er hat wahrscheinlich nie gedacht, dass sein Sohn auch verschwinden könnte, schließlich war Ali nicht wie die anderen Jungen. Er war *sein* Sohn, er war etwas Besonderes. Sie brauchten ihn. Er war fast so gut wie die Leute im Hangar.

Momo versteht nicht, wie Väter ihr Risiko streuen. Father Dear hielt es für vernünftig, einen Sohn in den Hangar zu schicken und den anderen im Haus zu behalten. So war der eine sicher im Herzen einer großen Maschinerie untergebracht, während der andere daheim blieb und auf uns aufpasste. Reue riecht wie verbranntes Brot.

KAPITEL 13
ELLIE

Hier kommt Momos Vater. Er fährt eine Honda 70 und sitzt auf dem Tank, weil der Sitz von einem hohen Stapel Akten belegt ist. Er winkt Momo heran, der hüpfend zu ihm läuft, den Aktenstapel losschnürt und ins Haus trägt. Als er das Motorrad abstellt, entdeckt er mich und eilt auf mich zu, als hätte er schon mit mir gerechnet.

»Das ist der Typ, der unseren Mutt klauen wollte«, ruft Momo. »Ich habe ihn in der Wüste geschnappt. Er hat Magenkrämpfe.«

Das Leuchten in den Augen von Momos Vater erlischt. Der Mann trägt ein gestreiftes Hemd und eine verwaschene braune Cordhose, in der rechten Hand hält er ein Taschentuch, mit dem er sich immer wieder die Stirn abtupft, obwohl diese vollkommen trocken ist.

»Ich sollte Ihnen wohl danken, aber ehrlich gesagt wäre es mir lieber gewesen, Sie hätten den Hund mitgenommen. Dieser Mutt ist ein Fluch für unser Haus«, flüstert er, als wollte er nicht, dass Momo hört, was er sagt.

Ich lächele. Ein höfliches, interkulturell sensibles Lächeln, das heißen soll, ich verstehe, aber eigentlich ist es mir scheißegal. Was bleibt mir schon übrig? Ich habe den Hund nicht gefunden. Der Hund hat mich gefunden.

Eine Frauenstimme ertönt aus der Küche: »Du bist also auch wieder da. Nicht genug, dass dein Sohn diesen Straßenköter suchen geht und gleich mit zweien von der Sorte zurückkommt, jetzt schleppst du auch noch deine Akten an. Kann ich die etwa kochen? Hast du Salz besorgt?«

Das hier ist kein Restaurant, klar, aber ich bin am Verhungern, und mein Magen hat sich nach dem Wasser auch wieder beruhigt. *Wie wäre es mit einem Happen zu essen?*, möchte ich rufen. *Wo bleibt die verfluchte legendäre Gastfreundschaft der Wüstenvölker? Wo bleibt mein Futter?* Aus der Küche weht der Duft gebratener Zwiebeln zu mir herüber, ich höre das Zischen von Fleisch, das auf heißes Eisen trifft. Ich hatte schon so einige nächtliche Fressattacken, aber das hier ist echter Hunger, auf Fleisch und Brot und was zum Runterspülen, erst was Heißes, dann was Kaltes. *Oh, bringt her euer würziges Fleisch, gebt mir eure Brokkolisuppe. Tragt auf den Tofu. Füttert mich.*

Ich habe Objekte wie dieses, ummauerte Grundstücke mit mehreren kleinen Gebäuden und Lehmofen, im Simulator gesehen, aber der unerträgliche Hunger, den ich gerade habe, wurde dort nicht simuliert. In »Interkulturelle Sensibilität« mussten wir an einem Halal-Kochkurs teilnehmen. Aber hier gibt es wohl kaum ein gemästetes Lamm, an dem ich meine Halal-Künste beweisen könnte.

»Sind Sie hier, um den Hangar wieder zu eröffnen?«, fragt Momos Vater.

»Welchen Hangar?«, antworte ich. »Ich hatte einen Unfall, ich lag in der Wüste.«

»Aber wir warten seit sieben Monaten auf Sie.«

»Auf mich?«

»Darauf, dass irgendjemand kommt. Ich habe alle Akten, den ganzen Papierkram.«

»Da haben Sie den Falschen erwischt. Ich hatte einen Unfall, wie gesagt.«

Mit dem Update der Simulatorsoftware »*Beyond Blitz* – Moderner Luftkrieg« führten sie Altstadt-Szenarien ein, in denen wir durch enge Gassen donnern, an Balkons entlangschrammen und dafür rote Bonus-Sterne kassieren konnten. Dann kamen Privatobjekte, wo die Familien im Hof aufs Abendessen warteten. Dazu haufenweise bewegliche Ziele, die sich irgendein Milchbubi ausgedacht hatte, der noch nie ein Cockpit von innen gesehen, aber sein ganzes Leben lang Videospiele gezockt hatte: Menschen, Konvois, Kamele, hier und da ein Zug. Wenn es sich bewegt, halt drauf, lautete die Grundregel. Aber dann ein technisches Problem: Manchmal blieb das Ziel plötzlich stehen, wenn man gerade abdrücken wollte.

Es folgten Workshops und Brainstormings, aber man konnte sich nicht einigen. Unsere Trainingseinheiten arteten regelmäßig in Brüllwettbewerbe aus. Bombardieren oder Nichtbombardieren, das ist hier die Frage, hieß es bald im Central Command.

Ich erzählte Cath von dem Problem. Man hatte uns erklärt, es würde helfen, mit seiner Partnerin über solche Dinge zu reden, besonders wenn man bereits lange zusammen sei und sich zwar noch liebe, aber emotional einen toten Punkt erreicht habe. Dinge, die man in den Einsatzbesprechungen oder auch im Simulator nicht verstand, sollte man beim Essen besprechen, dann würden sie sich klären. Angeblich vertiefte sich so auch die Beziehung.

»Und warum bewegen sich die Ziele?«, fragte Cath skeptisch.

»Woher soll ich das denn wissen, Cath?« Ich wusste es wirklich nicht.

»Vielleicht hören sie die Flugzeuge. Und ein Flugzeug, das sich nähert, ist mit Sicherheit eins von euren und kommt wohl kaum, um sie in den Urlaub zu fliegen. Bestimmt glauben sie, ihr wollt sie töten oder sie fotografieren, um anschließend ein anderes Flugzeug zu schicken, das sie tötet. Natürlich wollen sie nicht getötet werden. Das kann man ihnen ja kaum vorwerfen.«

»In dem Fall ist klar, dass sie feindliche Kämpfer sind – warum sollten sie sonst abhauen, wenn ein Flugzeug kommt?« Ich gab ihr eine Kostprobe meiner Theorie der modernen Kriegsführung.

»Was, wenn sie nur gerade irgendwohin wollen?«, fragte Cath. »Als ich mit dem Rauchen aufgehört habe, hatte ich auch weiter einmal die Stunde das Bedürfnis, vom Schreibtisch aufzustehen und rauszugehen. Das heißt nicht, dass ich immer noch Raucherin war, ich musste einfach mal kurz raus.« Schon jetzt bereute ich dieses Gespräch. Egal, um was es geht, und wenn es nur ein Streit mit dem Pizzaboten ist, sie steht nie auf meiner Seite, schon aus Prinzip.

»Aber du warst schwer depressiv, als du aufgehört hast zu rauchen«, murmelte ich.

Ich fragte mich oft, was ich tun würde, sollte ich je in Kriegsgefangenschaft geraten. Was würde ich sagen? *Meine Frau hat Depressionen. Bitte lassen Sie mich doch gehen, ich muss nach Hause.* Obwohl sie sagte, sie müsse nur über ein paar Sachen nachdenken, waren die Sachen, über die sie nachdachte, offensichtlich echte Probleme, die nicht leicht zu lösen waren. Das sah ich. An manchen Tagen entfuhr ihr selbst beim Umschalten des Fernsehprogramms ein abgrundtiefer Seufzer. »Warum weinst du, Liebling?«, fragte ich. Wenn ich sie das fragte – und ich fragte sie immer, das war mir wichtig –, sah sie mich an, als hätte ich kein Recht, diese Frage zu stellen. Aber manchmal konnte sie eines *meiner* echten Probleme lösen. Da mir das neue Punktesystem des Simulators nicht aus dem Kopf ging, sprach ich noch einmal mit ihr darüber. Sie war nicht sonderlich interessiert.

Manchmal könnte ich genauso gut eine Münze werfen, statt mit Cath zu diskutieren. Sie sagt mir nie, dass ich etwas tun oder lassen soll, sondern fragt mich lediglich, wie ich denn überhaupt auf so eine Idee käme. Letzten Endes bleibt mir dann immer nur eins, um genau das herauszufinden: es einfach zu tun. Also bombardierte ich im Simulator beides, die sich bewegenden und die festen Ziele, und fühlte mich erleichtert. Es gibt nichts Besseres, als eine Ladung Bomben abzuwerfen, diese Last von den Schultern zu schütteln, wie in den ersten Tagen nach der Hochzeit.

»Aber das ist ja nur der Simulator«, sagte sie, als ich es ihr erzählte. »Du kannst dich in Wirklichkeit immer noch anders entscheiden, wenn du da oben dein Zeugs machst.«

Cath nennt meine Arbeit immer »Zeugs«. Ich darf ihre Werbedrehs für Katzenschutzprodukte nicht »Zeugs« nennen. Ich kenne die Wüsteneinsätze im Simulator. Cath nicht. Die Klimaanlage läuft volles Rohr, man kann so viele Einsätze fliegen, wie man will, und kommt immer mit heilem Arsch wieder raus. Jawohl, Sir, ich bin im Simulator Wüsteneinsätze geflogen, eine Menge sogar, aber das hier ist keine Simulation. Im Simulator hatte ich nämlich nie Sand in der Arschritze. Und ich hatte auch nie so einen Scheißhunger wie jetzt.

»Ich war der örtliche Logistikleiter für USAID«, erklärt mir Momos Vater eifrig. »Ich mache die Buchführung. Man kann nie wissen, wann die Prüfer kommen.« Der Logistikleiter ist ein schmächtiger, sehniger Mann mit sorgfältig gestutztem Schnauzer und sieht aus wie ein Jazzsänger, der sich mehr schlecht als recht durchs Leben schlägt und seit Jahren keinen Auftritt mehr hatte. Er zieht einen Campingstuhl mit dem Schriftzug des UNO-Welternährungsprogramms heran und setzt sich, wirkt aber so rastlos, als würde er jeden Moment wieder aufspringen und einen Marathon laufen.

»Ach ja? Und hat Sie jemand besucht?«, frage ich höflich. Schon jetzt weiß ich, dass ich der einzige Besucher bin. *Und ich bin nicht hier, um mit Ihnen über Ihre Karriereaussichten zu sprechen*, möchte ich am liebsten schreien. Wo bleibt überhaupt das Abendessen? Eine ganze beschissene US-Bundesbehörde ist damit beschäftigt, diese Leute hier durchzufüttern, ein Fünf-Sterne-Hangar beschützt sie, alles finanziert von meinen Landsleuten, mit meinen Steuern, wo also bleibt mein Essen? Was auch immer diese Frau da Köstliches kocht – warum dauert das so lange?

»Seit sieben Monaten ist niemand mehr hier gewesen, aber alle Akten sind auf dem aktuellen Stand. Ich schreibe ihnen regelmäßig und berichte über die Lage vor Ort, aber die Aktualisierungen konnte ich ihnen natürlich nicht schicken, ist ja klar.« Er klopft auf seine Akten. »Ich habe aber alles hier. Sie kommen nämlich gern auch mal unangemeldet, um uns zu erwischen.« Ich frage mich, wobei sie ihn erwischen sollten. Beim Dämlichsein? Auf mich wirkt er wie ein Typ, der ständig erwischt wird, obwohl er sich nie etwas zuschulden kommen lässt. Er ist so einer, der mit der Polizei rechnet, wenn er von der Frau des Nachbarn träumt.

Hier läuft alles ein bisschen langsamer. Die Frau in der Küche braucht Ewigkeiten fürs Abendessen, Buchprüfer vernachlässigen sieben Monate lang ihre Arbeit. Die Ruhe in diesem Ort nervt. Manche würden ihn »friedlich« nennen, andere »verschlafen«. Wie auch immer, ich habe Hunger. Niemand kann mit leerem Magen schlafen, da kann der Ort noch so scheißkomatös sein. Kein Wunder, dass niemand dieses Drecksnest besucht.

Momo kommt mit Mutt auf dem Arm in den Hof. »Der Arzt kommt gleich«, sagt er, als wollte er gleichermaßen den Hund und seinen Father Dear beruhigen.

»Doctor hat genug zu tun. Er muss Denguemücken töten und sein pestizidfreies Gemüse anbauen; er hat keine Zeit für ungezogene Hunde«, sagt Father Dear. Er scheint sich seiner Autorität seinem Sohn gegenüber nicht sehr sicher zu sein. Ein Softie-Vater. Ein Mann in mittleren Jahren, den seine Alte unter der Fuchtel hat und der sich einredet, dass er einen Job hat. Ich wette, in diesen Akten steht überhaupt nichts drin. Bestimmt ist er ein verkappter Dichter, der seine Gedichte niemandem zeigt, weil er sie für zu wertvoll hält und andere verkappte Dichter seine Metaphern klauen könnten.

Aus der Küche dringt lautes Topfscheppern, zweifellos mit Absicht verursacht, dann ertönt Mother Dears Stimme.

»Du hast Akten mitgebracht?«, ruft Mother Dear, die anscheinend vorhat, das langsamste Abendessen aller Zeiten zuzubereiten.

»Ja, alle«, sagt Father Dear aufgeregt, als hätte er gerade eine neue Wasserquelle in der Wüste entdeckt.

»Und wie steht es mit Salz?«

Father Dear steht auf und ballt die Fäuste, als wollte er diese unmöglich Frau, die ihn gerade bloßstellt, noch dazu vor einem Ausländer, entweder verlassen oder umbringen.

»Heute war kein Flugzeug da. Aber es müsste jetzt jeden Tag kommen«, ruft er zurück.

»Und womit würze ich das Essen, wenn es kein Salz gibt? Mit deinem Pflichtgefühl?«

»Ja, ja, ich weiß«, ruft der verweichlichte Logistik-Mann. »Dein Vater hat mehrere Salzminen besessen, und du hast nicht mal eine Prise Salz für den Eintopf. Aber die Welt wird von ungesalzenem Eintopf schon nicht untergehen. Kein Salz, kein Bluthochdruck. Die Hälfte aller bekannten Krankheiten wird von Salz verursacht. Wir sind süchtig nach Salz. Sie schicken uns kein Salz, weil es nicht gut für uns ist. Wenn es dir hier nicht passt, kannst du ja woanders hingehen, wo es schöner ist. Geh doch zurück in deine Salzminen!«

Da fliegt man um die halbe Welt und entgeht knapp dem Tod, bloß um einem Ehepaar dabei zuzuhören, wie es sich wegen der Zubereitung des Abendessens in den Haaren liegt.

Wahrscheinlich führen sie dieses Gespräch jeden Abend. Ihre Version von »Liebling, ich bin zu Hause«.

Immerhin lenkt der Streit sie von mir ab. Zwar dürfte Momo der designierte Attentäter der Familie sein, aber selbst er ist gerade nur mit seinem Hund beschäftigt. Er hat einen kleinen Schlafsack mit dem Aufdruck *ÜBERSCHUSS US ARMY KEIN WEITERVERKAUF* ausgebreitet und den Köter daraufgelegt.

»Doctor muss jeden Moment kommen«, beruhigt Momo das Tier. Dann holt er einen Fußball und geht vors Tor.

»Ihnen ist vermutlich schon aufgefallen, dass der Junge ein bisschen verwöhnt ist«, flüstert Father Dear. »Wir hätten ihm nie beibringen dürfen, wie man diesen UNO-Jeep fährt. Jetzt hält er sich für den Kommandanten des Camps, nur weil er Auto fahren kann.« Father Dear verzeichnet nicht nur penibel Lagerbestände, sondern auch die eigenen Gewissensbisse.

»Teenager sind doch überall gleich«, sage ich, erleichtert, dass wir endlich von Mann zu Mann reden. Ich frage mich, wo der echte Kommandant dieses Camps steckt. Bei dem sollte ich jetzt sitzen und nicht bei diesem freundlichen, aber unfähigen Beamtengehilfen, der es nicht hinkriegt, dem eigenen Sohn Hausarrest zu erteilen und seiner Frau zu sagen, dass sie die Klappe halten soll.

»Was kann man denn schon machen als Vater und als Flüchtling?« Father Dear sieht mich erwartungsvoll an.

»Wohl nichts.«

»Genau. Wir sind Flüchtlinge und können nichts daran ändern. Wir sind schon so lange Flüchtlinge, dass die Jugend von heute es kaum noch begreift, dass das nicht immer so war. Dass wir mal ganz normale Menschen waren. Wir waren Nomaden, hatten Ziegen und Büffel, sind dem Regen hinterhergezogen und hatten eigenes Getreide in eigenen Speichern. Irgendwann ging es langsam aufwärts mit uns, unsere Häuser hatten Toiletten mit Wasserspülung, wir kauften Teeservice und Sofagarnituren, schafften elektrische Ventilatoren an, denn wir sollten bald Strom bekommen. Ein paar Sekunden war er sogar da – wir alle erinnern uns daran und hoffen, dass er bald wiederkommt. Jetzt ist das Haus futsch, die Arbeit, alles. Offiziell habe ich meinen Job noch, aber sie haben ohne

Vorwarnung meinen Arbeitsplatz dichtgemacht, dabei hätten sie sechs Wochen Kündigungsfrist einhalten müssen. Es sieht ihnen gar nicht ähnlich, die SOPs nicht zu beachten. Gott sei Dank haben wir noch ein paar Ziegen und Kamele, aber selbst die sind schon halbe Flüchtlinge. Sie fressen Getreide von USAID, bekommen Spritzen von USAID. Die Kinder hier können sich überhaupt nichts vor und auch nichts nach dem Camp vorstellen. Wahrscheinlich glauben sie sogar, es gibt nichts außer dem Camp. Natürlich wissen sie, dass es die Wüste gibt, aber die ist ja auch irgendwie nichts. Wenn es mal regnet, klar, dann belebt sie sich etwas, aber das ist jetzt auch nicht gerade Disneyland.«

Da hätten wir sie also. Die fremde Kultur. Scheiße. Der ganze Stuss aus »Interkulturelle Sensibilität«. Eltern, die über ihre Kinder stöhnen. Ehefrauen, die über ihre Männer meckern. Man könnte genauso gut zu Hause bleiben.

Mach es dir hier nur nicht zu gemütlich. Du musst nach Hause.

»Sie haben aber mit USAID gesprochen? Die haben doch bestimmt irgendwas aus der Luft abgeworfen? Zumindest holen die doch ihre Post ab, oder?« Ich plane im Kopf meine Flucht, will aber nicht direkt fragen, welche Verbindungen zur Außenwelt bestehen.

»Nein, aber ich habe hier alles in den Akten. Seit sieben Monaten ist nichts mehr abgeworfen worden. Keine Bomben mehr, und auch Prüfer sind keine mehr gekommen.«

»Warum?«

»Keine Ahnung. Sicher gibt es noch andere Flüchtlingslager, womöglich in üblerem Zustand als unseres. Denn hier geht es uns ja eigentlich okay. Bestimmt haben sie einfach viel zu tun. Wahrscheinlich sind sie gerade woanders in der Welt beschäftigt.« Er lehnt sich zu mir herüber und senkt die Stimme. »Aber es gibt da ein paar dringende Angelegenheiten. Vielleicht wissen Sie einen Weg …«

Bevor ich antworten kann, kommt Momo ohne seinen Fußball zurück und macht sich daran, Mutt fachmännisch zu untersuchen. Das Mistvieh winselt und genießt es.

Ich schweige und stelle mir eine Welt vor, die so beschäftigt ist, dass sie mich vergessen hat. Keine Rettungsteams, keine Luftaufklärer, die über der Gegend kreisen, keine Frau, die mein Bild bei *Fox & Friends* umklammert, keine Blumen und Kerzen, keine Mahnwachen, keine Schilder am Highway, auf denen *Holt unseren Jungen nach Hause!* steht.

»Sie sehen nicht gut aus«, sagt Father Dear und tut so, als hätte er nicht gerade ein Gespräch über dringende Angelegenheiten beginnen wollen.

Danke, wie aufmerksam von Ihnen, ich klappe gleich zusammen vor Hunger.

Selbst wenn sie vorhaben, mich zu schlachten, könnten sie mir vorher wenigstens noch etwas zu essen geben. Oder ist das zu viel verlangt?

»Ich habe seit Tagen nichts gegessen.« Ich bemühe mich, mit ruhiger Stimme zu sprechen, nicht vorwurfsvoll zu klingen. Es ist nicht seine Schuld, dass ich so lange nichts gegessen habe. Aber er könnte jetzt Abhilfe schaffen. Was tut er stattdessen? Sitzt hier und jammert über fehlende Prüfer und aufmüpfige Teenager.

»Sie sehen ja, meine Frau kocht gerade das Abendessen. Allerdings gibt es kein Salz«, sagt er entschuldigend.

Ich nicke, als würde ich das Problem erkennen. Meinetwegen ernähre ich mich für den Rest meines Lebens salzfrei.

Scheiß auf Salz, scheiß auf diese Höflichkeit. Können sie mir nicht schon mal ein Stück Brot geben? Vielleicht ein bisschen Butter dazu. Was ist denn das für eine Gastfreundschaft? Ich habe doch nicht acht Tage in der Wüste überlebt, um jetzt hier auf der Küchenschwelle zu verhungern.

»Ich war in der Wüste verschollen«, sage ich zu niemand Bestimmten.

»Ja, das kommt vor, ziemlich oft sogar«, sagt Father Dear. »Besonders, wenn man sich nicht ausreichend vorbereitet. Manchmal irren Leute wochenlang umher.«

»Ich bin auch wochenlang umhergeirrt«, sage ich. »Na ja, jedenfalls länger als eine Woche. Eine gute Woche.«

»Dann hat die Wüste Ihnen vergeben. Manchmal tut sie das und wird zum Freund. Die Wüste ist riesig, aber sie ist auch einsam. Sie tötet nicht immer, manchmal bringt sie einen auch nur vom Weg ab, weil sie ein bisschen Gesellschaft braucht.«

»Ich bin mir nicht sicher, ob ich diese Gesellschaft auch gebraucht habe«, erwidere ich und erinnere mich plötzlich an mein Grundlagenmodul »Höflichkeit im Umgang mit Stammesangehörigen«. Man müsse immer Respekt vor ihrem lokalen Wissen und ihrer Liebe zur Natur zeigen, hatte es dort geheißen. »Sie scheinen die Wüste ja wie Ihre Westentasche zu kennen.«

»Wie auch nicht? Wir haben nur einen Fernseher, und den belegt Momo, wann immer es Empfang gibt. Mehr Bildung bekommt er hier nicht. Aber wissen Sie, was noch interessant an der Wüste ist?«

»Bitte, klären Sie mich auf.« Ich tue fasziniert, was meinen Gastgeber zu freuen scheint, und füge hinzu: »Auch wenn ich nicht wieder dorthin will.«

»Frauen verirren sich nie in der Wüste. So lange es diese Wüste gibt – und glauben Sie mir, es gibt sie schon lange –, hat sich noch nie eine Frau dort verirrt. Die Wüste wirft sie raus, sie lässt Frauen nicht eine Nacht dort verbringen. Sie sorgt dafür, dass die Frauen bei Sonnenuntergang wieder draußen sind.«

»Vielleicht haben Frauen einen besseren Orientierungssinn. Oder sie sind einfach nicht so dumm, einfach loszurennen, ohne vorher genau auf die Karte zu gucken.«

Ein Mann mit leerem Magen ist schon mal streitlustig und vergisst seine »Höflichkeit im Umgang mit Stammesangehörigen«, die besagt, dass man grundsätzlich nie über Frauen sprechen darf.

Momo kommt schreiend angerannt. »Mutt stirbt! Wenn Doctor nicht kommt, stirbt er. Sein Blut klebt an deinen Händen.« Er zeigt auf mich, dann auf Father Dear. »Und an deinen. Und das ist nicht das erste Blut an deinen Händen.«

KAPITEL 14

MUTT

Die Schmerzen machen mir nichts aus, sehr wohl aber die Tatsache, dass es keine Schmerzmittel gibt. Welches Schmerzmittel ist wirkungsvoller als unbedingte Liebe? Anders gesagt, was hilft besser als Momos Umarmung? Abgesehen von Morphium vielleicht. Aspirin tut es aber auch, ich weiß ja, dass wir uns im Krieg befinden. Nein, ich deliriere keineswegs wegen der brüllenden Schmerzen in meiner unteren Körperhälfte, ich bin nicht plötzlich sentimental geworden, weil mein Bein gebrochen ist. Ebenso wenig ist meine Liebe zu meinem Peiniger neu entflammt. Ich stelle nur fest, wie hässlich das Leben da draußen ist. Die Welt ist nicht so groß wie versprochen. Nennen Sie mich, wie Sie wollen. Aber nicht sentimental. Folgendermaßen hat man mich schon genannt: Max, Charlie, Duke, Buddy. Buddy? Wollte da jemand mit einem weißen Namen mein Prestige aufpolieren? Oder das eigene? Auf der Straße nennt man mich so: Köter, *kutta*, Hundsfott. Und jetzt wird man mich wohl für den Rest meines Lebens »lahmer Hund« nennen. Meinetwegen.

Sollen sie doch sagen, *guck mal, da ist der Hund, der wie ein Hund lebt und wie ein Hund sterben wird, ach, was ist das doch für eine hundserbärmliche Welt, in der jeder jeden frisst.* Ich nicht, da fresse ich eher Biokartoffeln. Doggystyle ist in dem

Fall nicht mein Style. So bin ich eben, ich kann nicht anders. Gesindel, allesamt, aber die machen mir keine Sorgen, die wissen genau, dass ich Momos Mutt bin. Hey, seht ihr, wessen Kopf da gerade in Momos Schoß liegt? Ich bin ihm nämlich wichtig. Wenn man sich da die anderen Leute im Haus anguckt. Der weiße Mann hat noch nicht einmal einen Geruch. Wie kann man so nur leben? Lady Flowerbody dagegen ist ein Bouquet aus Dschungeldüften, die ins Haus hinein und wieder hinaus schweben, aber sie ist draußen auf dem Feld. Ihr Herz ist einsam. Irgendein gekochter Kohlkopf hat es mal gebrochen, und nun glaubt sie, dass nur ein anderer Kohlkopf es wieder kitten kann. Ich kann es ihr nicht verübeln, schließlich taugt die ältere Generation nicht gerade als leuchtendes Vorbild. Father Dear hat Mother Dear einmal geliebt, aber das war früher, bevor sie Mother Dear wurde. Jetzt ist diese Liebe schal. Er verlangt Anerkennung für Dinge, die er nicht kann. Er will so genommen werden, wie er ist. Mother Dear hätte dieses Rudel anführen können, aber ihr Herz ist zu verfangen in Sehnsucht nach ihrem Sohn, *mein Sohn, mein Sohn* …

Nur Momo bedeute ich etwas. Und wirklich, Sie sollten sich glücklich schätzen, wenn es in Ihrem Leben auch nur eine Person gibt, der Sie etwas bedeuten. Wenn Sie das nächste Mal Schmerzen haben, fragen Sie sich mal, wer sich um Sie sorgt. Wenn Ihnen auch nur eine Person einfällt, sollten Sie die Schmerzen ertragen und weiterleben.

Das ist gar nicht mehr so selbstverständlich in dieser Welt, die von Geistern bevölkert ist, in diesem Fegefeuer, wo die Lebenden auf die Toten warten, wo der Mut sinkt, wenn die Schatten länger werden, und wo, wenn sich ein Vogel erhebt, ein kostbarer Teil der Seele mit ihm davonfliegt. Vielleicht bin ich doch im Delirium. Vielleicht sterbe ich bald. Aber hier wimmelt es zunehmend von Wesen, die ich nicht riechen kann. Ja, werden Sie sagen, der alte Mutt hat nun endgültig nicht mehr alle Latten am Zaun. Ich wünschte, Sie hätten recht.

Man muss Schmerzen leiden, man muss glücklich sein, man muss sterben, man muss leben. Manchmal denke ich, sie sollten einfach zu Hause bleiben und mir die Welt da draußen überlassen, ich finde mich dort besser zurecht. Dann könnte ich ab und zu eine große Runde mit ihnen drehen; ich würde sie nicht einmal anleinen, sogar auf das Halsband würde ich verzichten. Ich würde sie frei laufen lassen und mit wohlplatziertem Bellen dafür sorgen, dass sie sich nicht kopflos in irgendwelche Kämpfe stürzen. Aber ihre Bedürfnisse sind komplex, und es werden immer mehr. Sie brechen Kämpfe vom Zaun, die sie nicht gewinnen können.

Ein paar Tage nachdem Bro Ali zum Hangar gefahren und nicht zurückgekehrt war, schob sich ein Konvoi aus drei Fahrzeugen die Hauptstraße entlang. Kinder liefen den Wagen längst nicht mehr hinterher. Einige Eltern stellten sich dem Konvoi in den Weg, hoben die Hände und baten so die behelmten Soldaten, anzuhalten. Diese fuchtelten mit ihren Gewehren herum, damit die Leute den Weg räumten. Murmelnd und fluchend traten sie beiseite. Nur ein vierzehnjähriger Junge blieb vor dem Leitfahrzeug stehen, das Gesicht wenige Zentimeter vor der Mündung des Maschinengewehrs.

»Wir wollen kein Geld. Wo ist mein Bruder? Bringt ihn zurück.« Er griff nach dem Lauf des Gewehrs, als wollte er es dem Amerikaner entreißen. Der Idiot verstand nicht, dass es fest montiert war, mit viel Metall an den gepanzerten Wagen geschraubt. Father Dear, der die Situation mit wachsender Panik beobachtet hatte, schrie den Jungen an, er solle loslassen. Doch dieser ignorierte den Ruf und zerrte weiter mit dem Leichtsinn eines Vierzehnjährigen an der Waffe.

Sie ahnen es schon, das Ganze konnte nur tragisch ausgehen. Father Dear stürzte auf den Jungen zu, ein einsamer Milan kreischte am Himmel, ein knappes Rattern der Waffe, und der Junge hatte zwei große Löcher im Gesicht. Er taumelte, ehe er umfiel, überrascht von der Wendung der Ereignisse.

Es folgten ein paar knisternde Funksprüche, dann drehte der Konvoi um und fuhr zurück zum Hangar, als hätte man plötzlich festgestellt, dass man eigentlich gar kein Wasser aus unserem Wasserloch brauchte.

Hier gab es nichts mehr zu tun, kein Alarm ging los, damit Krankenwagen die Überlebenden einsammelten. Ein Vater stand wehklagend über seinen toten Jungen gebeugt. Also ging ich spazieren, und wenn Mutt spazieren geht, dann geht er spazieren. Wenn Mutt einen Knochen kaut, lebt er keine unterdrückten Gewaltphantasien aus. Wenn Mutt es treibt, denkt er nicht an die Nachwelt. Wenn Mutt stirbt, bleibt er tot.

Ich glaube, ich bin in dieses Haus zurückgekehrt, weil ich ein bisschen wie sie bin. Wie all jene, die hierherkommen, in dieses Haus; die Lebenden, die Toten und die, die sich nicht sicher sind, wozu sie gehören. Der Mann ohne Geruch sagt ständig, er wolle nach Hause. *Zu Hause ist im Hangar, Buddy – ich darf dich doch Buddy nennen, oder?* Wenn er wirklich im Hangar zu Hause ist, warum bringen sie ihn nicht dorthin, sprengen die Tore, stürzen die Wachtürme um, reißen die Startbahnen auf? Gebt ihnen das Ihre, holt euch das Unsere. Zugegeben, ich deliriere wohl doch, ich spreche in Zungen. Das sind die Schmerzen. Aber nur weil man leidet, wird man nicht zum Propheten. Dafür braucht es weit mehr, man muss sein Leben den Sündern und dem Seelenheil widmen. Ich bin nur ein Hund. Ja, kommen Sie, jetzt sagen Sie es schon: ein lahmer Hund.

Doctor tut, was er kann, aber kann er sich nicht ein bisschen beeilen? Er ist ein selten fauler Messias. Ich weiß, er kann die Schmerzen nicht abstellen, aber er kann sie wenigstens lindern. Nur will er das nicht. Er glaubt ans Leiden. Sicherlich ist er eine Art Prophet, aber muss man denn, bloß weil man selbst ans Leiden glaubt, auch anderen Schmerzen zufügen? Warum besorgt er nicht ein paar Drogen von Lady Flowerbody? Die riecht manchmal wie ein ganzer Sack Haschisch, überdeckt den Geruch aber geschickt mit Parfüm. Es heißt Opium, obwohl es gar nicht so riecht.

Ich kann sie verstehen. Lady Flowerbody ist okay, sie ist eben eine berufstätige Lady. Die sind einfach anders. Sie hat einen anderen Rhythmus. Ihre Tage kennen einen Anfang und ein Ende, manchmal senkt sich die Einsamkeit über sie herab, aber trotzdem steht sie am nächsten Tag wieder auf und macht weiter. Manchmal sagt sie Dinge, die nicht wahr sind, an die sie aber dennoch glaubt. Über die Psyche junger Muslime weiß ich zwar nichts, aber mit Hunden kenne ich mich aus. Wir halten uns von Drogen fern. Einige meiner Artgenossen aus gutem Hause sind sogar Experten darin, Drogen aufzuspüren. Sie bekommen jeden Tag zwei Liter Milch und schlafen auf weichen Federbetten. Ich glaube, Lady Flowerbody will, was alle wollen. Wäre das hier *Nat Geo*, würde sie zu Doctor aufs Motorrad springen und mit ihm von diesem Planeten davonbrausen, ein gigantischer Feuerball. Aber irgendetwas sagt mir, dass sie doch eher ihren Lebenslauf aktualisieren wird. Ich glaube nicht, dass ich darin vorkommen werde.

So stelle ich mir das Ende der Welt vor: Doctor wird es in der Wüste beharrlich weiter mit seiner Mutter Erde treiben und versuchen, sie zu befruchten, aber kein Regen wird kommen. Der Regen kommt nicht, aber vielleicht kommen die Bomben wieder. Wie auch immer, Doctor, kannst du dich bitte beeilen und das tun, wofür du da bist? Wofür bitte sparst du die Aspirin auf?

KAPITEL 15

ELLIE

Ich sterbe vor Hunger, aber hier sind alle nur mit dem verletzten Köter beschäftigt.

Schließlich kommt Doctor. Er fährt eine uralte Triumph und hat eine runzlige Ledertasche über die Schulter geschlungen. Tief über den Lenker gebeugt rollt er bis dicht vor den Plastikstuhl, auf dem ich sitze und mir Father Dears Familienkummer anhöre. Doctor hat die eingesunkenen Augen eines geläuterten Fanatikers und die hängenden Wangen eines unterernährten Kindes. Er bleibt auf dem Motorrad sitzen und schaut mich an, als hätte er sich verlaufen und wollte mich nach dem Weg fragen. So über den Lenker gekrümmt sieht er aus wie eine alte Frau, die Teig knetet. Eine schlaffe Rothalbmondfahne ziert das Heck des Motorrads. Dicht an dicht hängen blaue und pinkfarbene Einkaufstüten an der Maschine. Wahrscheinlich ist das sein Hospital auf Rädern.

»Er hält sich für den örtlichen Vertreter des Roten Halbmonds«, flüstert Father Dear. »Deshalb besteht er auf der Fahne. Obwohl die ihn seit mehr als einem Jahr nicht bezahlt haben. Ich bin nicht mal sicher, ob der Rote Halbmond überhaupt noch Roter Halbmond heißt. Oder ob der Halbmond längst eine andere Farbe hat. Gott sei Dank arbeite ich für USAID. Die werden nie ihren Namen ändern, komme, was wolle.«

Doctor trägt einen schäbigen weißen Kittel mit Tintenflecken und riecht, als hätte er im Arzneischrank geschlafen.

Er steigt ab und fragt: »Was gibt's denn?« Als gäbe es außer seinen medizinischen Fähigkeiten noch etwas anderes, weswegen man ihn rufen würde. Er vermeidet es, mich anzuschauen. Ich hoffe auf fachmännische Versorgung meiner Blasen und meiner völlig verdorrten Kehle, auf eine kurze Aufklärung über PTBS-Symptome, die mir möglicherweise bevorstehen, aber vor allem auf etwas für meinen Bauch, der sich jetzt anfühlt, als würde ein rasendes Feuer darin meine Eingeweide verzehren. Aber Doctor beachtet mich nicht und lässt sich laut seufzend auf einen Stuhl fallen.

Momo kommt, auf dem Kopf eine Baseballkappe, auf der mit fetten Buchstaben *I♥NY* steht.

»Dein Patient ist hier drüben«, sagt er zu Doctor, der sich eine Zigarette in den Mund gesteckt hat und in seiner Ledertasche nach Feuer kramt.

»Das da ist der Dieb, der ihn stehlen wollte.« Momo zeigt auf mich. Doctor fischt eine Streichholzschachtel heraus, zündet sich die Zigarette an und nimmt zwei schnelle Züge. Dann zieht er eine kleine Schere aus der Hosentasche, schneidet die Zigarette ab und steckt sie ein. »Kampf dem Krebs, mit jedem Zug«, sagt er lächelnd und fährt dann düster fort: »Ich habe dir doch gesagt, dass ich keine Tiere mehr behandele. Dafür bin ich nicht ausgebildet. Ich muss an meinen Eid denken. Außerdem könnte es sein, dass es da mit meinem derzeitigen Job einen Interessenkonflikt gibt.«

Momo hört ihm ungeduldig zu, zieht sich das Cap über die Augen und schiebt es dann wieder hoch. Wie es scheint, hat der Junge diese Leier schon öfter gehört.

Momo nimmt Doctor bei der Hand und geht mit ihm zu seinem Hund hinüber. »Mutt hat sich was gebrochen, er ist verletzt. Knochen ist Knochen, egal ob Mensch oder Tier. Knochen geht kaputt, du machst ihn wieder ganz, wo ist da der

Unterschied? Sind Hundeknochen keine Knochen? Sind Hundeschmerzen etwa anders als Menschenschmerzen? Siehst du nicht, wie er leidet?« Momo spricht mit Doctor, als würde er einem Kind erklären, wie gefährlich es ist, mit Feuer zu spielen. »Gibt es sonst noch jemanden im Camp, den wir Doctor nennen? Brauchst du einen schriftlichen Befehl, um ein Leben zu retten? Ist Mutts Leben denn kein Leben?«

Momo hat das Zeug zu einem großen Prediger. In ein und demselben Satz anklagen und inständig bitten, das kann nicht jeder.

Doctor wirft mir einen vielsagenden Blick zu, als wäre das alles meine Schuld. Dann setzt er sich seufzend neben Mutt in den Staub und mustert ihn gründlich, ohne ihn anzufassen. »Du wirst ihn für mich festhalten müssen.« Er blickt auf zu Momo, der neben ihm steht, bereit für Anweisungen; eben war der Junge noch ein geißelnder Prediger, jetzt ist er ein eifriger Arzthelfer.

»Aber erst musst du ihn betäuben«, sagt Momo. »Reib ihn mit Alkohol ein. Er mag keine Schmerzen.«

»Wer mag schon Schmerzen?«, erwidert Doctor, ohne aufzublicken. »Narkosemittel sind alle. Vor sieben Monaten habe ich den Antrag gestellt, dass unsere Vorräte aufgefüllt werden, seitdem ist die Sache in Bearbeitung. Ist schon verrückt. Ich weiß noch, als wir zu viel Alkohol und keine Mullbinden hatten. Jetzt könnten wir die ganze Erde mit Mull einwickeln und hätten anschließend immer noch genug für alle verletzten Köter dieser Welt.«

»Mutt ist kein Köter«, protestiert Momo. »Er ist ein Golden Retriever, nur mit der falschen Farbe. Wenn er groß ist, wird er noch golden.«

»Grau ist grau und bleibt grau. Und ein Köter bleibt ein Köter«, murmelt Doctor. Es schnürt mir die Kehle zu. Wieso stehen sie da und diskutieren den Stammbaum dieses verletzten Hundes, anstatt etwas gegen seine Schmerzen zu tun?

»Er wird jaulen, aber es geht nicht anders. Damit der alte Schmerz aufhört, müssen wir ihm neuen Schmerz zufügen.«

»Du klingst schon wie die Amerikaner, dabei bezahlen sie dich nicht mal mehr«, sagt Momo zu Doctor. Ich werde wütend, halte mich aber zurück. Jeder darf sein eigenes Land beschimpfen, aber wenn Fremde es beschimpfen, will man ihnen eine reinhauen. Das hat nichts mit Patriotismus zu tun, das liegt in unserer Scheißnatur. Und hier beschimpft man sich gegenseitig damit, Amerikaner zu sein. Gott beschütze Amerika.

Doctor holt eine Mullbinde und ein Stück Pappe hervor und schneidet mit einem US-Armeemesser einen Streifen zurecht. Dann schient er damit Mutts gebrochenes Bein und umwickelt es mit Mull aus Überschussbeständen. Der Hund windet sich und bellt wild, Momo kneift die Augen zu. Als es vorbei ist, tätschelt Doctor Momo die Wange. Der Junge dreht sich weg und zieht sein Cap schief. Dann kniet er sich hin, zieht Mutts Kopf auf seinen Schoß und fächelt ihm mit der Kappe Luft zu.

Doctor kommt zu mir herüber, zögert kurz und geht dann einmal um meinen Stuhl herum. Nachdem er mich mit Blicken untersucht hat, steht die Diagnose fest.

»Gebt dem armen Mann hier was zu essen«, sagt er. »Sieht aus, als hätte er seit Tagen nichts bekommen. Gebt ihm Essen, sonst isst er noch euer Geschirr.« Erst bin ich angenehm überrascht, aber dann erschreckt mich Doctors präzise Diagnose. Meine Beine zittern, und ich schwitze trotz der leichten Kälte in der Luft. Jetzt bloß nicht bewusstlos werden, sonst fasst mich dieser Quacksalber noch an. Wahrscheinlich ist ihm auch das Desinfektionsmittel ausgegangen. Father Dear geht ins Haus und kehrt kurz darauf mit einem Teller zurück, darauf Milchreis mit braunem Zucker. Er reicht mir den Teller mit entschuldigender Geste und flüstert: »Sie glaubt, das Fleisch braucht ohne Salz viel länger zum Garen.« Ich sage nichts dazu und beginne so langsam wie möglich zu essen – so langsam, wie es einem Mann nach acht Tagen des Hungerns eben möglich ist.

Doctor beobachtet mich und brummt zufrieden, als spräche sein Patient gut auf die Therapie an. Er holt seine Zigarette hervor, nimmt zwei weitere Züge, schneidet sie ab und steckt sie wieder ein.

Als ich den Reis zur Hälfte hinuntergewürgt habe – wobei mir von der ekligen Pampe immer wieder übel wird –, verschwindet Father Dear erneut in die Küche und kommt zurück mit einer großen Platte, auf der riesige Fleischstücke und ein großer Haufen Brot liegen. Er setzt sich mir direkt gegenüber und beginnt, das Fleisch mit den Fingern in kleinere Stücke zu zerteilen, die er in eine ölige Soße tunkt und sich in den Mund steckt. Doctor sieht ihm dabei zu, möchte aber offenbar nichts abhaben. »Dieses Gift wird dich eines Tages umbringen.« Dann zieht er ein Stück Brot und eine große grüne Chili aus seiner Ledertasche und verzehrt beides gemächlich mit kleinen Bissen.

Man hatte uns gesagt, dass sie ihr bestes Pferd schlachten, wenn ein hungriger Fremder an ihre Tür klopft. Jetzt steht tatsächlich ein hungriger Fremder vor ihrer Tür, und was tun sie? Ein Tier schlachten und es fröhlich selber essen. Mich fertigen sie mit diesem Krankenfraß ab, bestimmt Reste, die für Mutt bestimmt waren, während sie selbst direkt vor meinen Augen das beste Fleisch verspeisen, das diese Wüste zu bieten hat. Doctor ist wahrscheinlich Vegetarier. Selbst beim Anblick der saftig grünen Chilischote in seiner Hand läuft mir das Wasser im Mund zusammen. Die behandeln mich ja wie einen Flüchtling. Ich bin beleidigt.

Und ich habe Heimweh.

Immerhin bin ich jetzt hier, es ist mir nicht ergangen wie Colonel Slatter. Vor mir steht Essen, und ich behalte es sogar bei mir, trotz der Übelkeit, die immer wieder in mir aufsteigt. Ich sollte wohl dankbar sein, aber ich empfinde alles andere als Dankbarkeit gegenüber diesen zwei Geistesgestörten, die von UNO-Almosen leben und mir hier ins Gesicht schmatzen.

»Was hast du da eigentlich an?«, fragt Momo, der sich zu uns gesetzt hat und jetzt Fettstücke aus dem Fleisch pickt und sie an Mutt verfüttert.

Ich blicke an mir herab. Plötzlich wird mir bewusst, wie sehr ich hier mit meinem auf links gewendeten Fliegeranzug heraussteche. Ich muss mir schnellstens Zivilkleidung besorgen, wie sie hier üblich ist. Wenn ich hier heil wieder rauskommen will, muss ich mich anpassen und mich unters Volk mischen. Aber fürs Erste muss ich ehrlich sein und ihr Vertrauen gewinnen, auch wenn sie miese Gastgeber sind.

»Einen Fliegeranzug«, sage ich. »Braucht man zum Fliegen.«

»Den ziehst du an und kannst fliegen? Das musst du uns mal zeigen«, witzelt Momo. Er ist fest davon überzeugt, dass ich ein Schwindler bin.

»Den tragen wir im Cockpit, er reguliert den Luftdruck.« Ich schlinge den Reis in mich hinein, ohne auch nur ansatzweise das Gefühl zu haben, davon satt zu werden. Es ist, als würde ich das breiige Zeug in einen bodenlosen Abgrund schaufeln. Ich betrachte mein Besteck, na ja, den Löffel. Er ist aus rostfreiem Stahl. Wahrscheinlich schwer zu kauen.

»Wenn du Pilot bist, wo ist dann dein Flugzeug?«, fragt Momo und sieht mir in die Augen.

Ich verschlucke mich an meinem Brei. »Ich hatte Hilfsgüter an Bord, humanitäre Hilfe. Essen und Fußballsachen.«

»Und was ist dann passiert?« Die Inquisition der Hölle ist nichts gegen Momo.

»Technische Probleme. Ich musste aussteigen.«

»Du bist aus dem Flugzeug gesprungen? Wo ist die Maschine?«

»Wohl irgendwo in der Wüste. Sie flog ja noch, als ich raus bin.«

»Aber du wolltest zum Hangar, oder?«

»Ja, nehme ich an.« In meinem Unterleib rumort es verdächtig. Ob es hier wohl eine anständige Herrentoilette gibt?

»Hat dir niemand gesagt, dass der Hangar dicht ist? Seit sieben Monaten fliegt da nix mehr.«

»Ich habe Magenkrämpfe«, murmele ich. »Ich weiß das alles nicht mehr so genau. Wenn man mit dem Schleudersitz aussteigt, verliert man manchmal kurzzeitig das Gedächtnis. Es fällt mir sicher wieder ein.«

Momo sieht mich spöttisch an, als würde er den ganzen Quatsch durchschauen und am liebsten sagen, *nichts wird dir wieder einfallen, gar nichts.*

»Haben Sie etwa immer noch Hunger?«, fragt Doctor, mir zugewandt.

»Ja. Ich habe acht Tage nichts gegessen, das sagte ich doch.« Ich wische die letzten Reiskörner vom Teller auf. »Ein Mann braucht halt was zwischen die Zähne. Ganz besonders im Krieg.«

»Aber Ihnen ist klar, dass das hier nicht Amerika ist, oder? Sie können hier nicht alles essen«, sagt Doctor. »Was die Flüchtlinge hier essen, ist Gift. Es bringt einen entweder um oder macht impotent. Wollen Sie etwa impotent nach Hause fahren?«

Für wen halten sich diese Leute eigentlich? Was geht sie mein Intimleben an? Ist wahrscheinlich ihre Kultur. Zeit für interkulturelle Sensibilität.

»Ach, Sie meinen, das Essen sollte halal sein? Ja, ich esse selbst auch am liebsten halal. Das ist auch gesünder.« Gut, dass ich im Kursmodul »Essen und Trinken mit dem Feind« aufgepasst habe. Wieder wird mir übel. Zugleich drängt es mich plötzlich, aufzuspringen und loszurennen, so schnell wie möglich weg von hier.

Ich muss unbedingt Cath erreichen, ihr eine Nachricht schicken. Sie wird mir zwar nicht glauben, dass ich hier am Arsch der Welt festsitze, aber ich muss sie irgendwie überzeugen, mich hier rauszuholen und mitzunehmen. Ich muss zu ihr. Panisch springe ich auf und gehe aufs Tor zu. Meine Füße berühren kaum den Boden, ich fühle mich, als könnte ich durch Wände und Türen gehen. Als ich am Tor bin, wird mir schwindlig, und eine uralte Erschöpfung überkommt mich, ich breche zusammen.

Ein Ruf aus der Küche: »Bringt ihr mir die Teller zurück? Hier wimmelt es von Dieben.«

KAPITEL 16
MOMO

Wenn ein Junge ein Mädchen rumkriegen will, erzählt er ihm einen Witz. Lacht das Mädchen, heißt das, sie lässt sich verführen. Wenn eine Frau einen Mann will, erzählt sie ihm eine Geschichte. Tut der Mann so, als würde er wie gebannt zuhören, will er sie auch. Ich kenne viele Witze, aber an Lady Flowerbody vergeude ich ganz sicher keinen. Wenn sie es, so wie jetzt, mit einer ihrer Geschichten bei mir versuchen will, nur zu. Ich bin ganz Ohr.

»Die moderne Familie, wie eure, ist noch gar nicht so alt«, sagt sie, hält kurz inne und zupft sich ein unsichtbares Haar von den Lippen. Ich weiß schon jetzt, dass das eine Geschichte mit Moral wird. Hauptsache, sie taugt was. Die Moral ignoriere ich notfalls, das kann ich sehr gut. Komisch, noch nie hat jemand meine Familie »modern« genannt.

Ihre Haare duften leicht nach Ahornsirup. Aber ich bin kein Geruchsexperte. Das ist Mutts Spezialität.

»Willst du wissen, wie sie entstanden ist?«, fragt sie und raucht dabei eine Zigarette, selbst gedreht mit American-Spirit-Tabak, natürlich bio. Sie ist geübt im Drehen, das sieht man daran, wie elegant sie das Blättchen anleckt. Rauchen schadet der Gesundheit, deshalb werde ich ganz sicher nie damit anfangen, aber mal ehrlich, mit der Zigarette zwischen den

Lippen sieht sie einfach toll aus. Die Entscheidung zwischen toll aussehen und Lungenkrebs ist sicher keine ganz leichte. »Angefangen hat alles vor vierzigtausend Jahren.«

Ich hatte angenommen, sie würde mir etwas über International Aid erzählen, über die Anfänge der Organisation und so. Mich würde ja brennend interessieren, ob ich nicht als Subunternehmer bei ihnen einsteigen kann – nur wenn das Geld stimmt, versteht sich. Oder vielleicht kann sie mich mit potenziellen Risikokapitalgebern zusammenbringen, die lieber in die Psyche junger Muslime investieren wollen, statt sie nur zu erkunden. Aber anscheinend will sie mit mir über ein primitiveres Thema sprechen, über etwas, das sich abgespielt hat, lange bevor junge Psychen muslimisch wurden und uns später, vierzigtausend Jahre nachdem alles begonnen hatte, hier zusammenführten. Ihre Zigarette riecht so muffig wie die Räucherstäbchen in der Küche.

»Als die Menschen noch in Höhlen gelebt haben, hatten sie keine Partner. Ich meine, sie dachten einfach nicht groß nach, mit wem sie ins Bett gingen, sodass man nie genau wusste, wer eigentlich der Vater war, wenn eine Frau ein Kind bekam. Man kümmerte sich gemeinschaftlich um die Kleinen, aus Herzensgüte oder weil es dem Wohle aller diente, oder vielleicht weil man die kleinen Dinger einfach süß fand, so wie wir heute ja auch. Jedenfalls gab es auf der Welt jede Menge Mamas, aber keine Papas. Viele der kleinen Kinder starben, sehr viele sogar. Sie wurden von fiesen Krankheiten dahingerafft, von wilden Tieren zerfleischt oder manchmal auch von älteren Kindern zum Spaß getötet. Wie auch immer, es starben massenhaft Kinder, aber es gab keine Väter, die um sie trauerten, sondern nur traurige Frauen, die Löcher in die gefrorene Erde hackten und keine Partner hatten, die sie anschließend in den Arm nahmen und ihnen versprachen, bald ein neues Baby mit ihnen zu machen. Vielleicht wussten sie auch gar nicht genau, wie das mit dem Babymachen geht. Sicher hatten sie eine ungefähre

Ahnung, aber es war wohl kaum wie heute, wo man solche Dinge einfach googeln und sich dann die Bilder angucken kann und so.«

Übers Kinderkriegen weiß ich Bescheid. Father Dear hat uns Sexualaufklärung regelrecht aufgezwungen. Damals hatte er sogar ein Modul entwickelt, das kulturelle Unterschiede beim Sex behandelte und mit dem er uns immer wieder genervt hat – als ob Babys in fremden Kulturen anders gezeugt würden als bei uns. Ich nicke, als würde sie mir gerade nicht die Geschichte der menschlichen Evolution erzählen, sondern von einem persönlichen Verlust berichten, einer Sache, die ihr selbst passiert ist. Wenn Frauen über Geschichte sprechen, reden sie eigentlich immer über die Gegenwart, etwas, das vor langer Zeit angefangen hat und so bald nicht enden wird.

»Und so ging es lange Zeit: Die Babys starben, die Männer behaupteten, nichts mit ihrer Geburt oder ihrem Tod zu tun zu haben, und die Frauen gruben Löcher und hungerten, weil sie ihr Essen den Kindern gaben. Bis eines Tages ein cleveres Mädchen auf die Idee kam, einem der Männer ihr Baby in den Arm zu drücken. Die Männer wollten gerade zur Arbeit aufbrechen – zum Jagen oder Beerensammeln oder was auch immer sie damals ›Arbeit‹ nannten –, da tritt dieses Mädchen auf den Mann zu, mit dem sie öfter mal geschlafen hat. Eigentlich ist da nie viel gelaufen, mit anderen Typen hat sie es deutlich wilder getrieben, es ist eher so *oh, hallo, wir wohnen doch in derselben Höhle, kennen wir uns nicht, na klar, du warst doch der, der letzte Woche auf mir gelegen hat, oder?* Vielleicht war es auch nicht letzte Woche, sondern letzten Monat, keine Ahnung, wie sie damals die Zeit gemessen haben oder ob überhaupt. Jedenfalls bat sie ihn, mal kurz das Baby zu halten, sie müsste eben mal raus für kleine Mädchen. Und während sie noch sprach, setzte sie ihm schon das Kind auf den Schoß, sodass dem Mann gar keine Zeit blieb zu grunzen, sie zu schlagen oder das Kind wegzuschleudern und zu sagen, *hey, Moment mal, ich bin ein Mann,* oder was auch immer damals gerade in war, um klar auszudrücken, *vergiss es, deine Göre hältst du mal schön selbst.* Bevor er also aufspringen, mit dem Kind nach ihr schlagen oder sie anbrüllen konnte, war sie schon aus der Höhle, und der Typ stand mit dem Baby da. Und sie kam den ganzen Tag nicht wieder. Ein paar Mal legte der Mann das Baby auf den Boden, um zu den anderen zu gehen und ihnen bei der täglichen Schufterei zu helfen, aber kaum hatte er den Höhlenausgang erreicht, gluckste das Baby plötzlich und lachte. Wohlgemerkt, es lachte – es weinte nicht, das hätte er ja erwartet, das taten Kinder ja immer.

So verbrachte der Mann praktisch den ganzen Tag damit, das Baby in der Höhle herumzutragen, es kurz hinzulegen und gleich wieder hochzunehmen, es zu bespaßen und im Arm zu wiegen; er tat alles, was er bei den Frauen gesehen hatte, nur eben auf männlichere Art. Damals konnte man mit einem Baby ja nicht so viel machen, ich meine, es gab keine Spieltrapeze, keine Kinderwagen, keine Plüschtiere, und dem Mann gingen bald die Ideen aus. Zwischendurch nuckelten sie mal an einer Yamswurzel, er zuerst, dann steckte er sie dem Baby in den Mund, woraufhin dieses spuckte und er sich genötigt sah, alles mit einem Bananenblatt aufzuwischen, oder was man halt damals so zum Wischen nahm. Irgendwann müssen sie dann zusammen ein Nickerchen gemacht haben, denn als die anderen Höhlenbewohner am Abend zurückkamen, fanden sie die beiden schlafend vor, den Mann an die Höhlenwand gelehnt, das Baby selig lächelnd auf seiner Brust, die Arme fest um seinen Hals geschlungen.«

»Das denken Sie sich doch aus«, sage ich und stütze mich auf die Ellbogen, bemüht, meinen Blick nicht tiefer als auf Halshöhe sinken zu lassen. Wieder schieben sich ihre Finger in die American-Spirit-Tüte, dann ein kurzes Lecken am Blättchen, und schon hält sie die nächste Zigarette in der Hand.

»Das war der erste Mann, der zu Hause geblieben ist und

sich ums Kind gekümmert hat. Als die Leute zurückkamen, reagierten sie unterschiedlich. Die Frauen hatten Angst; sie verstanden nicht, was passiert war. Hatte dieser Mann etwa ein Kind bekommen? Das galt selbst damals als widernatürlich. Die Männer staunten ehrfürchtig; während sie den ganzen Tag gefährliche Tiere gejagt und giftige Wurzeln geerntet hatten, schlief hier dieser Mann, einer von ihnen, mit einem lächelnden Baby auf der Brust.«

»Woher wollen Sie das alles wissen?«, frage ich und stehe auf.

Es wird langsam spät. Irgendwo in der Ferne bellt Mutt. Mutt hat die Ungeduld eines jungen Hundes, der glaubt, sein fauler Besitzer steht seinem Glück im Weg. Meinem Glück steht gerade dieser Abriss zur Geschichte der Kernfamilie im Weg. Lady Flowerbody greift nach meiner Hand, als könnte sie meine Fluchtgedanken lesen und wäre fest entschlossen, mich zurückzuhalten.

Aus ihr wird noch mal eine überzeugende Geschichtenerzählerin.

»Die Männer fingen an, ihm nachzueifern. Einige jedenfalls. Andere waren angewidert. Wie konnte ein Mann, ein Jäger und Sammler, der Herr des Waldes, den ganzen Tag in der Höhle bleiben und ein sabberndes Baby im Arm halten? Viele jedoch folgten begeistert seinem Beispiel und überließen es fortan den Frauen, den Wald zu durchstreifen, zu jagen und Nahrung zu beschaffen. Und diese Frauen, die sonst womöglich mit jedem geschlafen hätten, der gerade neben ihnen lag, kehrten immer wieder zu dem Mann mit ihrem Baby zurück. Der Begriff ›fester Partner‹ war geboren.

Natürlich lebten nicht alle glücklich bis ans Ende ihrer Tage. Manche Männer begannen, sich zu langweilen, einige schleuderten das Baby vor Wut an die Höhlenwand und zogen weiter zur nächsten Höhle, zur nächsten Frau und manchmal auch zum nächsten Kind. Aber viele blieben auch und kümmerten sich um das Baby. Und nicht wenige ließen irgendwann das Baby bei der Frau, wagten sich nach draußen und kehrten anschließend wieder zur selben Frau zurück und nahmen das Baby in den Arm. Und manchmal, wenn sie unterwegs waren und wilde Tiere jagten, dachten sie an das Baby und lächelten. Für dich ist das heute normales elterliches Verhalten, für dich ist das Familie. Man könnte es auch ›Liebe‹ nennen oder ›Evolution‹, ›Arterhaltung‹ oder ›lebenslanges allnächtliches Begehren nach derselben Frau‹.«

»Und dann?«, frage ich, schon fast im Stehen, bereit zur Flucht, aber auch seltsam fasziniert von dieser Geschichte der Steinzeitliebe.

»Boom!«, sagt sie und lässt mit den Händen eine imaginäre Bombe hochgehen. »Immer weniger Kinder starben. Aber je mehr Menschen es gab, desto weiter entfernten sie sich voneinander. Inzwischen sind wir sechs Milliarden Menschen, und trotzdem fühlen wir uns alle einsam.«

Sie blickt mich mit ihren ach so traurigen Augen an. »Deine Mutter weigert sich immer noch, die Höhle zu verlassen.«

»Was hat denn Mother Dear damit zu tun?«

»Sie muss stark sein. Irgendwann findet sie schon eine Lösung für euer Problem. Und sie sollte nicht so hohe Erwartungen haben. Sie muss öfter mal rauskommen.«

»Sie hat keine Erwartungen. Außerdem *ist* sie stark. Früher konnte sie drei Wasserkrüge auf dem Kopf tragen, aber mit dem Alter …«

Lady Flowerbody hat keine Ahnung, wie versessen Mother Dear darauf ist, rauszugehen. Sie hat keine Ahnung, dass ich alles tue, um sie davon abzuhalten.

»Sie muss dich gehen lassen. Sie lebt immer noch in der Höhle, und du bist ihr Partnerersatz. Aber du bist zu jung, um die Last der ganzen Familie zu tragen. Und die Last der Geschichte.«

»Ich bin alt genug.«

Ganz schön hinterhältig, diese Gutmenschin. Erst erklärt sie mir, wie man Babys macht, und im nächsten Moment will sie das Baby der Mutter wegschnappen.

Sie kommt definitiv in mein Team. Halt endlich die Klappe, Mutt. Ich bin ja da, ich verlasse dich nicht, das solltest du langsam mal raffen, Mister Hirnverbrannt.

KAPITEL 17

MUTT

Heute ist der drittschlimmste Tag meines Lebens. Wieso ich das weiß? Weil ich so klug bin zu wissen, dass der schlimmste Tag bereits in der Vergangenheit liegt. Womöglich werden mir noch weitere schlimme Dinge zustoßen, aber ich habe im Leben schon so viel erlebt, dass ich mit Sicherheit sagen kann, das Schlimmste liegt hinter mir. Trotzdem ist der heutige Tag fast so schlimm wie der Tag, an dem mein Gehirn gegrillt wurde.

Ich renne dem Jeep Cherokee hinterher; Momo kann mich im Rückspiegel sehen, aber er tritt weiter aufs Gaspedal. Wenn er auf einer Mission ist, tritt er immer sehr fest darauf. Ich muss ihn auf seiner Mission heute unbedingt begleiten, aber er will nicht, dass ich ihn weinen sehe. Ich rieche, wie unglücklich er darüber ist, dass er mich zurücklassen muss. Der Geruch welkender Jasminblüten war noch nie so stark. Herrchen riechen sehr häufig so, wenn sie uns verlassen, weil es zu unserem Besten ist.

Ich beabsichtige hier keine Abhandlung über die Gründe zu schreiben, warum Menschen ihre vierbeinigen Freunde verlassen, aber dürfte ich mich erdreisten zu fragen, woher Momo wissen will, was das Beste für mich ist? Gibt es etwas Schlimmeres, als wenn jemand einfach so bestimmt, was das Beste für einen ist? Ja, gibt es: wenn jemand ehrlich und aufrichtig, aus der Tiefe seines liebenden Herzens heraus wirklich zu wissen glaubt, was das Beste für einen ist. Der Gestank der Gewissheit, die Fäulnisschwaden unerschütterlichen Glaubens. Sie erinnern mich immer an den Geruch verstorbener Brüder und Schwestern des Ordens der Haushunde, die von den täglichen Demütigungen erlöst sind, die ich noch erleiden muss. Zu oft habe ich diesen Geruch schon geschnuppert. Er ist alles andere als angenehm, deshalb leidet man weiter. Wenn die höchste Freiheit derart stinkt, überlegt man sich gut, ob man nicht doch lieber noch ein paar Jahre ein unterwürfiger Sklave bleibt.

Schon heute Morgen habe ich es gerochen. Momo hatte ein schlechtes Gewissen, weil er etwas tun musste, von dem er glaubte, nein, wusste, dass es heimtückisch war, wenn auch zu meinem Besten. Was auch immer er im Schilde führte, es hatte anscheinend mit den Neuankömmlingen im Haus zu tun, denn die schienen ihn sehr zu beschäftigen. Er hat ja keine Ahnung, dass der weiße Mann nach nichts und sie wie ein Strauß Wildblumen riecht.

Ich lag unter dem Jeep, Momo wusste es. Wir sind uns so vertraut, dass wir uns nicht sehen müssen, um zu wissen, wo der andere steckt. Momo spürt meine Anwesenheit, und ich spüre seine. Außerdem weiß ich, was in seinem genialen Geist vorgeht. Ich habe seine Ängste und Sorgen schon gewittert und erlegt, ehe er sie überhaupt benennen kann. Auch erkenne ich, wer sein Feind und wer sein Freund ist. Seine Zukunft kann ich zwar nicht vorhersehen, aber eins weiß ich genau: Seine Zukunft ist auch meine Zukunft.

Ich wartete darauf, dass er die Tür öffnete, damit ich hindurchgehen und ihn zum Ausgangspunkt unserer Mission führen könnte. Ich wollte ihm zeigen, dass da Stimmen im Hangar zu hören waren. Ich roch zerlassene Butter und andere Lebensmittel. Wir mussten den Hangar ausspähen und irgendwie hineingelangen. Nur dort würden wir herausfinden, wohin Bro

Ali gegangen war. Ich hatte die Informationen, ich hatte einen Plan – keinen wasserdichten, aber immerhin einen ganz vernünftigen –, aber hörte Momo zu?

O ja, und wie er hörte – auf seine wild gewordenen Hormone.

Er zeigte sich weit interessierter an der Lady als an meinem Plan. Momo verzehrt sich nach Lady Flowerbody. Er glaubt, er könne sie verführen; schlimmer noch, er meint, sie wolle ihn verführen und er müsse nur nachgeben. Außerdem ist er überzeugt, er könne sie dazu bringen, in sein neues Geschäftsprojekt zu investieren und ihm Informationen über Bro Ali zu verschaffen. Immer diese törichte Hoffnung der Menschen, Sex und Seelenheil bei ein und derselben Person zu finden. Aber so sind Jungen nun einmal. Er gibt vor, sie wäre ihm egal, dabei denkt er den ganzen Tag nur an sie. Wer seine Gefühle zeigt, gibt zu, dass er eine Schwäche hat. Wir Hunde haben keine Angst, unsere Gefühle zu zeigen. Und »schwach« hat mich noch nie jemand genannt. Am liebsten möchte ich Momo sagen, dass Gott uns eine interessante Welt versprochen hat. Von fair war nie die Rede. Und schon gar nicht von zwei zu einem Preis.

Nachdem Momo eine Weile um den Jeep herumgeschlichen war, fiel ihm plötzlich etwas ein, und er ging zurück ins Haus. Ich folgte ihm, zögerlich, schließlich konnte es ein Trick sein. Ein Hauch von Trick lag jedenfalls in der Luft. Tricks riechen nach Zwiebeln. In diesem Haus riecht es immer nach Tricks. Ständig tut hier irgendwer was für den anderen, weil es zu seinem Besten ist. Die Luft in diesem Haus ist eine einzige dicke Zwiebelsuppe.

Als er hineinging, verstärkte sich der Geruch, weshalb ich ihm nicht wie sonst ins Haus folgte. Natürlich ging er davon aus, dass ich ihm nachlaufen würde. Ich kenne Momos Täuschungen. Wie die meisten Dinge im Leben kann ich sie riechen, aber nicht verhindern. Ich kehrte zum Jeep zurück und wartete auf der Beifahrerseite, wo ich meistens einsteige. Momo kam und setzte sich direkt ans Lenkrad. Der Jeep sprang stotternd an, Momo sah nicht einmal in meine Richtung. Dann schoss der Wagen los. Das war's, ich wusste es. Und doch darf ich nicht aufgeben.

Ich renne also. Aber so, wie ich hinke, werde ich den Jeep kaum einholen. Selbst wenn ich nicht hinken würde, könnte ich nicht mit diesem Monster von Jeep Cherokee mithalten. Mein Hinterlauf ist fast verheilt, aber er tut noch weh. Mittlerweile weiß ich, wie ich die Pfoten aufsetzen muss, damit es weniger schmerzt. Genau darum geht es im Leben; man lebt so dahin und lernt, mit den Schmerzen umzugehen. Mir ist klar, dass Momo mich für heute verlassen hat. Aber ich muss zuversichtlich tun. Keiner darf mich sehen und denken, ich würde ihn im Stich lassen.

Ich werfe ihm nichts vor. Hier geht es nicht um Treue, sondern um seine Triebe, die außer Kontrolle sind. Er glaubt, er sei auf dem Weg zu einem heißen Rendezvous. Lady Flowerbody glaubt, sie treffe sich mit ihrer Laborratte. Er ist fest davon überzeugt, dass sie etwas von ihm will – der alte Mythos der älteren Frau, die sich nach jungen Burschen sehnt, seit Jahrhunderten gepflegt von Männern über vierzig. Sie muss ihn für ihren Bericht befragen. Er meint, er könnte zugleich ein paar Dollar einheimsen und sich in ihren erfahrenen Armen entjungfern lassen. Natürlich behauptet er, in seinem Leben gebe es nur Business und Bro Ali, aber schnuppern Sie mal an ihm – er ist so heiß, dass er kurz vor der Selbstentzündung steht.

Besessenheit riecht nach Essigessenz.

Er ist der Meinung, ein Ausflug in die Wildnis reicht, um sämtliche seiner Teenager-Phantasien wahr werden zu lassen. Diese Wildnis betritt man als freier Mann – oder in meinem Fall als freier Hund –, aber man verlässt sie als Sklave, als Sklave des eigenen Verlangens, das immer wiederkehrt. Und in der Teenagerzeit kehrt dieses Verlangen oft wieder. Was meine eigenen Erfolge betrifft, kann ich hier nicht ins Detail gehen, nur so viel: Man nennt mich nicht wegen meiner Intelligenz Mutt, die Bestie. Aber Leute, die mit ihren Eroberungen prahlen, haben meist schlechte Zähne und schrumpelige Hoden.

Nach außen mag es scheinen, als wäre Momo voll damit beschäftigt, eine Rettungsexpedition für seinen Bruder zu planen. Aber er trauert auch. Kann man gleichzeitig Tränen in den Augen und Feuer in den Lenden haben?

Das ist eine Frage, die die Lady mal erforschen sollte. Stattdessen interessiert sie sich dafür, wie sich Bombenangriffe, weiche Drogen und heftiges Flirten auf die Psyche junger Muslime auswirken. Gott sei Dank hat sie kein Interesse an der Psyche älterer reformierter Rüden mit verbranntem Hirn. Aber es ist nicht meine Aufgabe, wohlgenährte Weltverbesserer zu kritisieren. Stattdessen könnte ich Ihnen mehr darüber erzählen, was so in der Wildnis los ist, da kenne ich mich aus. Eigentlich soll man darüber Schweigen bewahren, aber junge Muslime könnten dort das ein oder andere lernen. Zum Beispiel, dass Depressionen und sexuelle Ausschweifungen in der Tat eng miteinander verwandt sind.

Momo ist das Opfer seines unausgeglichenen Hormonhaushalts; ich bin dabei nur ein Kollateralschaden. Er hat mich hier zurückgelassen, in diesem Haus, wo ich mich wie in einer Salzmine fühle, so überwältigend ist der Geruch der Traurigkeit. Es ist Zeit für Mother Dears Tee und Tränen. Und für ihre Gebetskette.

So möchte wohl niemand den drittschlimmsten Tag seines Lebens verbringen: einer traurigen Frau dabei zusehen, wie sie ihren Nachmittagstee zubereitet und ihre Gebetskette mit der Inbrunst eines onanierenden Teenagers bearbeitet. Ellie hat sich in die Küche geschlichen, vermutlich, um Tee zu kochen. Anscheinend will er sich den Einheimischen anpassen.

Wieso trinken sie Tee? Vielleicht aus demselben Grund, weshalb ich manchmal Gras fresse und mich anschließend übergebe? Wenigstens reinige ich so meinen Verdauungstrakt. Welche Ausrede haben sie? Warum rühren sie dieses schwarze Pulver in Milch und kochen sie auf? Man könnte die Milch doch auch einfach aufschlecken. Nicht, dass ich wüsste, wie Tee schmeckt. Na gut, das eine Mal habe ich ein oder zwei Schluck davon genippt, als Mother Dears Tasse auf dem Boden stand. Dafür wurde ich eine ganze Woche ins Exil verbannt. »Dieser Hund gehört nicht ins Haus und hat gefälligst nicht den Tee zu saufen, der für meine Söhne bestimmt ist.« Das wiederholte sie immer wieder, eine Woche lang. Sie ist so ein Familienmensch. Und jetzt schauen Sie sich an, was es ihr gebracht hat. Der eine Sohn ist weg, der andere rennt kopflos durch die Wildnis und hofft, eine Lady, die doppelt so alt ist wie er, zu besteigen und ihr Geld aus der Tasche zu ziehen. Und dann ist da noch der Ehemann, der diese Lady angeschleppt hat. Aber in ihrem Kummer ist unsere Mother Dear so stur wie die Eidechsen an der Decke. Die sind übrigens das reinste Gift. Vor einiger Zeit habe ich mal eine gegessen, als ich nachmittags Appetit auf einen kleinen Snack hatte. Ihr Schwanz hat noch gezuckt, als ich den Rest längst runtergeschluckt hatte. Zwei Tage lang war mir schlecht.

Manchmal ist Momo mutig und zeigt sich von seiner weichen Seite, auch wenn dabei unterm Strich immer wieder seine Ecken und Kanten zum Vorschein kommen. Nach meinem ersten Schluck Tee brachte er mir oft Essen ins Exil, und zwar meist eine Scheibe altes Brot. Ohne Butter. Momo findet es unhygienisch, sich einen Knochen in die Tasche zu stecken. Der Junge hat wirklich eine sehr eigene Vorstellung von Hygiene.

Wie die meisten Leute tut er gerne so, als wäre ihm seine Familie – womit er in der Regel Mother Dear meint – heilig. Oh, diese Frau, deren einziger Familienwert die Traurigkeit ist und die völlig übersieht, dass es, mit Verlaub, kein nützlicheres Familienmitglied geben kann als meine Wenigkeit. Wie oft habe ich dieses Haus schon vor Katzenplagen bewahrt? Wie viele stinkende Ratten haben diese Zähne bereits in die Rattenhölle geschickt? Aber einmal an diesem widerlichen Tee genippt, und schon gehöre ich nicht mehr zur Familie. Und wer gehört stattdessen zur Familie? Der Junge, der nicht einmal hier ist. Er ist und bleibt Familie.

Ich bin und bleibe nur Mutt, selbst wenn ich Gold ausscheiden und Rumi rezitieren würde.

Derart melancholische Gedanken gehen mir durch den Kopf, während ich auf der Straße sitze und die Fliegen verscheuche. Sie sind die echte Nemesis. Ich habe es mit Horden gestörter Katzen aufgenommen, bin erfolgreich dem Fleischer ausgewichen, wenn er wieder eine seiner Launen hatte, und hoffe sogar, Mother Dears Miesepetrigkeit zu überdauern, aber gegen diese teuflischen Fliegen kann man nur verlieren. In ihnen manifestiert sich der Ärger Gottes über die eigene Schöpfung. Wenn ich eines Tages tot bin, wird mein Kadaver zweifellos von diesen Fliegen übersät sein, und sollte man mich beerdigen – was ich, nach allem, was ich für die Familie getan habe, hoffe –, werden sie es garantiert irgendwie schaffen, sich in mein Grab zu mogeln.

Irgendwann gebe ich den Kampf gegen die kleinen Biester auf und nicke ein. Als ich wieder aufwache, wird es bereits dunkel. Ich drehe meine abendliche Inspektionsrunde übers Grundstück, und was sehe ich da? Lady Flowerbody, die sich in die Hütte dieses Deserteurs Ellie schleicht. Als sie ihn in den Plastikverschlag neben dem Haupttor einquartierten, habe ich einen kurzen Stich der Nostalgie verspürt. Ich habe diesen Ort in früheren Tagen einmal sehr geliebt. Allerdings dachte ich, der Kohlkopf würde darin höhere Ziele verfolgen als ich damals. Tatsächlich nutzt er ihn nun zum gleichen Zweck. Momo hat mich für ein Rendezvous mit ihr verraten. Und jetzt verrät sie anscheinend Momo zugunsten eines Deserteurs, eines Verräters der Spitzenklasse. Das ist kein klassisches Fremdgehen mehr, sondern ein Netzwerk des Verrats.

Mir liegt es fern, mich hier als unfehlbaren Charakter darzustellen, aber ich habe zunehmend den Eindruck, dass ich für mich allein genommen mehr moralische Substanz habe als diese ganze Familie zusammen.

Momo läuft vor mir weg, weil er sich der traurigen Wahrheit über Bro Ali nicht stellen will. Erst brechen wir angeblich zu einer Rettungsmission für seinen Bruder auf, dann ist der stellvertretende Kommandeur plötzlich abgeschrieben, nur damit Momo einmal rammeln kann. Doch als er schließlich zurückkommt, riecht er nicht nach Rammeln, sondern nach belanglosem Small Talk. Ich hätte es wissen müssen. Wie bitter für ihn. Jetzt tut er mir leid. Der Junge verdient eine Umarmung, wenn nicht eine Runde hemmungsloses Rammeln.

Und das hier ist nur der drittschlimmste Tag meines Lebens. Da war noch dieser andere Tag. Oh, das war wirklich der schlimmste Tag meines Lebens.

KAPITEL 18
ELLIE

Nachts hängen die Sterne hier unwirklich tief, als würden sie näher heranrücken, um zu horchen, ob sie in dieser Stille nicht doch etwas hören können. Ich träume von einem riesigen Simulator, der nur eine Funktion hat: die Simulation von Kräutergärten. Als ob es nicht schon genug Gärtner auf der Welt gäbe. Dieser simulierte Garten ist ein komisches kleines Beet mit Kräutern und Kakteen, die auf dem Kopf stehen. Was soll mir das sagen? Dass ich diese Wüste in ein riesiges Kräuterbeet verwandeln soll? Bin ich etwa 637 Einsätze geflogen und habe Tausende Tonnen intelligente Bomben abgeworfen, um am Ende Scheiße zu schaufeln oder was auch immer man schaufeln muss, damit diese Kräuter am Leben und die Kakteen kopfüber bleiben? Ich versuche, mich zu erinnern, ob ich mal einen Gärtner-Kurs belegt habe. Irgendwann war mal einer geplant, aber dann meldeten sich zu viele Offiziere freiwillig dafür. Das Central Command mag es nicht, wenn zu viele Leute das Gleiche wollen. Früher nannte man das mal »Meuterei«, eine üble Phase der Geschichte, an die sich das Central Command nicht gern erinnert. In meinem Traum steht Colonel Slatter auf meinem Kopf und schreit, *grab, Ellie, grab.* Ich beachte das Geschrei nicht groß und grabe ruhig weiter, als würde ich es aus freien Stücken tun, und der Colonel schlägt lediglich den Takt für meine Bewegungen. Ich grabe immer tiefer. Plötzlich stößt meine Schaufel auf etwas Hartes. Ich lege sie beiseite und grabe mit den Händen weiter, bis meine Finger eine glatte Oberfläche ertasten. Ich wische die Erde davon ab; es ist der Kopf eines Babys. Der kleine Bursche kichert wie wild.

Voller Grauen wache ich auf.

Eine Sache bringen sie dir in Wüstensurvival nicht bei: In der Wüste kommt der Morgen zu früh. Als Erstes höre ich in der Ferne den Ruf zum Gebet, ein bisschen gehetzter und steifer, als ich ihn aus Filmen und dem Modul »Respekt vor Religion und Ritual« in Erinnerung habe. Ich hatte ihn während der Ausbildung so oft gehört, dass er mir irgendwann richtig gefiel. Jetzt klingt er, als hätte man den Rufer aus dem Bett gezerrt und er wollte möglichst schnell dorthin zurück. Ich schlinge mir fest die Decke um den Kopf, um ich mich gegen die Faszination Allahs zu wappnen. Es gibt ein extra Teilmodul zu den möglichen Nebenwirkungen des Adhans, für den Fall, dass man in Kriegsgefangenschaft gerät und ihn dort hört. Man hatte uns vor der magischen Wirkung dieses Gebetsrufs gewarnt und zum Beleg eine Reihe wahrer Fälle angeführt, in denen überzeugte Ungläubige, militante Atheisten und mindestens ein Zeuge Jehovas von diesem Ruf so gebannt waren, dass sie zum Glauben des Feindes übergetreten waren. Neil Armstrong, der erste Mann auf dem Mond, habe den Ruf gehört und sei zum Islam konvertiert. Allerdings hielt man sich dazu bedeckt, ob seine Bekehrung noch auf dem Mond oder erst nach seiner Rückkehr zur Erde stattgefunden habe. Stellen Sie sich das mal vor, Sie sind der erste Mensch, der einen Fuß auf den Mond setzt, und was ist das Erste, was Sie hören? Kein Lied über den Mond oder die Sterne oder *The Star-Spangled Banner*, sondern das, was ich jetzt höre: *Gebet ist besser als Schlaf, oh yeah, Gebet ist besser als Schlaf.*

Aber ich bin todmüde, und kein Gott der Wüste wird daran etwas ändern. In dem Modul hieß es, einheimisches Bier und einheimische Frauen könnten wir gern ausprobieren, nur das Gift der einheimischen Religion sei tabu. *Aber fuchtelt den Leuten bloß nicht mit eurem Jesus vorm Gesicht rum*, sagte man uns, *das haben wir schon zur Genüge getan*. Je lächerlicher ein religiöses Ritual, desto mehr Respekt muss man ihm entgegenbringen.

Jetzt, da der Zeitpunkt gekommen ist, meine Ausbildung in die Praxis umzusetzen, wird mir bewusst, wie lächerlich diese Sorge war, dass wir konvertieren könnten. Ich habe die Hitze überlebt, den Hunger und diesen tyrannischen Zwerg, der mich gerettet hat, da besteht wirklich keine Gefahr, dass ich auf einen Gebetsruf hereinfalle und plötzlich irgendeinen Wüstengott anbete, zumal, wenn die Sterne noch leuchten. Ich ziehe mir die Decke vom Kopf und blicke mich um.

Überrascht stelle ich fest, dass immer noch Nacht ist, richtig Nacht, die Sterne so nah, als wollten sie sich mir entgegenstrecken, um Hallo zu sagen. Ich schaue hinaus und sehe, dass der Ruf zum Morgengebet die Flüchtlingsgemeinschaft zwar geweckt hat, aber längst nicht alle zum Gebet eilen. Einige treiben ihre Ziegen zusammen und führen sie Richtung Haupttor, während sich andere wahrscheinlich noch mal im Bett umdrehen und fest ihre Frauen oder Nebenfrauen umklammern. Manche sind unterwegs, um Feuerholz für ihren Morgentee zu sammeln, andere fummeln fluchend an ihren nicht funktionierenden Gaskartuschen herum. Eine der Frauen beschimpft wüst ihren Mann, weil er nicht von seiner Flasche lassen will. Er protestiert schwach: »Lass mich das austrinken, dann geh ich ja, bis zum Morgengebet ist es noch eine halbe Stunde.« Von überall her ertönt Stimmengewirr, überall schimmern undeutlich leuchtende Farben auf, über allem schwebt der Rauch aus tausend Lehmöfen. Es ist noch stockdunkel, und sie machen schon Frühstück.

Immerhin, so scheint es, sind ein paar Leute doch auf dem Weg zum Morgengebet – Schatten, die dem Ruf ihres Schöpfers folgen. Andere verschwinden am Rand der Wüste im Gebüsch, das dort den Elementen trotzt.

Ich betrachte das Gewusel und frage mich, wie es um die geistige Gesundheit einer Kultur bestellt sein muss, in der die Leute ihren Tag beginnen, wenn die Sterne noch hell am Nachthimmel stehen und man kaum das Gesicht des Nebenmanns erkennt.

Am Abend zuvor hatte ich lange mit mir selbst diskutiert, so lange, dass ich schließlich eingeschlafen war.

In meinem Kopf hatte ich mich mit Momo über diese eigentlich banale, aber existenzielle Frage gestritten: Was tue ich hier? Vielleicht sollten wir zunächst festhalten, was ich hier *nicht* tue. Ich habe diesen Ort nicht bombardiert, das ist für jeden offensichtlich. Der Hangar steht noch. Wie auch das Camp, mehr oder weniger. Möglicherweise hatte Colonel Slatter versucht, es zu bombardieren, aber dann war ihm das Gleiche passiert wie mir. Und vielleicht hatte Major Stratford es bombardiert; ja, der mit Sicherheit, zwar nicht auf diesem Feldzug, aber auf jeden Fall auf dem davor. Vielleicht hatten auch noch andere hier Bomben abgeworfen. Andere Amerikaner. Vielleicht der ein oder andere Franzose.

Ich habe lediglich meine Befehle befolgt. Ich bin meinen Einsatz geflogen.

Mag sein, dass ich im Leben eine paar schlimme Dinge getan habe, aber diesen Leuten habe ich nichts getan. Ich mache nur meine Arbeit, verdammte Scheiße. Seit wann ist es ein Verbrechen gegen die Menschlichkeit, seinen Job zu erledigen? Kommt mir doch nicht mit so einem Scheiß. Scheiß lieber auf die Hersteller von Zero-Zero-Schleudersitzen, die nicht auslösen. Scheiß auf Martin-Baker. Lasst mich doch mit eurem Scheiß in Ruhe. Lasst mich gefälligst schlafen.

Jemand zupft an meiner Bettdecke, und automatisch halte ich sie fest. Ich bin ein Langschläfer. In meiner Internatszeit in St. Moritz habe ich gelernt, dass der echte Schlaf, der tiefste und süßeste Schlaf, erst gegen Morgen kommt, wenn jemand dich aufzuwecken versucht oder jeden Moment der Wecker klingelt. Cath hat mir oft vorgehalten, ich wäre der Typ Mann, der zu jeder Tageszeit achttausend Meilen um die Welt fliegen würde, um ein Ziel zu bombardieren, aber der den Arsch nicht aus dem Bett kriegt, wenn der Paketbote klingelt.

Hier und jetzt verstehe ich, dass mir diese Leute da draußen etwas voraus haben. Sie leben nicht nur seit Generationen am selben Ort, sie haben es auch geschafft, Flüchtlinge im eigenen Land zu werden, und sie sind schon vor Sonnenaufgang wach und planen ihren Tag. Sie klopfen ihre Frühstückseier auf und verneigen sich vor ihrem Gott, während ich zurück ins Reich der Träume gleite.

Vogelzwitschern begleitet das Zupfen an meiner Decke.

Plötzlich bin ich hellwach und bereit, aus dem Bett zu springen und diesem Lied, dieser Stimme in einen neuen Tag zu folgen, zu einem neuen Ziel, auch wenn sie mich zum Morgengebet und zu einem zornigen arabischen Gott führen sollte.

Ich ziehe mir die Decke vom Gesicht. »Ja?«

Lady Flowerbody steht am Fußende des Bettes und hält einen gelben Plastikeimer in der Hand, während sie mit der anderen Hand versucht, mir die Decke wegzuziehen.

»Ich gehe jetzt die Ziegen melken«, sagt sie, als würde sie mir ein intimes Geständnis machen. »Aber erst muss ich meine Deckbetten zählen und sie wegräumen. Manchmal verschwinden sie nach Sonnenaufgang. Hier wimmelt es von Dieben.«

Erschrocken setze ich mich auf. Ich bin ein Offizier, der in aller Herrgottsfrühe an einem fremden Ort erwacht, und meine Decke wird anderswo benötigt.

Plötzlich verändert sich das Licht. Am Himmel glimmt ein Streifen Orange auf, es ist die Sonne, die sich mit Mühe aus ihrer Decke schält, und mir wird klar, warum sie diese Frau Flowerbody nennen. Selbst in der Morgendämmerung leuchten ihre Augen, die Locken um ihr Gesicht sind schwarz wie die

Nacht, mehr kann ich von ihr nicht erkennen. Aber ihr Akzent überrascht, ja, schockiert mich. Sie spricht wie zu jemandem, den sie erwartet hat. Sie steht neben dem Bett, zieht mir die Decke weg und rollt sie zusammen. Ihr Englisch hat einen europäischen Einschlag, mit weichen Ds und abrupten Rs.

»Ich glaube nicht, dass sie wissen, wer du wirklich bist«, sagt sie.

Säße ich hier nicht in einem Bett, unter tief stehenden Sternen, würde ich glauben, ich würde immer noch in der Wüste herumirren und mal wieder eine Fata Morgana sehen. Aber ich spüre, dass sie mich von hier wegbringen wird. Sie wird mich mit auf eine Reise nehmen. Mich nach Hause bringen. Endlich jemand, der weiß, wer ich bin. Ihr Blick dringt tiefer als der der anderen, sie sieht, dass ich mehr bin als nur ein verschollener amerikanischer Soldat.

»Ich glaube, sie behalten dich zu einem bestimmten Zweck hier«, sagt sie. »Vergiss das nicht.«

KAPITEL 19

MOMO

Das Tolle an Feldforschern wie Lady Flowerbody ist, dass du einen Schokoriegel kriegst, wenn du ihre Fragen nach deinen intimsten Gefühlen beantwortet hast. Sie bedanken sich für deine Hilfe und deine Zeit. Meine Zeit – so ein Quatsch. Wenn ich eines habe, dann Zeit. Früher haben sie immer gesagt, Zeit ist Geld. Korrekt. Sie machen Geld mit meiner Zeit. Aber eines Tages wird sich das ändern.

An Feldforschern ist außerdem toll, dass sie sich, nachdem sie dich mit diesem Schokoscheiß aus Fake-Milch, Fake-Zucker und Fake-Kakao (aber ja doch, die Verpackung ist echt) abgespeist haben, in ihr Büro zurückziehen und dort echte Schokolade mit mindestens siebzig Prozent Kakao futtern. Die ist angeblich gut fürs Herz, senkt den Blutdruck und schmeckt wie das Leben, bitter und süß, knusprig und weich zugleich.

Aber ich suche hier in Lady Flowerbodys Hütte keine Schokolade, sondern nach Informationen darüber, weswegen sie eigentlich wirklich hier ist. Sie läuft den ganzen Tag mit ihrem Klemmbrett durchs Camp und fragt jeden: *Wie fühlst du dich?* Welcher Forscher bitte schön interessiert sich denn so für Gefühle? Wie kommt sie darauf, dass ihr irgendjemand seine echten Gefühle verrät? Und was sind eigentlich ihre eigenen Gefühle zu den ganzen Fake-Gefühlen, die sie ständig sammelt?

In der obersten Schreibtischschublade liegt ein Stapel Akten, darin Formulare mit ihren Notizen am Rand, eilig hingekritzelt, als würde sie den Leuten zuhören und statt deren Gedanken ihre eigenen notieren. Ich blättere die Akten durch und suche nach irgendetwas, das mir bekannt vorkommt. Auf der untersten Akte steht mein Name. Sie ist leer. Irgendwie beruhigend zu wissen, dass sie mein Formular nicht ausgefüllt hat, das kann ja nur bedeuten, dass sie immer noch neugierig auf mich ist. Unter dem Stapel entdecke ich auch ihren kleinen Vorrat dunkler Schokolade. Ein halb aufgegessenes Täfelchen ist in Alufolie eingewickelt. Ich nehme die Schokolade aus der Folie und rolle sie zwischen den Fingern. Ziemlich weich und irgendwie klitschig, wahrscheinlich, weil es hier in der Wüste so heiß ist. Ich stecke das Stück in den Mund und warte darauf, dass es schmilzt und sich der typisch bittersüße Geschmack im Mund verteilt. Bitter schmeckt das Zeug allerdings, so bitter, als hätte ich einen ganzen Niembaum im Mund. Es klebt mir am Gaumen, und als ich den Klumpen ausspucken will, kriege ich es irgendwie hin, ihn zu verschlucken. Ich nehme mir eine andere Akte und blättere sie durch, wobei ich den bitteren Geschmack im Mund so gut es geht ignoriere.

Wörter schweben vom Papier empor, mein Kopf fühlt sich erst schwer, dann leicht an. Draußen vor der Tür winselt Mutt, wahrscheinlich denkt er, ich würde mir einen Snack genehmigen, ohne ihm etwas abzugeben. Ich ziehe den Stuhl unter dem Tisch vor und setze mich, aber irgendwie sinke ich tiefer und tiefer. Der Aktenstapel entgleitet meinen Händen und fällt auf den Boden, überall Papier. »Mein Land, mein Volk«, murmele ich und blicke auf. Mein Herz ist ein am Himmel kreisender Adler. Das Dach der Hütte löst sich auf und gibt den Blick auf einen rosa Himmel frei, an dem ein großer schwarzer Mond baumelt, so groß wie Mother Dears Roti-Pfanne. Im Mond sind Mother Dear und Father Dear zu sehen, Wange an Wange, wobei sie sogar lächeln. Ein altes zweimotoriges Flugzeug schwebt auf den Mond zu. Als ich genauer hinsehe, wird mir übel, als säße ich selbst darin. Am Steuer der Maschine sitzt Bro Ali, er trägt einen Lederhelm und eine riesige Fliegerbrille. Ich bin mir nicht sicher, ob er mich sieht. Ich versuche, die Hand zu heben und ihm zuzuwinken. Er wackelt mit den Flügeln seiner Maschine wie ein mieser Tänzer. Dem Flugzeug folgt Mutt, der durch die Luft paddelt wie ein Schwimm-Champion.

Irgendwas stimmt hier nicht. Mutt sollte draußen vor der Tür sein und Wache schieben, um mich zu warnen, falls jemand kommt. Was macht er denn da oben in der Luft? Und was mache ich hier eigentlich auf diesem Stuhl? Ich habe in diesem aufgeräumten Behelfsbüro ein ziemliches Chaos angerichtet.

Aber was interessiert mich eigentlich dieses Büro? Mit einem Mal werde ich traurig; mein fliegendes Herz sackt ab. Ich blicke auf. Father Dear und Mother Dear sind immer noch vom Vollmond umrahmt, drohen sich aber jetzt gegenseitig mit dem Finger. Mein Herz füllt sich mit Liebe. Mir ist, als würde ich fliegen; ich will dort hinauf, Mother Dear umarmen und Father Dear sagen, es ist alles gut, ich habe alles unter Kontrolle. Jahrhunderte vergehen, unser Camp verwandelt sich in ein üppig grünes Tal, und diese Hütte wird zur Touristenattraktion. Mutt fährt meinen nagelneuen Range Rover Vogue, und ich renne hinterher. Mein Herz ist ein Verbrecher, der panisch vom Tatort flieht.

Das Zeug, das ich da verschluckt habe, war wahrscheinlich gar keine Schokolade. Ich habe meinen jungen, reinen Körper mit irgendeiner krassen Droge vergiftet. Wie soll ich nur wieder zur Erde kommen?

Atme.

Lies. Bro Ali hat immer gesagt: *Lies, wovor hast du Angst? Dass du was lernst?*

Ich hebe eine der Akten auf und versuche, mich darauf zu

konzentrieren. Atme. Zeitungsausschnitte. »Colonel Slatter: Wüste verschluckt unseren Helden«. Es verschwinden weiter Flugzeuge, die Regierung verschwendet Steuergelder und schickt ihre Bürger in den Tod – wofür? Das Camp wird erwähnt: »Horte des Bösen vernichtet«.

Es ist zum Kotzen, dass man ständig als »böse« bezeichnet wird. Wir sind Unternehmer und nicht böse.

Warum befasst sie sich damit? Interessiert sie sich nun für unsere Gefühle oder für deren Gefühle? Ich lasse die Akte fallen und durchwühle ihre Schublade. Eine silberne Dose mit dem Bild einer Frau darauf, die ihren Rock festhält. Darin eine Auswahl Schmerzmittel. Ob eine dieser Pillen gegen die Übelkeit hilft, die sich jetzt in meiner Magengegend ausbreitet? Völlig ohne Vorwarnung – kein Bellen von Mutt, kein Knarren der Tür – ragt sie plötzlich über mir auf, wie ein Riese mit Lippenstift. Meine Übelkeit legt sich, ich hebe mühsam die Hand zur Begrüßung. Meine Hand wiegt eine Tonne.

Ihre Stimme dringt wie von ferne zu mir. »Alles okay mit dir? Was machst du in meinem Büro? Du siehst krank aus.«

»Alles okay«, gebe ich zurück. »Ich hab nur Stift und Papier gesucht. Ich wollte mir Notizen für Ihre Studie machen. Ich kann meine Gefühle nur ausdrücken, wenn ich sie aufschreibe.«

Sie nimmt die Alufolie, die auf dem Tisch liegt, und legt mir die Hand auf die Schulter. »Du hast das doch nicht etwa gegessen, oder? Bist du wirklich okay? Soll ich einen Arzt rufen?«

»Nein, nein, alles super. Mir ist nur ein bisschen heiß. Und kalt. Irgendwie beides.«

Sie fächelt mir mit einer Akte Luft zu. »Ganz ruhig, schön atmen. Ich mache dir erst mal einen Tee.«

Es vergeht noch mal ein Jahrhundert, während sie ihren Kessel aufsetzt und immer wieder ernst zu mir herüberschaut.

Jugendliche Psyche, so ein Bullshit. Ich trinke einen Schluck. Na ja. Immerhin ist das Zeug süß, und ich kotze nicht davon.

Sie nimmt meine Hand, was unerwartet kommt und wahrscheinlich in ihrem Arbeitsvertrag ausdrücklich untersagt ist. Aber ich werde jetzt nicht vom Stuhl fallen, und ich werde mir nicht von ihr den Kopf verdrehen lassen. Die Geschichte ist voll von tragischen Figuren, die Geschäftsinteressen und Herzensangelegenheiten nicht trennen konnten.

Wollen Sie ein Beispiel? Alexander der Große. Glauben Sie eigentlich im Ernst, der ist an einem vergifteten Pfeil gestorben? In Wahrheit ist er einer hinduistischen Tempeltänzerin zum Opfer gefallen, die gesagt hat, na los, wenn du so ein toller Eroberer bist, dann versuch's doch mal bei mir. Jetzt nehmen Sie dagegen mal Warren Buffett: Läuft der etwa mit gebrochenem Herzen rum? Auch bei mir steht das Geschäft ganz klar immer an erster Stelle. Sex und Vergnügen bitte hinten in der Schlange anstellen. Und die Schlange ist lang.

Der Tee war eine gute Idee.

Wir sitzen stumm da und werfen uns verstohlene Blicke zu, um zu sehen, wer wohl als Erster über den anderen herfällt. Mein Kiefer entspannt sich. Ich entdecke links an ihrem Hals ein Muttermal, das mir bislang gar nicht aufgefallen war. Über uns durchschneidet ein weißer Vogel den klaren Himmel. Ich blicke ihm zufrieden nach, als ob er sich auf meinen Befehl in die Luft erhoben hätte und zu einem von mir bestimmten Ziel auf dem Weg wäre. Zum ersten Mal, seit sie hier bei uns im Camp ist, fühle ich mich echt relaxt; eigentlich noch besser als relaxt, ich fühle mich völlig ruhig, zum ersten Mal habe ich nicht das Gefühl, sofort wieder in meinen Cherokee springen und zu einem Geschäftsmeeting rasen zu müssen. Ich könnte für immer hier sitzen und in den Himmel starren. Oder auf das Muttermal an ihrem Hals. Ich meine, was soll's auch, der Himmel ist ja doch überall derselbe; was braucht man mehr als ein Stück Brot, eine Tasse Tee und einen Gefährten? Mutt mag keinen Tee, also macht es ihm bestimmt nichts aus.

Vielleicht steht in ihren Akten ja doch nicht nur Bullshit.

Gerade habe ich alles, was ein Mann braucht. Irgendwo in der Ferne bellt Mutt dreimal. Ich glaube, er ist meiner Meinung. Wenn sie mir wirklich was zu sagen hat, höre ich zu, aber ich bin in diesem Moment der Stille nicht nervös, ich mache mir keine Gedanken darüber, was sie denken oder mir vielleicht sagen könnte. Von mir aus könnte dieser Moment ewig dauern.

Aber auch die Ewigkeit dauert nicht ewig.

»Fühlst du dich besser?«, fragt sie. »Das ist gut, oder?«

Ich nicke und spüre meine schweren Lider. »Was?«

»Das Zeug, das du gegessen und für Schokolade gehalten hast. Opium.«

Ich müsste jetzt panisch werden, aber mein Herz hat die Panik satt. Ich bin gegen Rauschmittel jeder Art; harte Drogen sind nur was für Filmstars und Leute mit schlechter Erziehung. Ich vergifte meinen Körper nicht mit Chemie.

Drogen killen den Ehrgeiz, es sei denn, man hat den Ehrgeiz, Drogen zu nehmen.

»Quatsch, ich spüre nichts«, sage ich verächtlich. Aber meine Stimme ist leise und kaum mehr als ein Flüstern. »Warum nehmen Sie das?«

»Es hilft gegen meine Migräne.«

»Was ist Migräne?«

»So was wie Kopfschmerzen mit vielen Köpfen. Aber Opium ist auch die Droge der Könige«, sagt sie und will so anscheinend erreichen, dass ich mich besser fühle. Typisches Dealer-Gequatsche.

»Was für Könige?«, sage ich. »Wir haben keine Könige mehr.«

Im Nachtprogramm auf *Nat Geo* ging es irgendwann mal um Leute, die so viel Geld mit Drogen verdienen, dass man sie »Drogenbarone« nennt. Ich würde eher sagen, es sind Unternehmer, die im Stoffgeschäft sind. Auch wenn ich überzeugter Anhänger der freien Marktwirtschaft bin, lasse ich die Finger vom Drogenhandel, denn eins darf man nicht vergessen: Mit Waffen, Öl und Gutmenschentum lässt sich noch viel mehr

Kohle verdienen, und das völlig legal. Denn offensichtlich lohnt es sich ja, herumzulaufen und Leute zu fragen, wie es ihnen damit geht, dass ihre Geschwister verschwunden sind.

Sie schüttelt leicht den Kopf, als wollte sie mir widersprechen, allerdings nicht sehr energisch. Wenn sie in der Welt was zu sagen hätte, würde es keine Kriege geben, nur Wiederaufbau. »Es gibt da ein paar Dinge über Drogen, die du wissen musst. Für mein Projekt muss ich auch über Sachen sprechen, die in der Schule so nicht behandelt werden. Es ist gut, Drogen aus religiösen Gründen abzulehnen oder weil die Eltern es einem verbieten, aber man muss sich auch im Klaren darüber sein, gegen was man sich da entscheidet. Alkohol macht dich fertig; du fängst an, Blödsinn zu reden, übersiehst rote Ampeln, glaubst, dass alle Mädchen mit dir ins Bett wollen, heulst rum, weil deine Mama deine Schwester mehr lieb gehabt hat als dich – und dann wachst du am nächsten Morgen mit trockener Kehle auf und alles ist dir plötzlich hochnotpeinlich. Ganz egal, ob du Cocktails mit exotischen Früchten oder billigen Whisky aus der Flasche trinkst, früher oder später benimmst du dich wie ein Vollidiot.«

Kurz fühlt es sich so an, als wollte sie mich warnen, mir Sachen sagen, die mir Father Dear hätte erzählen sollen, der mir stattdessen irgendwelchen Kram erzählt hat, von wegen ich soll meinen Penis in einen Luftballon stecken und so. Es ist völlig ausgeschlossen, dass ich je zum Trinker werde.

Ich bin ganz weit weg. Lady Flowerbody klingt, als würde sie unter Wasser sprechen, sie will mich auf die Realität des Lebens vorbereiten, auf einen Kampf. Aber auf wessen Seite wird sie in diesem Kampf stehen?

»Wenn du aber ein Stückchen hiervon isst, was passiert dann? Nichts. Es macht dich normal. Es macht dich vernünftig. Du setzt einen Fuß vor den anderen, wie immer, du schenkst den Tee ein, ohne dass deine Hände zittern oder die Tasse überläuft, und wenn es an der Tür klingelt, erwartest du den

Paketboten und keinen ominösen Auftragskiller, der deinem sinnlosen, elenden Leben ein Ende bereiten soll. Du wirst zu dem Mann, der du sein solltest.«

Eins ihrer Augen ist leicht gerötet. Ihre Lippen zittern. So sieht jemand aus, der wahnsinnig wird. Sie braucht Hilfe. Aber was kann ich tun? Am liebsten möchte ich ihr sagen, dass ich von dem Zeug fast kotzen musste. Aber sie ist noch nicht fertig.

»Weißt du, warum die Moguln so lange an der Macht waren?«

Ich habe weder eine Ahnung, wer die Moguln waren, wie lange sie regiert haben, noch wieso sie so lange geherrscht haben. Der Tadsch Mahal fällt mir ein, dieser weiße Palast, den sie für eine tote Prinzessin gebaut haben. Angeblich das siebte oder sechste Weltwunder oder so ein Mist. Wahrscheinlich hatten sie es einfach drauf, zu herrschen. So wie sie es auch draufhatten, ihre Prinzessinnen zu töten und Paläste für sie zu bauen.

»Weil sie das hier entdeckt haben. Vor wichtigen Entscheidungen haben sie ein Stückchen davon geschluckt, und anschließend sahen sie klar und schickten ihre Armeen los, um die Armeen ihres Bruders abzuschlachten. Es braucht viel Mut, um hunderttausend Männer in den Kampf zu schicken, wenn man weiß, dass die meisten von ihnen nicht zurückkehren werden. Mich überrascht immer wieder, wie unsere Regierung das auch ohne Opium hinbekommt. Sie rufen eine Konferenz ein, setzen sich um einen Tisch und schaffen es ohne auch nur das kleinste bisschen Opium, Kriege anzufangen, die Millionen Menschen das Leben kosten.«

»Ich sehe immer nur ungeöffnete Perrier-Flaschen. Wie bei einem Management-Meeting in der Chefetage. Geschäftliche Umstrukturierungen und so. Krieg ist doch ein gutes Geschäft, oder? Was meinen Sie? Oder ist das Geschäft nach dem Krieg sogar noch besser? Also Ihr Geschäft?«

Sie sieht mich an, als wäre der unsichtbare Faden, der uns bis jetzt verbunden hat, soeben gerissen.

Und plötzlich weiß ich, was ich tun muss. Mit dem klaren Blick eines Königs, der seine Armee ausschickt, um seinen Bruder zu schlagen, erkenne ich, dass ich keine Armee brauche, um Bro Ali zurückzuholen.

»Warum fragen Sie überall nach vermissten Jungen?«

»Weil das von zentraler Bedeutung für meine Forschungen ist. Ich habe dir doch gesagt, dass ihre Leute verschwunden sind. So wie eure Jungen verschwunden sind.«

»Was gehen uns ihre Leute an?«

»Tja«, sagt sie, als hätte ich schon bewiesen, dass sie recht hat. »Und genau das sagen sie eben auch. Eine klare Pattsituation.«

»Pattsituation? Sie hatten Flugzeuge in der Luft, Panzer im Hangar und angekettete Wachhunde – und was hatten wir? Wie können Sie das denn vergleichen?«

»Und was hattet ihr so? Sag doch mal.«

»Wir haben nur das, was Sie hier sehen. Nicht einmal unser eigenes Dach über dem Kopf. Aber sagen *Sie* doch mal, auf wessen Seite stehen *Sie* eigentlich?« Ich spüre, wie die Droge endlich wirkt und mein Blick klar wird.

»Ich erforsche eigentlich nur Trends und hoffe, damit ein endgültiges Abschließen zu ermöglichen.«

»Abschließen? Sie haben doch schon den Hangar geschlossen, was wollen sie denn jetzt noch schließen?«

»›Abschließen‹ im Sinne von ›mit der Vergangenheit abschließen‹. Unser Leben weiterleben. Weiterkommen.«

»Kommen Sie denn im Leben weiter?« Ich zeige auf die Papiere und Akten um uns herum.

»Ich meine, dass man etwas Schlimmes, das einem in der Vergangenheit passiert ist, akzeptiert, darüber hinwegkommt und mit seinem Leben weitermacht.«

»Ich mache erst mit meinem Leben weiter, wenn Bro Ali wieder da ist. Ich habe alles geplant, er kann seinen Jeep wiederhaben. Ich will mir eh einen neuen besorgen.«

»Und wie willst du deinen Bruder finden?«

»Wir müssen irgendwie in den Hangar«, sage ich.

»Warum hast du es dann noch nicht versucht? Bestimmt nicht, weil es verboten ist, da reinzugehen. Das stört dich ja sonst auch nicht.«

»Früher hatten sie dort Panzer, Flugzeuge und Maschinengewehre, die ganze Städte niedermähen können. Was jetzt dort ist, weiß ich nicht. Man zieht nicht in eine Schlacht, wenn man den Feind nicht kennt. Bestimmt gibt es dort Sprengfallen.«

»Also hast du Angst, reinzugehen?«

»Ich hatte Angst, ja«, sage ich. »Aber jetzt habe ich einen von ihnen. Ich packe ihn in meinen Jeep, und dann komme ich schon irgendwie da rein.«

»Hast du ihn gefragt? Ich habe nicht den Eindruck, dass er irgendwohin will.«

»Was soll er schon machen? Ich setze ihn in den Jeep und fahre einfach da rein. Was soll er denn sagen? Und wenn Sie meine junge Psyche wirklich verstehen wollen, müssen Sie sie bei der Arbeit erleben. Sie kommen auch mit. Bei mir kriegen Sie Top-Material für Ihr Buch.«

So ein Angebot kann selbst eine falsche Forscherin nicht ablehnen. Die Sirene des Hangars heult los und hört gar nicht mehr auf. Genau dort müssen wir hin.

KAPITEL 20

MUTT

Letzten Sommer regnete es, wie aus dem Nichts schwebten einige tanzende Pfauen vom Himmel herab, und Bro Ali bekam Windpocken. Zu dieser Zeit musste Momo alles haben, was Ali auch hatte. Zerfetzte Jeans, Mundgeruch, schlüpfrige Wortspiele, Vin-Diesel-Akzent. Was auch immer Ali machte, Momo tat ganz lässig so, als hätte er die Idee als Erster gehabt und nur noch nicht umgesetzt. Pinkelte Bro Ali eine Acht auf den Boden, behauptete Momo, er würde den Anfangsbuchstaben seines Namens schreiben. Ich gab vor, ihren jugendlichen Einfallsreichtum zu billigen. Dabei halte ich eigentlich nichts von Kunst mit Urin; ich selbst erleichtere mich einfach an einem geeigneten Ort, wenn ich muss. Es war eine Zeit großer Hoffnung; man hatte Strommasten errichtet und zwischen ihnen Kabel gespannt, die glänzten, wenn es am Himmel blitzte. Man konnte von Mast zu Mast laufen und die bevorstehende Verbannung der Dunkelheit aus unserem Leben feiern. Der Strom kommt, sagte Father Dear wieder und wieder und tat dabei so, als wäre die zwanghafte Philanthropie der Norweger, die die Masten und Kabel gespendet hatten, ganz allein ihm zu verdanken.

Rückblickend liegt es auf der Hand, dass an jedem dieser Masten eine Tragödie drohte. Der Monsun setzte völlig unerwartet ein, die Pfauen breiteten ihre bernsteinfarbenen Flügel aus und vollführten ihren albernen Tanz, und fette graue Transformatoren hockten auf ihren Pfeilern wie fette Omen. Alle waren glücklich.

Irgendwann bekam Mother Dear Bro Ali zu fassen. Sie holte einen ihrer alten Baumwoll-Dupattas, der so weiß und weich war, dass ich mich nicht einmal in die Nähe wagte, aus Angst, mein Atem könnte ihn beschmutzen. Dann machte sich Mother Dear daran, aus Kurkuma, Fenchel und Ziegenmilch eine Paste zusammenzurühren, die von ferne roch wie die Beteuerungen eines zwanghaft untreuen Geliebten. Bro Ali lag auf dem Bauch, während Mother Dear ihr Heilmittel auf seinem Rücken verteilte und die Hunderte von kleinen roten Punkten, die auf seinem Oberkörper erblüht waren, mit Paste bedeckte. Momo half beim Auftragen, wobei er seinen Bruder immer wieder kniff, wenn Mother Dear gerade nicht hinschaute. Erst kicherte Bro Ali noch, dann seufzte er, als die Paste zu brennen begann. Schließlich warf er sich den weißen Dupatta um.

Dann zog auch Momo sein Hemd aus und zeigte seiner Mutter einige gerötete Stellen auf der Brust, ihm zufolge erste Symptome einer noch viel gefährlicheren Windpockenvariante. In Wahrheit stammten die roten Stellen von meinen Pfoten und meinen täglichen Bemühungen, ihn aufzuwecken. Aber Momo beharrte darauf, auch etwas von der Windpockenpaste zu bekommen. Wer hätte ihm diesen Wunsch abschlagen wollen? Man holte einen schwarzen Dupatta, Momo schlang ihn sich um und legte sich hin. Abwechselnd suchten nun Mother Dear und Bro Ali seinen Körper nach nicht existierenden roten Punkten ab und betupften ihn wahllos mit Paste. Momo kicherte und seufzte und tat so, als wäre er noch viel kränker als Bro Ali.

»Ihr dürft nichts anziehen, eure Körper brauchen frische Luft, aber bleibt in der Nähe vom Haus«, ermahnte Mother Dear ihre Söhne. Aber es wäre Sünde gewesen, drinnen zu bleiben, denn am Himmel ballten sich dunkle Wolken zusammen, es nieselte schon leicht, dem Wüstensand entströmten betörende Düfte, und überall liefen knallrote samtige Insekten herum. Also stürzten wir trotz Mother Dears Ermahnung los. Sie rief uns noch hinterher: »Und wehe, meine Dupattas werden nass.« Ali in Weiß, Momo in Schwarz, meine Wenigkeit nur bekleidet mit sorgloser Vorfreude auf den Monsun – so rannten wir umher, erschreckten die Pfauen, störten die langen Reihen marschierender Insektenarmeen. Momo sprang hinters Steuer des Cherokee, Bro Ali warf sich auf den Beifahrersitz, beide mit nacktem Oberkörper, beschmiert mit dem Windpockenmittel ihrer Mutter. Wir fuhren ziellos von Mast zu Mast, zählten elf, stoppten am zwölften und stiegen aus. Während Momo und Bro Ali sich sofort dem kreativen Urinieren widmeten, beschloss ich, den zwölften Strommast zu taufen.

Der Moment meines Unglücks. Der schlimmste Moment des schlimmsten Tages meines Lebens.

Als ich nichts ahnend das Bein hob, öffneten sich etwa achthundert Meilen entfernt die Tore eines Staudamms, des größten Erddamms der Welt. Vorsichtigen Schätzungen zufolge stürzten daraufhin rund 170 000 Kubikmeter Flusswasser pro Sekunde, wild schäumende monsunbraune Brühe, mit der Wucht der Niagarafälle auf acht Turbinen zu, die schon auf sie warteten, jede von ihnen schwerer als dreißig Tonnen. Kaum drehten sich die Turbinen, produzierten die Generatoren den Strom, auf den das Camp seit Jahren wartete; er floss mit 300 000 Kilometer pro Sekunde durch gut vier Millimeter dicke Kupferkabel minderer Qualität und erreichte den Mast just in dem Augenblick, als mein klarer, gesunder Urin ihn traf und den Kontakt herstellte. Natürlich hatten die Mistkerle den Mast nicht geerdet, da sie davon ausgegangen waren, dieser ganze Elektro-Zinnober sei eh nur wieder ein nutzloses Vorzeigeprojekt, mit dem man noch mehr Geld absahnen wollte. Aber in einem Anfall von Güte hatte sich offensichtlich doch jemand erbarmt, den Strom freizuschalten. Er floss durch meinen Urinstrahl und mein Blut direkt in mein Gehirn. Und so wurde mein Hirn gegrillt.

Durch den elektrischen Schlag machte ich einen Satz in die Luft, ich schoss regelrecht in die Höhe. Der Schrei, der mir dabei entfuhr, klang höchst seltsam, als könnte ich plötzlich sprechen wie meine menschlichen Gefährten und würde wie sie wirres Zeug brüllen. Hinter mir kicherten Momo und Bro Ali. Ich schrie und jaulte wie ein vierbeiniger Prophet, der soeben die erste Prophezeiung empfangen hat und diese nun völlig verängstigt an den Absender zurückschicken will. Erneutes Gekicher hinter mir. Es dauerte eine Weile, bis mir aufging, wie komisch das Ganze gewirkt haben musste. Erst später erkannte ich, dass meine Brüder – ihre Hüften mit schwarzem und weißem Stoff umhüllt, ihre jungen Körper glänzend vom Nieselregen – mir nichts Böses gewollt hatten. Doch in jenem Moment fühlte ich mich wie ein geprügelter Hund. Mein Gehirn verwandelte die beiden in neongrelle Teufel, die Feuer spien und wie irre Dschinns gackerten. Gleich würden sie mich zerreißen und anderen hungrigen Hunden zum Fraß vorwerfen.

Gleichwohl wurde ich in jenem Moment ich selbst. Zuvor war ich nur ein überdurchschnittlich begabter Hund mit niederen Gelüsten, animalischen Trieben und einer Vorliebe für hausgemachtes Essen gewesen, doch jetzt war ich den Rängen der einfachen Streuner, die schwierige Familien adoptierten und stets ihr Bestes gaben, sich um sie zu kümmern, enthoben.

Momo sagt, mein Hirn sei bei diesem Unfall gegrillt worden. Meiner Meinung nach wurde ich an jenem Tag zum Philosophen.

Es war der schlimmste Tag meines Lebens.

Doch wer weiß, vielleicht war es auch der beste Tag meines Lebens.

KAPITEL 21

ELLIE

Ich habe diese dämlichen Cockpit-Gebärmutter-Vergleiche satt. Erzähl mir doch keiner, ein Cockpit wäre wie eine glitschige Gebärmutter, ein vom Steuerzahler finanzierter Ort, wohin man sich flüchten und wo man sich vor der Welt verstecken kann, wenn man sich nicht mit ihr auseinandersetzen will. Und nein, ich nehme die Sache nicht zu wörtlich, wenn ich zu bedenken gebe, dass Gebärmütter normalerweise nicht mit Sidewinder-Raketen bestückt sind.

Wenn ich auf Mission bin, tut Cath immer so, als hätte man nur deshalb Krieg in dreiundzwanzig Ländern begonnen, damit ihr Mann vor ihr weglaufen kann. Ich bin natürlich nicht persönlich an allen dreiundzwanzig Kriegen beteiligt, ebenso wenig wie meine Einheit, aber selbst wenn ich es wäre, dürfte ich es ihr nicht sagen. So oder so finde ich die Vorstellung ziemlich weit hergeholt, dass ein Ehemann solche Angst vor gemeinsamen Abenden auf dem Sofa haben soll, dass er lieber um die halbe Welt fliegt und irgendein Ziel bombardiert, das längst in Schutt und Asche liegt, weil es bereits diverse Male bombardiert wurde. So funktioniert Krieg nicht, so agieren Staaten nicht.

Das Cockpit ist keine Gebärmutter, in die ich mich verkrieche; es ist mein Arbeitsplatz. Ich erfülle dort eine bestimmte Aufgabe, die wie jede Aufgabe aus mehreren Teilaufgaben besteht. Und nach jeder erfolgreichen Mission darf man sich, wie soll ich sagen, ein bisschen feiern lassen, wie bei einem Homerun. Diese Belohnung ist ein wichtiger Teil deines Jobs, sie verleiht der Arbeit Sinn, auch wenn die Arbeit manchmal darin besteht, zweitausend Meilen im Tiefflug kreuz und quer über Feindgebiet zu fliegen, nur um Schüsse zu provozieren, damit deine Kumpel feindliche Kräfte lokalisieren können. Im Tiefflug über potenziell feindliche Siedlungen donnern und die Schallmauer durchbrechen gehört zum Job. Aber wie erklärt man das den Lieben daheim, ohne dass sie gleich ausrasten? Also halte ich die Schnauze oder murmele höchstens: *Das ist meine Arbeit, Baby, laut, aber einer muss es schließlich machen*. Aber selbst, wenn ich mal mehr erzähle, klinge ich wie ein alternder Freak, der in seiner Garage an alten Transistorradios rumbastelt und für seine Leidenschaft respektiert werden will. Ja, Leidenschaft.

Ich kann ihr kaum sagen, dass ich mich schon ein paar Mal freiwillig zu Einsätzen gemeldet habe, obwohl ich mir hätte freinehmen und zu Hause bleiben können, um den Zaun zu reparieren, den Rasen zu mähen oder endlich dieses Curry zu kochen, für das ich vor drei Monaten ein Rezept an den Kühlschrank gepinnt habe.

Ich kann ihr nicht sagen, dass es mir viel leichter fällt, aus vierzigtausend Fuß Höhe Bomben abzuwerfen, als am Wochenende einen ruhigen Nachmittag unter ihrem wachsamen Blick zu verbringen und Fragen wie diese zu beantworten: *Stimmt was nicht? Du wirkst heute so abwesend.*

Wie bringe ich ihr bei, dass tatsächlich was nicht stimmt. Nämlich dieses Spülmittel mit Zitronenduft, das sie neuerdings verwendet. Nicht, dass ich Zitronen wirklich hassen würde. Wer tut das schon, jeder mag sie in der einen oder anderen Form. Aber muss denn die Tasse, aus dem man seinen Morgenkaffee trinkt, unbedingt nach industriellem Zitrusaroma riechen? Ich meine, man ist gerade aufgewacht und will die erste Tasse des Tages trinken, ist es denn da zu viel verlangt, wenn man echten Kaffee riechen will? Stattdessen schlägt einem frühmorgens schon ein widerlicher Zitrusgeruch ins Gesicht. Natürlich kann man die Tasse vorher spülen, aber womit spült man sie? Mit demselben Zitrus-Spüli. Und selbst wenn man sie anschließend siebenmal ausspült, hat der Tag längst mit einem fiesen Geruch begonnen.

Wenn jemand morgens als Erstes den Duft von Zitronen schnuppern will, ist das seine Sache. Diese Vorliebe hat auch nichts mit Gender zu tun; ich bin sicher, es gibt Männer, die den Tag mit warmer Zitronenlimonade beginnen, die sie »Tee mit Zitrone« nennen. So wie es ja auch Leute gibt, die morgens als Erstes einen Liter warmes Wasser trinken, das sie anschließend absichtlich wieder auskotzen, weil das angeblich die Verdauung verbessert und in späteren Jahren die Manneskraft erhält. Meinetwegen sollen sie das tun. Jeder so, wie er will. Dies ist ein freies Land, hier darf jeder seinen Tag mit eklig riechenden oder schmeckenden Sachen beginnen, wenn er möchte. Wir führen diesen Krieg, genau wie den davor und die, die schon im Budget fürs nächste Jahr eingeplant sind, um ein paar dieser Freiheiten auch in andere Teile der Welt zu tragen. Aber nur weil Cath Zitrus-Spüli bevorzugt und den Geruch mag, hat sie deshalb das Recht, auch meine Luft schon morgens mit Zitronen zu verpesten? Ich meine, keine Frage, auch ich bin für Gleichberechtigung und gerechte Arbeitsteilung in der Beziehung. Sie hat sich das Spülen selbst ausgesucht, und sie hat es sich deshalb ausgesucht, weil es ihr guttut und sie beruhigt. Aber dann macht sie so was.

Und so saß ich da auf dem Sofa und ließ mich fragen, warum ich so abwesend wirkte; sie wollte über mein Befinden sprechen, während ich dachte, was soll die Scheiße, morgens drückt sie mir Zitronen rein, und jetzt tut sie so, als würde sie sich Sorgen um mein Befinden machen.

Im Modul »Unterdrückung unerklärlicher Bedürfnisse« habe ich gelernt, wie man das eigene Gefühl bei sich lässt, es wachsen lässt und erst dann auslebt, wenn man für eine angenehme und entspannte Atmosphäre sorgen kann.

Ich kann in solchen Fällen extrem geduldig sein, wie ich festgestellt habe. Denn wenn du mit jemandem zusammenlebst, ist die andere Person in deinem Raum, und du bist im Raum des anderen, und dabei spielt es keine Rolle, wer den größeren Teil der Hypothek zahlt oder wer neulich die Rechnung für die Boilerreparatur übernommen hat, jeder hält sich immer im Raum des anderen auf. Trotzdem ist es wichtig, dass man auch das eigene Selbst erhält. Man darf sich vom anderen nicht völlig vereinnahmen lassen.

Also sagte ich nichts, erwähnte keine Zitronen, mied überhaupt jede Erwähnung von Obst und Reinigungsmitteln. Stattdessen fragte ich: »Cath, wann waren wir eigentlich das letzte Mal im La Traviata?«

Sie sah mich verwirrt an, als wäre das eine Fangfrage, aber ich schwöre beim Kopf meines ungeborenen Kindes, dass ich ihr niemals im Leben auch nur eine Fangfrage gestellt habe.

»Ich weiß nicht, ist wohl schon länger her«, gab sie unverbindlich zurück, als glaubte sie, es gäbe eine richtige und eine falsche Antwort auf diese Frage. »Ja, wirklich, das ist schon ein Weilchen her. Wollen wir einen Tisch reservieren?«

Das La Traviata ist eins dieser prätentiösen Restaurants, die alles daran setzen, unprätentiös zu wirken. Stühle, die nicht zueinander passen, nachgemachte alte Zeitungen statt Tischdecken, Geschirr, das aussieht wie in einem Töpferkurs gemacht. Salz- und Pfefferstreuer mit Ethno-Dekor. Mit anderen Worten, genau die Art von Restaurant, die Caths Mutter eröffnet hätte, wenn hausgemachtes italienisches Essen für sie als Geschäftsidee infrage gekommen wäre und sie sich nicht vor genau den Zug geschmissen hätte, mit dem Cath gerade zum College fuhr.

Wir bekamen einen guten Tisch – jedenfalls fand Cath ihn gut –, an dem wir nebeneinander sitzen und die anderen Gäste beobachten konnten. Ich nehme an, sie konnten uns auch beobachten. So mussten wir uns nicht angucken beim Reden, sondern konnten andere Leute oder das Essen angucken. Bevor wir den Hauptgang bestellten, sogar noch bevor die Vorspeise kam, brachte der Kellner einen kleinen Korb mit Brot, dazu eine große Tonschale mit einem Klacks pinker Butter und ein winziges Schälchen mit Olivenöl. So weit kein Problem, man ist ja schließlich Kosmopolit, und wenn das bedeutet, dass man einen Klacks pinker Knoblauchbutter zum gratis gereichten Brot bekommt, soll mir das recht sein. Aber neben der Butter lagen zwei halbe Zitronen in weißen Gazesäckchen. Ich hatte dieses Etablissement gewählt, um über die Zitronen zu sprechen, die mir frühmorgendlichen Stress verursachten, und prompt servierte man mir hier Zitronenhälften, raffiniert verpackt in weißer Baumwollgaze, als hätte man sie extra für mich verhüllt. Es gibt eine Verhörtechnik, die man uns im Modul »Nach der Gefangennahme« beigebracht hatte. Dabei wird versucht, den Gefangenen durch kleine Provokationen zu reizen und fertigzumachen. Die einzig vernünftige Reaktion darauf ist, diesen Provokationen zu widerstehen und sich auf etwas anderes zu konzentrieren. Also sagte ich nichts zu den Zitronen und blickte mich um, um mich abzulenken. Am Nachbartisch saßen ein alter Mann und eine alte Frau, offensichtlich ein Paar und vollkommen ineinander vertieft. Irgendwie war es süß zu sehen, wie er ihr ins Ohr flüsterte und sie laut kicherte, als hätte sie gerade den ersten schmutzigen Witz ihres langen Lebens gehört.

»Das ist ja hübsch«, sagte Cath.

»Einfach nur affig ist das, warum eine Zitrone mit weißer Gaze tarnen? Und warum überhaupt Zitronen? Wahrscheinlich sind das hier nur irgendwelche Inder, die auf Italiener machen«, gab ich zurück.

»Ist doch praktisch«, sagte sie. »Wie oft hast du dich schon geärgert, wenn du im Salat auf einen Zitronenkern gebissen hast?« Ich war sprachlos. Natürlich ergriff Cath Partei für die Zitrone. Es war, als würde man einem Gefolterten erzählen, dass er gerade kopfüber aufgehängt wird, weil das gut für seinen Charakter ist.

Grummelnd verstümmelte ich ein Stück Brot, indem ich es zu ruppig mit pinker Butter bestrich. Mittlerweile hatte der alte Mann der alten Frau die Zunge in den Mund gesteckt. Ich zuckte zusammen, schob dann die Hände unter die Oberschenkel, saß ganz still und versuchte krampfhaft, nicht zu dem alten Paar hinüberzuschauen. Ich habe nichts dagegen, wenn Menschen ihre Zuneigung füreinander zeigen, ich bin nun wirklich alles andere als prüde, aber können die solche Sachen nicht bei sich zu Hause machen? Mir ist klar, dass das romantische Abendessen zu zweit so was wie eine Institution der westlichen Zivilisation ist, aber inwiefern bitte schön bringt es die Zivilisation weiter, wenn man öffentlich in einem Restaurant an der Zunge seiner Partnerin saugt, während dabei die köstliche Rindfleischlasagne kalt wird? Warum können sie ihr Essen nicht einfach mitnehmen? Dann können sie sich zu Hause ausziehen, wenn sie wollen, sich gegenseitig mit Couscous-Salat einreiben und mit Pizzabrötchen füttern, die sie vorher in Körperflüssigkeiten getunkt haben.

»Wie süß«, sagte Cath, die genau sah, wie sehr ich mich bemühte, die beiden nicht anzuglotzen. Darin war sie immer gut, meine Cath, mich beim Glotzen zu erwischen. Und ich war anscheinend auch gut darin. Darin, mich beim Glotzen erwischen zu lassen.

»Ich weiß, dass Leute in dem Alter noch ficken, aber müssen wir ihnen unbedingt dabei zusehen, während wir aufs Essen warten?«

»Sie halten doch nur Händchen«, sagte Cath und starrte mich an. Ich machte mich über meinen Salat her und leerte die Gabel bei jedem Bissen andächtig. Manchmal kann und sollte ein Mann nur seinen Standpunkt klarmachen und dann einfach weiteressen. Ich spürte, wie ihr Blick sich in meine Stirn bohrte.

»Manchmal verstehe ich dich nicht«, sagte sie mit dieser ruhigen, traurigen Stimme, die mir von allen ihren Stimmen am meisten Angst machte. »Wo kommt nur diese Wut her?«

Sie sah eher verwirrt als verärgert aus, als hätte sie plötzlich einen Charakterzug an mir entdeckt, der ihr vorher nicht bewusst gewesen war. Ich weiß mit Sicherheit, dass ich denselben Witz, wenn auch vielleicht in einem anderen Tonfall, ein paar Tage nach unserer ersten Begegnung schon einmal gebracht hatte. Damals hatte sie sich kaputtgelacht und mich mit diesem Blick angesehen, der sagte: O *du, du bringst mich immer so zum Lachen, wie könnte ich je ohne dich leben.* Und jetzt saß dieselbe Cath, meine schöne Cath, dort neben mir und fragte sich, ob sie mich zwangseinweisen lassen sollte, weil ich beim Candle-Light-Dinner in unserem Lieblingsrestaurant einen Witz gerissen hatte.

»Tut mir leid«, sagte ich und trank einen Schluck Wasser. »Schlechter Witz. Ich bin zu viel mit den Jungs aus der Staffel zusammen, das färbt ab.« Meine Entschuldigung war ernst gemeint.

Ich sagte ihr, dass ich mehr Zeit zu Hause verbringen würde, und das tat ich. Ich backte Pfannkuchen für sie, kaufte ihr eine Yogamatte, schlief an den richtigen Tagen mit ihr. Eine Zeit lang klappte es. Und dann nicht mehr. Ich versuchte, gut zu mir selbst zu sein, in der Hoffnung, dass es dann auch uns beiden besser gehen würde. Ich erzählte ihr wieder, dass die Welt überbevölkert sei und wir einfach ein Kind adoptieren sollten. »Hast du Angst, dich zu binden?«, fragte sie daraufhin oft. Wir waren verheiratet, wir schliefen miteinander, wir verhüteten nicht, wir teilten alles – wie kam sie darauf, ich hätte Bindungsangst? »Vielleicht bist du auch einfach eine unglücklich verheiratete Frau«, sagte ich. »Welche Frau ist das nicht?«, schoss sie zurück. Ich hätte meinen Zynismus nicht mit ins Bett nehmen dürfen. Und sie sagte: »Jetzt ist es also so weit – wir zeugen einen neuen Menschen, damit er die Leere zwischen uns füllt.«

»Weißt du, ich habe wirklich hart an unserer Ehe gearbeitet, aber du …«

Sie sah mich an. In ihrem Blick lag nichts als Mitleid.

Nein, das Problem war nicht zu viel Zeit im Einsatzbesprechungsraum, das Problem war zu viel Zeit mit Cath. Ich verbrachte genauso viele Stunden bei meinem Therapeuten wie im Cockpit. Morgens Luftangriffe und zu Hause dann ihre Vorwürfe, mir wären ihre Gefühle völlig egal. Was für eine Scheiße, sagte ich zu mir selbst. Ich brauche mehr Einsätze. Und die Verlängerung unterschreibe ich auch. Sie braucht nicht zu wissen, dass sie freiwillig ist. Ich werde mich freiwillig für Einsätze melden, bloß um nicht noch mal so ein beschissenes Abendessen bei Kerzenschein mitmachen zu müssen. Auf in den Krieg.

Manchmal ist ein Krieg im Ausland die einzige Lösung für Konflikte daheim.

Ja, so bin ich schließlich in diesem Nest gelandet, in dem man nicht begraben sein möchte. Wo mir jetzt ein zu allem entschlossener Teenager vorschreiben will, wie es mit meinem Leben weitergehen soll.

KAPITEL 22
MOMO

Nachdem ich mein Programm *Falken für die ethische Jagd* auf Eis gelegt hatte, stagnierte das Geschäft. Aber dann die Hand Gottes: ein Mensch, der vom Himmel fiel. Ja, ein fremder Mann ist vom Himmel gefallen. Jetzt sagt er, dass er hier weg will. Wie gibt man ein Geschenk des Himmels zurück? Ich muss so tun, als ob ich nicht weiß, dass er vom Himmel gefallen ist, aber gucken Sie ihn sich an – seinen Fliegeranzug, diese Sonnenbrille, das unglückliche Krokodilsgesicht, langgezogen durch millionenfache g-Kräfte und so bleich wie die gelblichen Augen von Mutt. Er träumt von einem verlorenen Flugzeug. Und er wird auch weiter davon träumen. Ich rekrutiere gerade das Team für meine Rettungsmission, und obwohl ich ihn schon viele Sachen gefragt habe, muss ich ihm eine Frage noch stellen, bevor ich ihn einsetzen kann.

»Ich frage dich jetzt was, und ich will eine klare Antwort.« Es wird Zeit, Klartext mit Ellie zu reden. Ich muss allen in meinem Team voll vertrauen können. Man nimmt nicht an einer Vorstandssitzung teil, ohne vorher sicherzugehen, dass sein Team geschlossen hinter einem steht. Man zieht nicht in die Schlacht, ohne vorher die Vergangenheit seines obersten Generals zu durchleuchten.

»Bist du ein Spitzel?«

Mein Ton ist neutral, fast freundlich. Ich verhöre ihn nicht, ich frage ihn nur nach seinem Beruf. Er sitzt an die Wand gelehnt und hält sich den Kopf wie eine Kriegerwitwe. Ich glaube, manchmal tut er so, als wäre er ein Kriegsgefangener. Dabei haben wir ihn wie einen Gast behandelt. Da gibt man ihnen ein Dach über dem Kopf, man gibt ihnen zu essen, und das ist der Dank dafür. Zeit, ihn zurück in die Realität zu holen.

»Das ist eine Fangfrage«, sagt er, ohne die Hände vom Kopf zu nehmen. »Welcher Spitzel würde zugeben, ein Spitzel zu sein?« Na also. Jetzt hat er es verraten. Und es gleichzeitig geleugnet. Ich will Ihnen was sagen, wenn er ein Spitzel ist, ist er kein besonders guter. Er ist so einer, der insgeheim lieber ein Café hätte und dort einen Lesekreis gründen würde.

»Wenn du von dem, was du tust, wirklich überzeugt wärst, würdest du es mir sagen. Ich verrate dein Geheimnis nicht, versprochen. Niemand sollte sich für seinen Beruf schämen. Ich spiele selbst mit dem Gedanken, ein kleines Überwachungsteam aufzustellen. Informationen sind das neue Öl. Vielleicht kann ich dir sogar beim Spitzeln helfen.«

Er blickt mich an, als wollte ich mir eine Million Dollar von ihm leihen.

»Ich will dir vertrauen können, und zwar ganz. Hilf mir, dann helfe ich dir auch.« Manchmal raffen weiße Leute es erst, wenn für sie auch was rausspringt.

»Ich habe Heimweh. Ich mache mir Sorgen um Cath«, sagt er und blickt dabei in die Ferne. »Ich bin noch nie so lange von zu Hause weg gewesen. Für mich war der Krieg eigentlich immer so eine Art Teilzeitkrieg, ich war halb Soldat, halb Hausmann. Manchmal war ich mittags über Mossul und habe dann später zu Hause den Müll rausgebracht, gekocht oder zumindest noch beim Abwasch geholfen. Sie macht sich bestimmt fürchterliche Sorgen. Wenn eine Person stirbt, begräbt man sie und bewältigt die Trauer. Aber was, wenn man nicht weiß, ob die Lieblingsperson noch lebt oder tot ist?«

Da haben wir's. Alles Lügen. Kein Mensch nennt seine Frau eine »Person«. Die Frau ist nur erfunden.

Dieser angebliche Pilot hier hat ein echtes Problem. Ständig *Cath hier* und *Cath da*. Wissen Sie, was ich denke? Wahrscheinlich gibt es gar keine Cath. Bestimmt ist er ein verkappter Schwuler und erzählt den Leuten schon so lange diese Story von der Ehefrau, dass er mittlerweile selbst an Cath glaubt. Klar, kommt vor. Bro Ali und ich haben uns mal ein halbes Jahr lang eingebildet, wir hätten einen Tiger als Haustier. Wir sind mit ihm Gassi gegangen und haben ihn mit ausgedachten Ziegen gefüttert. Mutt hat ihn damals auch gesehen und hat sich Ringkämpfe mit ihm geliefert.

Ich weiß, dass so was passieren kann, es passiert sogar viel häufiger, als die Leute zugeben würden. Mutt spielt immer noch mit seinen Phantasie-Freunden, wenn er sich einsam fühlt. Und seit Neuestem kläfft er ständig Vögel an, von denen er glaubt, dass nur er sie sieht.

Wenn man in der Wüste abschmiert und dann rumläuft und erzählt, dass man sein halbes Flugzeug vermisst, ist es ziemlich offensichtlich, dass man keinen einfachen Luftangriff fliegen wollte. Gut möglich, dass sein Hirn auch gegrillt worden ist. Ständig faselt er von Cath und Pfannkuchen und einem Baby, das nicht geboren wurde. Was soll man da machen? Ich meine, nicht mit ungeborenen Babys, sondern mit angeblichen Piloten, die sich ungeborene Babys einbilden. Und eine Ehefrau. Manchmal möchte ich ihn anschreien: Hör auf, dir eine Frau vorzustellen, die es nicht gibt. Hör auf, dir Söhne einzubilden, die nie geboren, nicht einmal gezeugt wurden. Wer mit einer Geisterehefrau schläft, der darf sich nicht wundern, wenn er sich anschließend um ein Geisterbaby kümmern muss.

Ich glaube nicht an Geister. Ich glaube an dollarisierte Gewinnmargen und verbessertes psychisches Gesundheitsmanagement. Wenn er wirklich Mossul bombardieren sollte und stattdessen hier gelandet ist, kann ich nur sagen: Gott möge ihm helfen. Und seinem Land.

Aber das sage ich ihm nicht. Denn er ist mein Ticket zu Bro Ali, und ich bin sein Ticket hier raus. Er muss hierbleiben, ich brauche ihn an meiner Seite. So macht man das: Man hört ihnen zu. Man lässt sie reden. Man gibt ihnen das Gefühl, dass man die einzige Person ist, die ihren Schmerz versteht. So funktionieren Freundschaften. So werden globale Allianzen geschmiedet. »Teambuilding« nennt sich das. Management 3.0.

Manchmal stellt Ellie meine Geduld auf eine harte Probe: Ihm zuzuhören ist wie Mutt beim Winseln zuzuhören, wenn die Geister ihn nachts nicht schlafen lassen. Jede Nacht besuchen ihn all seine toten Hundefreunde im Traum und wollen mit ihm Party machen. Wenn er aus einem dieser Träume aufwacht, springt er zu mir aufs Bett. Und weckt mich aus meinen eigenen Träumen.

Manchmal glaube ich fast, es gibt hier zwei Typen mit kaputtem Gehirn. Der eine ist ein einheimischer Hund, ein Opfer des technischen Fortschritts. Bei dem Unfall ist nicht nur sein Hirn gegrillt worden, er hat seitdem auch seine Blase nicht mehr unter Kontrolle. Schon das kleinste Anzeichen, dass es mit irgendwem Stress geben könnte, ein leichter Wetterumschwung oder ein rotes Kleidungsstück genügen, und er dreht voll durch und macht Sachen, die er nie gemacht hat, als sein Gehirn noch in Ordnung war; erst will er den Leuten an die Gurgel springen, aber dann schnuppert er ihnen meist doch wieder nur am Schritt rum, was für jemanden mit meinem Ruf natürlich ziemlich peinlich ist. Er macht einen auf militanter Superhund, und dann macht er doch nur wieder irgendwo hin, wo er nicht soll.

Und der andere ist ein Opfer unzuverlässiger Militärtechnik, ein Mann ohne seine Maschine.

Ellie ist unentbehrlich, aber auch ein Risikofaktor. Wie auch immer, er hat, was wir brauchen. Er hat die richtige Farbe. Er ist der Schlüssel. Wenn wir ihn haben, können wir mit Bro Alis Entführern verhandeln. Meinen Bro für euren Mann. Meinen Ali für euren Ellie.

»Also solltest du uns bombardieren? Hat dir keiner gesagt, dass eure Flugzeuge hier in der Gegend in letzter Zeit immer abstürzen? Und niemand kommt, um dich zu suchen? Dann können sie dich ja nicht sehr lieb haben.« Manchmal muss man sie zwingen, der Wahrheit ins Auge zu blicken.

»Das sind operative Details, da darf ich nicht drüber sprechen. Ich habe meine Maschine verloren, und jetzt will ich nach Hause.« Er sieht mich nicht an. Er sieht mich nie an.

»Geh mal spazieren. Da ist die Wüste. Und wenn du dich entschließt, zurückzukommen, steht dir unsere Tür immer offen.«

Er wird nirgendwo hingehen. Was hat er schon für eine Wahl?

Wenn ich diesen Mist hier geregelt habe, wechsele ich die Branche. Der Hangar ist eine Top-Immobilie. Wenn wir den übernehmen – stellen Sie sich mal das Potenzial vor. Jede Menge Wohneinheiten und Geschäfte können wir da reinmachen. Und eine Etage nur für die Geschäftsräume meiner Firma. Ich bin kein Söldner Gottes. Ich bin ein Unternehmer Gottes. Mutt umkreist uns mit einigem Abstand, wedelt mit dem Schwanz, will Aufmerksamkeit. Ich habe ihm gesagt, dass er ein Auge auf Ellie haben soll, und offenbar ist das seine Vorstellung von Überwachung: im Kreis laufen und mit seinem hässlichen Schwanz Fragezeichen formen. Mein Mutt ist eine Witzfigur Gottes. Immer wenn ich ihn ansehe, erscheint mir Gott wie jemand, der einen miesen Witz erzählt und dann am lautesten und längsten darüber lacht.

KAPITEL 23
MUTT

»Hast du ein paar schlechte Kartoffeln, oder so kleine?« Doctor ist überzeugt, dass kleines und deformiertes Gemüse gut für die Gesundheit sei. Gerade ist er unterwegs, um Biogemüse zu besorgen. Er kommt auf seinem Motorrad angefahren, einer alten Triumph 175 mit blitzendem Doppelauspuff, an der sein gesamter Hausstand zu hängen scheint. Es gab eine Zeit, da war es für mich das Größte im Leben, diesem Motorrad hinterherzujagen. Aber durch das Hinken bin ich längst nicht mehr so schnell, auch wenn mein Gang dadurch jetzt eine gewisse Eleganz hat. Als ich sein Motorrad heranrollen sehe, hebe ich den Kopf und gebe wie üblich ein kurzes Wuff von mir, das sich zu einem Gähnen dehnt. Momo hat mal wieder eine Sitzung bei Lady Flowerbody, um seine jugendliche Psyche erforschen zu lassen, und ich habe die tägliche Inspektionsrunde durchs Camp für eine Pause unterbrochen.

Der Platz liegt verlassen da. Die Königlichen Eisenwarenhändler haben ihren Laden abgeschlossen und halten unter dem Wrack eines Bedford-Lasters Siesta.

Ich frage mich, ob Momo Doctors Hilfe brauchen wird, um über das hinwegzukommen, was seine junge muslimische Psyche gerade durchmacht.

Doctor selbst scheint darauf vorbereitet zu sein, jederzeit

zu einer Weltreise aufzubrechen. Seitlich am Motorrad hat er eine zusammengerollte Decke festgebunden, ausbalanciert von zwei Paar Lederstiefeln auf der anderen Seite; am Lenker baumelt ein Wust von Plastiktüten. Doctor trägt einen blauen Overall der US-Infanterie mit den Winkeln eines Sergeants auf der Schulter, eine mit Klebeband geflickte Standard-Ray-Ban-Sonnenbrille und einen US-Air-Force-Helm mit der Aufschrift *WE DARE*. Eine lange dünne Antenne ragt in den Himmel empor, zitternd wie ein wütender Mann, der einem zögerlichen Gott im Himmel mit dem Finger droht.

Der Besitzer von Allahs Dieners Frischemarkt für Geflügel und Gemüse fuchtelt mit der Hand, um ihn zu verscheuchen. »Keine schlechten Kartoffeln heute. Ist keine Saison.« Ich schnuppere an ein paar Hühnerfedern. Doctor tut so, als hätte er nichts gehört. Aber den Ruf der Apokalypse, den hat er gehört. *Die Bomben haben wir zwar überlebt, aber unsere eigene Gier werden wir nicht überleben,* sagt er immer, um uns daraufhin vor den Gefahren von Plastiktüten und industriell verarbeitetem Eiweiß zu warnen. Er hat den Jüngsten Tag erblickt und gibt nichts auf die Worte eines dahergelaufenen Händlers, der Gottes Namen benutzt, um Gemüse und Geflügel zu verkaufen.

Er geht zu der großen blauen Tonne für Gemüseabfälle hinüber, die randvoll ist mit halb zerfleddertem Grünzeug, angeknautschten Blumenkohlköpfen und mottenzerfressenem Spinat. Doctor ist der Meinung, es sei würdevoller, Mülltonnen zu durchwühlen, als vor einem Lebensmitteldepot Schlange zu stehen. Der Ladenbesitzer springt hinter seiner Kasse hervor und bezieht Stellung neben der Tonne, wie um sie gegen eine plündernde Armee zu verteidigen. Doctor nimmt den Helm ab und dreht sich um, als wollte er gehen, macht sogar einen Schritt, bückt sich dann aber blitzschnell und schnappt sich eine halb verfaulte Zwiebel, die aus der Tonne gefallen ist, rennt zu seiner Triumph und schwingt sich darauf. Nachdem er seine Beute in eine der Tüten gestopft hat, tritt er den Kickstarter. Der Ladenbesitzer setzt an, ihm zu folgen, überlegt es sich dann aber.

»Ich habe Geld«, ruft Doctor, zieht ein Bündel zerknitterter Geldscheine aus der Tasche und wedelt damit. »Verkauf mir die Zwiebel. Du kannst das faule Gemüse nicht mit ins Grab nehmen.«

Doctor tut sich in dieser Gemeinschaft, die von Almosen lebt, zwar vor allem als Schnorrer hervor, predigt aber trotzdem beharrlich vom ehrlichen Leben, harter Arbeit und dem täglichen Brot. Er kommt und nimmt sich, was sonst niemand will. Ich beobachte ihn von meinem Platz hinter den Obstkörben aus, in denen sich nur Wassermelonen von der Größe kleiner Bomben befinden. Alle halten Doctor für den größten Dieb, weil er die kleinsten Dinge stiehlt.

»Du musst doch auch kleine Kartoffeln mit Macken haben. Hier, ich will was kaufen. Ich schnorre nicht.« Doctor schüttelt erneut die Faust mit den Geldscheinen, um seine Kaufkraft zu demonstrieren.

Werfen wir noch einmal einen Blick auf das Motorrad. Anscheinend hat er es auf die Fahrt durch schwieriges Terrain vorbereitet, die Kotflügel sind höhergesetzt, ein Campinggaskocher hängt am Gepäckträger. Auf dem Tank ist eine große Nestlé-Wasserflasche festgeschnallt, in der eine bernsteinfarbene Flüssigkeit schwappt. Doctor zieht sie unter dem Gurt hervor und schwenkt sie in der Luft. »Ich habe Benzin. Super bleifrei. Ich kann hier jederzeit abhauen. Wenn du weiter die faulen Kartoffeln hortest, melde ich dich. Ich melde dich beim Welternährungsprogramm. Es gibt Gesetze gegen das Horten von Kartoffeln. Auch von faulen Kartoffeln.«

Der Ladenbesitzer behauptet weiter seine Stellung neben der blauen Mülltonne, als verteidigte er einen wertvollen Schatz. »Kannst du nicht lesen?«, schreit er Doctor an. »Nicht USAID schickt uns Kartoffeln, sondern Allah!«

Doctor schnallt die Wasserflasche wieder fest und lässt den Motor aufheulen, wie zur Drohung. »Diese Kartoffeln gehören nicht dir. Sie wurden uns geschickt, dem Volk. Dafür werdet ihr zahlen. Rote Vögel sind auf dem Weg hierher, kleine Vögel, der Hangar füllt sich mit hungrigen Besuchern. Sie wollen nicht deine Kartoffeln, sie wollen ihr Leben zurück. Sie bringen kein billiges Gemüse, sie bringen Feuer, um dich und deine gierigen Brüder zu rösten. Ich habe Benzin, ich bin längst weg, wenn du brennst.«

Dann verschwindet er in einer Wolke aus Staub und Motorengeheul. Gott sei Dank, es gibt außer mir also noch jemanden, der die roten Kerlchen sieht.

Der Arme. Glaubt, er könne der Apokalypse entrinnen, weil er ein Gewissen und eine Flasche bleifreies Benzin hat.

»Verdammtes Theaterpack«, sagt der Besitzer von Allahs Dieners Frischemarkt für Geflügel und Gemüse. »Die glauben, jeder Ort ist eine Bühne, wo sie sich einfach hinstellen und ihre dämlichen Monologe halten können.«

»Er ist Schauspieler?«, fragt Ellie, der die Szene aus seinem Versteck hinter einem Berg Netzmelonen beobachtet hat. Ich bin ihm hierher gefolgt, um zu sehen, was dieser weiße Deserteur im Schilde führt. Es ist immer eine gute Idee, Deserteure im Auge zu behalten. Sie haben ihr Heimatland verraten – wozu sind sie dann erst fähig, wenn es um eine feindliche Nation geht? Ellie ist ein Systematiker: Wo es frisches Gemüse gibt, da gibt es Transportwege, da muss es eine Möglichkeit geben, hier rauszukommen. Er will schon wieder desertieren.

»Wohl eher ein Hochstapler«, sagt der Ladenbesitzer. »Ein geborener Lügner. Hat wahrscheinlich mehr Geld als das halbe Camp zusammen, klaut aber aus Mülltonnen. Ein geborener Dieb. Er glaubt, er tut was für die Umwelt. Er will die Erde retten, indem er verkrüppelte Kartoffeln isst. Und faselt ständig von Geistern. Sollen sie doch kommen. Besser als die Diebe, die wir hier haben.«

Ich verstehe nicht, warum alle immer sagen, hier wimmele es von Dieben, warum niemand die Ausnahmen sieht. Ich hocke seit einer halben Stunde unter der Hühnerschlachtbank und habe nichts gestohlen, nicht eine Feder. Es gibt hier einfach keinen Gemeinschaftsstolz mehr, da kann der Anstand in Person noch so offensichtlich mit Elan und Grazie um sie herumhinken.

»Ich glaube zwar nicht an Geister, aber ich kann verstehen, warum Menschen daran glauben. Es hilft ihnen, ihren Verlust zu verwinden.« Ellie legt eine Wassermelone zurück auf den Stapel und nimmt eine kleinere. »Schöne Melonen, und so frisch. Woher beziehen Sie die?«, fragt er. Es ist offensichtlich, dass er nicht hier ist, um Obst einzukaufen. Sicher sind die Wassermelonen da, wo er herkommt, wo auch immer das ist, auch von ordentlicher Qualität. Er sammelt Informationen, versucht, Informanten anzuwerben.

Aber Allahs Gemüseverkäufer ist nicht in der Stimmung, seine Lieferanten preiszugeben.

»In Ihrem Land gibt es doch sicher auch Leute wie Doctor, oder? Leute, die ihre Matratze mit Devisen vollstopfen? Die ihr Gold unter dem Bett vergraben und dann betteln gehen, *hätten Sie etwas Kleingeld für mich, bitte, nur ein bisschen Kleingeld für ein lebenswertes Leben.* Und wenn man ihnen dann nichts gibt, erzählen sie dir, dass die Welt demnächst untergeht.«

»O ja«, sagt Ellie. »So einen gab es bei uns in der Straße. Er hatte einen Hund, einen Schlafsack und einen Einkaufswagen mit bestimmt tausend Tüten drin. Irgendwann ist er erfroren, und wie sich dann rausstellte, steckte in jeder Tüte ein Scheckbuch, außerdem war der Schlafsack voll mit Schmuck – viel falschem Schmuck, aber auch ein paar Stücke aus echtem Gold. Wie oft werden Sie eigentlich beliefert?«

»Und wo ist das alles geblieben?«, fragt der Ladenbesitzer und beäugt Ellie misstrauisch, als würde er glauben, dieser hätte den Obdachlosen umgebracht, um sich das Geld und Gold unter den Nagel zu reißen, und würde sich nun am anderen Ende der Welt verstecken, in diesem Camp.

»In den Taschen unserer Regierung natürlich. Unsere Regierung ist der größte Dieb von allen. Sie bestiehlt die Lebenden, sie bestiehlt die Toten.«

»Gott sei Dank haben wir dieses Problem nicht«, sagt der Geflügel- und Gemüsemann. »Wir bestehlen uns nur gegenseitig.«

Alles in dem Laden hat einen Geruch. Die Hühner riechen nach Tod durch Langeweile, die Bittergurken nach ewigem Kampf gegen dieselbe Langeweile. Wenn Ellie den Laden verlässt, ändert sich die olfaktorische Landkarte nicht. Der Mann hat keinen Geruch. Und er ist definitiv dabei, ein Informantennetzwerk aufzubauen und unsere Lieferrouten auszukundschaften.

Er und der Gemüsemann stecken die Köpfe zusammen, zwei Verschwörer, auf frischer Tat ertappt. Ich schnappe Wörter wie »US-Visum« und »Zeugenschutz« auf. Unser Mann verkauft Allahs Gemüse und Geflügel und will ein US-Visum. Greifen Sie zu, nur heute im Angebot: frischer Verrat. Aber nicht mit mir, Freunde, hier kommt keiner raus. Nicht, solange ich hier für die Sicherheit zuständig bin.

Dieser Fall erfordert stete Wachsamkeit. Momo braucht Ellie noch, er glaubt, er könne ihn gegen Bro Ali eintauschen. Er glaubt auch, er könne den Hangar übernehmen und daraus ein Einkaufszentrum mit einem Springbrunnen in der Mitte machen. Aber warum sollten die Amerikaner uns irgendetwas umsonst geben? Sie mögen ihre militärischen Operationen dort eingestellt haben, aber ich glaube, sie haben schon neue Pläne. In der Nähe des Hangars ist es in letzter Zeit auffällig kühl; im Camp kann die Luft glühen, aber sobald man sich dem Hangar nähert, fällt die Temperatur, als würde man einen klimatisierten Raum betreten. Manchmal rieche ich Öfen, die angefeuert werden. Jetzt gerade liegt ein Hauch von Butter in der Luft, echter Butter, die in eine heiße Pfanne gleitet.

Ich sprinte zum Hangar, um das zu überprüfen. Als ich dort ankomme, sehe ich, dass er wieder in Betrieb ist. Ich liege eine Weile auf der Lauer und versuche angestrengt, die Quelle des Butterduftes auszumachen, da sehe ich meinen ersten Geist. Natürlich habe ich keinen blassen Schimmer, dass es einer ist.

KAPITEL 24
ELLIE

Ein paar Tage Rumhängen im Camp, und ich denke, ich wäre vielleicht besser in der Wüste geblieben. Da gab es wenigstens noch Hoffnung auf Rettung. Hier dagegen komme ich mir vor wie im offenen Vollzug. Mutt folgt mir sogar, wenn ich nur spazieren gehe. Und kaum habe ich mich heimlich in den Jeep Cherokee gesetzt und will losfahren, kläfft er los, als würde jemand einbrechen. Selbst Father Dear, diese halbe Portion von einem Mann, stellt sich mir nachts an der Tür in den Weg, wenn ich aus dem Haus schleichen will. »Wie können Sie uns einfach so verlassen? Ihr Staat schuldet Leuten hier noch Lohn. Die fragen mich, wann sie mit ihrem Geld rechnen können, jetzt, da Sie wieder da sind. Und Sie wollen abhauen? Einige Familien vermissen ihre Söhne, was sage ich denen?«

Er ist den Tränen nahe, dabei hat er seinen eigenen Sohn noch gar nicht erwähnt. »Ich wollte nur einen Spaziergang machen«, sage ich zu ihm. »Wohin soll ich denn hier abhauen?«

Dieser Ort stinkt nach Vernachlässigung. Ein Vorposten im Krieg, den der Krieg vergessen hat. Niemand wird je kommen und ihn erobern. Niemand schert sich um ein paar Ziegenhirten, Gemüseschmuggler, Schrotthändler und einen verlassenen Hangar. Hier gibt es nichts zu zerstören, nichts zu retten. Wer will auch schon wütende Teenager und verhätschelte Köter retten? Kein anständiges Land wird diese Leute bei der Kriegsplanung fürs kommende Jahr in Betracht ziehen. Sollte man wirklich nach mir suchen, wird man vermutlich in der Wüste nach mir suchen. Oder gleich in ein weit entferntes Land einmarschieren. Hier jedenfalls kommt nicht mal das nächste Flugzeug mit Konservennahrung an.

Ständig erzählen sie einem hier, was für ein stolzes Volk sie doch sind. Was soll das überhaupt heißen? Blaues Wellblech über dem Kopf, kleine Gasflaschen, die an kleinen Kochern festgekettet sind, ein paar Lieder, die sie manchmal singen, und schöne Erinnerungen an die Zeit, als jede Woche ein USAID-Flugzeug kam, Soldaten aus dem Hangar strömten und in den Straßen patrouillierten; das in etwa ist die Summe ihrer kulturellen und wirtschaftlichen Leistungen. Ein »stolzes Volk« – das ich nicht lache. Zu Hause habe ich Obdachlose gesehen, die besser genährt waren als dieser Haufen hier. Und die wollten nur Kleingeld, die haben nicht gleich groß von Stolz getönt.

»Man kann doch eine ganze Gesellschaft nicht nach den Dingen beurteilen, die sie nicht hat«, sagt Lady Flowerbody. Ich weiß einfach nicht, auf wessen Seite sie steht. Den einen Moment wirkt sie verliebt in mich, im nächsten Moment will sie Mutter Teresa sein. Ständig lungern junge Männer vor ihrem sogenannten Büro herum und wollen ihre jugendliche Psyche untersuchen lassen oder eine Karriereberatung bekommen. Oder sie träumen davon, ihre Jungfräulichkeit zu verlieren. »Sicher hast du doch irgendeine Fähigkeit, die du den Leuten hier beibringen könntest.«

»Und was? Ich kann ihnen Fallschirmspringen beibringen. Ach, Mist, wir sind hier ja in einer Flugverbotszone. Korbflechten mit Dattelpalmblättern? Oder ihren Ziegen beibringen, durch brennende Reifen zu springen? Sorry, aber das ist alles nicht mein Ding. Ich kann nun mal nur fliegen, und das ist ein

Nischenjob, ich meine, nicht nur hier, sondern überall. Man kann nicht einfach so ein paar Leute zusammentrommeln und einen Fliegerclub gründen.«

Sie ist nicht der Typ, der ein Nein – oder auch zwei oder drei – als Antwort akzeptiert. Man hat mich vor ihr gewarnt. Mit Momos Worten, mit denen er seinen abgrundtiefen Hass auf Fremde als neutrale Berichterstattung tarnt: Lady Flowerbody ist eine Irre. Sie ist ein Spitzel, aber es gibt nichts zu bespitzeln. Deshalb arbeitet sie jetzt für eine Hilfsorganisation und erforscht die Psyche junger Muslime. Sie hofft auf weitere Luftangriffe, denn die bedeuten für sie neue Forschungsobjekte, aber keiner nimmt sie ernst. Glaubt man Momo, ist sie der neue Psycho im Camp, seit er den Psycho davor verjagt hat, mit anderen Worten den letzten Forscher, der hier war, um Momos Seelenleben und die Lebensweise seines Volkes zu studieren und anschließend der Welt zu präsentieren. Er ist ziemlich stolz darauf, dass der Verfasser von *Der Weg des Nomaden* bei seinem Skorpionrennen mitgewettet hat. Dem Autor von *Und der Sand weinte …* hat er Schürfrechte auf Aktienbasis angeboten.

»Vielleicht könntest du unterrichten. Wir könnten die Schule wieder aufmachen. Viele Jungen sind weg, aber ein paar sind noch da, die in die Schule gehören. Denk an die Kinder. Denk doch mal an all diese Kinder, die in die Schule gehen sollten.«

Denkt an die Kinder. So lautet das Credo für das Überleben in Extremsituationen, egal ob in der Wüste, in Eis und Schnee oder bei einem Kannibalendinner. Zum ersten Mal wurden sie uns bei einer Vorbesprechung zum »Aufbaukurs Wüstensurvival« gezeigt. Denkt an die Kinder: Ein Bild leuchtete an der Wand auf, darauf ein Kind ohne Arme und eins ohne Beine. Was für eine scheißkranke Idee, dachte ich, zumal ich kinderlos war. Warum sollte ich bitte an Kinder denken? Warum sollte ich an Kinder ohne Hände und Füße denken, an Kinder wie auf dem Dia, halb Mensch, halb Mullbinde? Diese kranken Spinner. Was hatte das mit Survival zu tun? Was mit der Wüste?

Ich hob die Hand. »Warum Kinder?«

»Dazu mehr nach der Kaffeepause«, war die Antwort.

Wir sollten immer an die Kinder denken, hieß es, egal ob uns extreme Kälte oder Hitze zusetze oder uns jemand Schläge auf die Fußsohlen gebe. Mag sein, dass es nicht normal ist, dass jemand in meinem Alter keine Kinder hat, an die er denken kann. Sie testen dich und deine Frau nicht auf Fruchtbarkeit, bevor sie dich einstellen, aber wenn es dann um Wüstensurvival geht, wollen sie, dass du ab dem fünften Tag nur noch an Kinder denkst. Aber erst recht nicht normal ist, dass jemand in meinem Alter – oder in welchem Alter auch immer, ob mit Kindern oder ohne – eine Strike Eagle in der Wüste schrottet und dann keine Kinder hat, an die er denken kann. Trotzdem wird es erwartet. Denk an etwas, wofür es sich zu leben lohnt, sagen sie. Wie zum Teufel soll ich an Kinder denken? Ich kann an all die Sachen in meinem Kühlschrank denken, die dringend wegmüssen. Ich kann mir Gedanken über eine Avocado machen, die langsam grau und matschig wird, weil Cath sich weigert, sie zu essen. Wie soll ich an Kinder denken? Das letzte Mal habe ich an Kinder gedacht, als ich selbst noch ein Kind war. Ich denke nur an Kinder, wenn ich mit dem Flugzeug reise, und selbst dann denke ich nur, *hoffentlich sind keine Kinder an Bord*. Und wenn doch welche mitfliegen, haben die Eltern hoffentlich Beruhigungsmittel für sie dabei, falls sie schreien. Kinder schreien lauter als eine 2000-Kilo-Bombe, und wenn sie dann endlich ausziehen, um ihr eigenes beschissenes Leben zu führen, haben sie dich wahrscheinlich auch genauso viel gekostet wie eine 2000-Kilo-Bombe. Aber im Cockpit einer Strike Eagle ist kein Platz für Kinder, nicht für kränkliche schwarze mit aufgedunsenem Bauch und auch nicht für glucksende weiße mit rosa Popo.

Jetzt fängt sie auch noch damit an, dass ich an die Kinder denken soll.

»Die Schule neben der Kloake? Da ist es selbst für Erwachsene gefährlich. Willst du etwa Fünfjährige am Rand einer fünf Meter tiefen Schlucht rumlaufen lassen? Das Ding ist bestenfalls ein Büffelstall.«

»Das ist keine Kloake, das ist ein ausgetrockneter Bach. Und wir hatten da noch nie Probleme.« Ihre positive Einstellung wäre unerträglich, wenn sie nicht so gut duften würde. Sie hat die Überzeugtheit eines Kriegsüberlebenden, dessen einziger Besitz aus einer Krücke, einem Koran und der Erinnerung an einen verlorenen Körperteil besteht. Vor denen hat man uns gewarnt, es sind die gefährlichsten Leute von allen an diesem gefährlichen Ort.

»Du könntest mir auch bei meinen Forschungen helfen. Das wird eine eminent wichtige Studie, lokal begrenzt, das stimmt, aber sie beleuchtet auch ganz global die psychischen Belastungen junger …«

»Mich interessiert die Psyche junger Muslime nicht. Die ist auch bloß voller Fußball und Schweinkram, wie die Psyche aller Teenager auf dieser Welt.«

Wahrscheinlich meint sie es gut, aber diese Herzlosigkeit, diese Arroganz, ist erschreckend. Sie glaubt, die Probleme der Welt ließen sich mit einer Tafel und einer Packung Kreide lösen.

»Wir sollten einfach alle zu Hause bleiben«, murmele ich, aber sie hört es trotzdem.

»Ja, ja, natürlich. Das sagt der Richtige. Ich bin nur hier, weil du diese Leute aus ihrer Heimat vertrieben hast. Du bist derjenige, der besser zu Hause geblieben wäre.«

»Ich kann Mathe unterrichten, zumindest die Grundlagen«, brumme ich. »Aber nur, wenn wir da einen Zaun bauen. Ich habe keinen Bock darauf, dass kleine Kinder in den Graben fallen, während ich ihnen Primzahlen beibringe.«

Sie schaut mich mit sanften Augen an. »Könnten wir nicht mit der Schule in den Hangar ziehen?«

»Du kannst nicht einfach so eine militärische Anlage betreten. Du bist doch gar nicht autorisiert. Und die Kinder erst recht nicht.«

»Aber du bist es, du gehst vor. Denk an die Kinder.«

»Das sind Verwaltungsangelegenheiten, da mische ich mich nicht ein. Wenn etwas gesperrt ist, ist es gesperrt. Warum das hinterfragen?«

Lady Flowerbody ist definitiv nicht nur hier, um die Psyche junger Muslime zu studieren. Mir scheint, sie soll auch in meiner Psyche herumrühren.

Ein Jeep Cherokee fährt auf uns zu und stoppt gefährlich nahe der Stelle, wo wir stehen. »Dem hier würde ein bisschen Schule auf jeden Fall guttun«, sage ich und wechsele das Thema.

Momo tritt die Tür des Jeeps auf und springt heraus.

»Immer noch da, Hundedieb?«, begrüßt er mich mit boshaft funkelnden Augen. »Immer noch Magenkrämpfe? Scheint so, als willst du gar nicht nach Hause. Warum läufst du vor deiner Frau weg? Oder willst du mit der Lady hier eine Familie gründen? Spitzel verknallt sich in Dieb – die Arme, wen soll sie jetzt bespitzeln?« Momos Art, freundlich zu sein. Ich frage mich, was er will.

»Kann es gar nicht erwarten, aus diesem Drecksnest rauszukommen. Aber dich verhaften sie noch, weil du diese Kiste fährst. Das ist sogar hier verboten.«

»Wenn die Polizei diesen Ort echt auf ihrer Karte findet, darf sie gerne kommen und mich festnehmen. Und wenn deine neue Freundin mir eine bessere Karre besorgt, kannst du die hier haben und damit nach Hause fahren. Aber sie will ja bloß in unsere Köpfe gucken, unsere Transportprobleme sind ihr egal.«

Nichts ist ätzender als großkotzige Fünfzehnjährige. Was ist nur aus dem Respekt vor Älteren geworden? Im Modul »Die

Bedeutung älterer Menschen in Stammeskulturen« wurde betont, dass das Alter sogar noch höher geschätzt wird als die Klasse, zu der man gehört. Es spielt keine Rolle, ob man fünfzig Kamele besitzt oder einen Land Rover fährt; wenn man einen Älteren sieht, steht man auf und zeigt Respekt. Scheiße noch mal, auch dann, wenn man in Uniform ist oder unerlaubt Auto fährt. Der Junge hier terrorisiert das ganze Camp mit seiner Raserei. Er steht für alles, was verkehrt läuft in Camps wie diesem: der Flüchtlingsstatus, der die Menschen abhängig macht, das ewige Warten darauf, dass ein Flugzeug am Himmel auftaucht und alle vom Elend befreit. Ich selbst habe zwar keine Kinder, aber hätte ich einen Sohn in dem Alter, würde ich ihn jeden Tag zu Fuß in die Schule schicken. Um ihn abzuhärten. Aber ich bin nicht für Momo verantwortlich. Ich bin für überhaupt keinen Fünfzehnjährigen mit miesen Manieren auf dieser Welt verantwortlich. Dafür habe ich mich nicht gemeldet. Ich habe mich gemeldet, um in einem Krieg zu kämpfen, nicht um jugendliche Kriminelle und ihre Familien zu betreuen.

Er steht da und starrt mich an, während Lady Flowerbody einfach geht, als ob dieser Junge und sein zweifelhaftes Verhältnis zum Gesetz sie nichts angingen, uns nichts angingen. Typisch. Sie ist der ewige Gutmensch, der einfach abhaut, wenn es sich nicht mehr gut anfühlt, Gutes zu tun.

»Soll ich dich mitnehmen?«, fragt Momo und zupft an seinem *I♥NY*-Cap herum.

»Und wohin?«

»Wohin du willst. Zurück in die Wüste?«

Sein pseudoamerikanisches Genuschel geht mir tierisch auf die Eier. Er klingt, als wäre er in New Jersey geboren.

»Lass mal. Nicht mit dir. Ich kann laufen.«

»Komm mit«, sagt er. »Ich will dir was zeigen.«

Ich wüsste nicht, was es hier Sehenswertes geben sollte, es sei denn, er kennt einen geheimen Tunnel, der hier rausführt.

»Ja klar«, sage ich und lasse ihn stehen. Er kommt mir hinterher, das Cap in der Hand, und geht im Gleichschritt neben mir her, als wären wir zwei alte Freunde, die einen Abendspaziergang machen und die so vertraut miteinander sind, dass sie nicht einmal Small Talk brauchen.

»Ich will dir was sagen«, sagt er und blickt geradeaus.

»Anscheinend will mir hier jeder was sagen. Aber das Einzige, was ich hören will, ist eine Wegbeschreibung, wie ich aus diesem Camp rauskomme.« Womit klar sein sollte, dass ich null Interesse am neuesten Tratsch aus dem Camp habe und mich auch in keinen Familienkrach hineinziehen lasse.

»Du kennst doch den Hangar. Weißt du, was da drin ist?«, fragt er.

»Was da drin ist? Eine Abfluglounge für Passagiere vielleicht, die hier in der Pampa festsitzen?«

Er sieht mich mit dem verwirrten Blick eines Menschen an, der ehrlich helfen will, aber zurückgewiesen wird.

»Es sieht nicht so aus, als hättest du es eilig mit dem Abhauen«, sagt er. »Das verstehe ich, manchmal will ich auch nicht nach Hause. In der Wüste gibt es ein altes Sprichwort über Familie: Sie macht dich kaputt.«

Der Junge macht schon so lange auf erwachsen, dass er wie ein Kneipenphilosoph klingt.

»Nein, ernsthaft, wenn ich nicht bald mal nach Hause komme oder mich zumindest melde und erkläre, was los ist, bekomme ich echt Ärger. *Missing in action* ist nicht mehr das, was es mal war.«

Momo hebt die Hände und sieht mich an, als wollte er sagen: *Jetzt schau dich bloß mal an. Deine Basis liegt siebentausend Meilen weit weg, dein Flugzeug ist futsch, du bist in den Händen genau der Leute, die du eigentlich töten solltest, und du machst dir immer noch Sorgen darüber, dass es zu Hause Zoff geben könnte. Du musst sie echt lieben, deine Frau, die es gar nicht gibt. Oder du musst echt dein beschissenes Land lieben, das dich hergeschickt und dann vergessen hat.*

Aber vorläufig interessieren ihn weder ich noch mein Land. Ihm geht es um Familie, das beschissenste Land auf der Welt überhaupt. »Wenn Pakistan Afghanistan vögeln würde, und die USA wären die Hebamme, käme ein Land namens FAMILIE dabei raus«, sage ich.

»Ja, kommt mir bekannt vor.« Dann erzählt er, Mother Dear sei sehr wütend auf Father Dear. Sehr, sehr wütend. Dabei komme er jeden Tag vor Sonnenuntergang nach Hause. Aber sie sei trotzdem stinkwütend.

»Ich weiß«, sage ich. »Das darfst du ihr nicht übelnehmen. Niemand sollte jeden Tag ohne Salz kochen müssen. Das ist eine sehr seltsame Art, jemanden zu bestrafen. Außerdem hat dein Vater keine Ahnung davon, wie man Liebe zeigt. Ein Mann muss seine Liebe zeigen. Auch wenn er sie nicht empfindet. Gerade wenn er sie nicht empfindet. Nur so bleiben Beziehungen am Leben. Nur so bleibt die Welt am Leben. Und man darf nicht mitzählen, wie oft man Liebe zeigt. Wenn Affen sich gegenseitig lausen, zählen sie auch nicht die Läuse.«

»Ist ja lustig, dass du Affen erwähnst«, sagt er. »Ich habe mal versucht, einen zu dressieren. Der war noch starrköpfiger als die Amerikaner. Ist die ganze Zeit auf und ab gehüpft, aber da oben komplett hohl.« Er tippt sich mit dem Zeigefinger an die Schläfe.

»Familien sind überall gleich. Caths Mutter hat ihr Leben lang Schmerztabletten eingeworfen, aber aus Cath ist trotzdem eine ganz normale Frau geworden. Sie organisiert sogar einen Lesekreis.«

Er sieht mich an, als würde ich ihm eine Lektion fürs Leben erteilen wollen, die er nicht braucht.

»Sie weint«, sagt er und schaut auf seine Turnschuhe. »Sie weint jede Nacht, wenn wir im Bett liegen.«

»Dann schläfst du doch, wie willst du das wissen? Bestimmt hast du nur Albträume.«

»Ich kann nicht einschlafen, solange sie weint. An manchen Tagen weint sie immer noch, wenn Mutt kommt, um mich zu wecken. Deshalb war ich immer zu spät in der Schule. Deshalb bin ich rausgeflogen.«

Ich habe zwar keine Ahnung, was ich hier mache, aber ich bin definitiv nicht hier, um die Depressionen verheirateter Frauen mittleren Alters zu heilen. Da bricht wohl noch eher der Weltfrieden aus.

Für den Fall, dass ich in Kriegsgefangenschaft geraten sollte, hatte ich mir immer vorgenommen zu sagen, meine Frau hat Depressionen, bitte lassen Sie mich doch gehen, ich muss nach Hause.

Während des letzten Wüstensurvival-Kurses hatte Cath angerufen und war aus irgendeinem Grund tatsächlich durchgestellt worden. Unglaublich, dass sie netter zu Cath waren als je zu mir. Aber es gibt bei uns immer noch ein paar Fluglotsen alter Schule, die sich einen Dreck um die Regeln für Notsituationen scheren und die meinen, einem Anruf der werten Gattin sei die gleiche Dringlichkeit beizumessen wie einem Einsatzbefehl. Ich ging davon aus, dass sie mir etwas Wichtiges sagen wolle, dass sie schwanger sei, abgenommen habe oder dass unsere kleine Katze wieder kotze. Aber sie rief einfach nur an, weil sie mir sagen wollte, dass sie hungrig und einsam sei. Sie sagte nicht, sie fühle sich einsam, weil ich nicht bei ihr sei, oder sie vermisse mich oder wäre gerade gerne bei mir – das hätten sie sowieso niemals zugelassen, völlig ausgeschlossen, Ehepartner waren in Survivalkursen streng verboten. Aber wenn man sich langweilt, sich einsam fühlt und der Ehemann gerade weg ist, um das Überleben in der Wüste zu lernen, dann ist es ja wohl das Mindeste, dass man ihm sagt, man vermisse ihn oder wäre jetzt gerne bei ihm. Es gibt keine Vorschrift, die verbietet, das zu sagen. Sie aber beschwerte sich lediglich, dass nichts zu essen im Kühlschrank sei.

»Dieses Fleisch ist roh, wie soll ich das denn essen?«, sagte sie und fügte dann unvermittelt hinzu: »Ich blute schon wieder.« Ich wusste nie, was ich dazu sagen sollte. Aus ihrem Mund klang es immer, als wäre ihr monatlicher Zyklus allein meine Schuld. Ich überging ihren Vorwurf.

»Das kommt drauf an, ob du es zum Frühstück oder zum Abendessen machen willst«, sagte ich. »Du weißt ja, die Zeitverschiebung, unsere Uhren sind auf verschiedene Zeitzonen eingestellt. Ich weiß nicht, wo ich hier bin, und …«

»Und selbst wenn du es wüsstest, dürftest du es mir nicht sagen«, fiel sie mir ins Wort. Ich merkte ihr deutlich an, dass sie Hunger hatte.

Ich hätte ihr genau beschreiben können, wie man eine Schlange auf einem heißen Stein brät, aber ich grunzte nur genervt und sagte, sie solle sich etwas bestellen. Dann legte ich auf.

Jetzt wäre ich froh, wenn sie anrufen würde. Ich würde ihr von der Wüste erzählen, der echten, nicht den schimmernden Phantasiebildern im Simulator. Ich würde ihr sagen, dass Familien überall auf der Welt Probleme haben.

Aber sie ruft nicht mehr an. Sie erscheint nur noch und verschwindet wieder.

Momo nimmt meine Hand und zieht mich mit einem Ruck nach unten, sodass mein Ohr dicht an seinem Mund ist. Kurz denke ich panisch, er will mich auf die Wange küssen. Aber er flüstert mir nur ins Ohr. »Father Dear hat Ali an deine Leute verkauft. Deshalb weint meine Mutter die ganze Nacht.«

»Wer ist Ali?«, frage ich und reiße mich los. Wahrscheinlich sollte ich ihn fragen, wo genau sein Vater ihn denn verkauft hat und warum.

»Nicht so laut. Alle im Camp wissen es, sie glauben, er ist mit den Amerikanern gegangen und schickt uns Geld.«

Ich kann nicht glauben, dass dieser sanftmütige Logistikleiter ein Kind, einen Menschen namens Ali, verkauft haben soll. Momo sieht, wie perplex ich bin, und sagt: »Bro Ali, mein großer Bruder. Zwei Jahre älter als ich. Er hat im Hangar gearbeitet, als es dort noch eine Werkstatt gab. Er konnte alles reparieren. Sie haben ihn die Reifen an den Flugzeugen wechseln lassen, als es dort noch welche gab.«

Ein Pick-up kommt auf uns zugeschossen. Auf der Pritsche sitzt ein Teenager mit Gewehr im Arm. Hinter ihm steht eine hochschwangere Ziege, die völlig verängstigt dreinblickt. Momo grüßt den Jungen, aber der ignoriert uns und umarmt die Ziege.

»Warum sollte dein Vater so was tun? Und warum sollten die Leute im Hangar ihn kaufen? Wir handeln nicht mit Menschen. Das ist mittlerweile verboten«, sage ich.

Momo nimmt meine Hand, und wir gehen los, weg vom Camp. »Willst du weiter auf dumm machen, oder bist du dumm? Natürlich behauptet er, dass er es nicht getan hat. Angeblich hat er Bro Ali einen Job im Hangar verschafft, und dann ist Bro Ali einfach nicht wiedergekommen. Aber es ist offensichtlich, dass er lügt. Er schaut einem nie in die Augen, wenn er die Geschichte erzählt. Und er weint auch nie.«

»Manche Menschen weinen eben nicht. Dein Bruder hat sich wahrscheinlich in der Wüste verlaufen«, sage ich.

»Nur Vollidioten verlaufen sich in der Wüste«, sagt Momo, jetzt wütend, und guckt mich dann an. »Er hat die Wüste sehr gut gekannt. Wie ich auch. Alles, was ich weiß, hat er mir beigebracht.«

Dann fährt er fort wie ein gereizter Anwalt, der seinem begriffsstutzigen Klienten ein juristisches Detail zu erklären versucht.

»Pass auf, es war so. Vorher hat Bro Ali ab und zu im Hangar gearbeitet und ist abends immer nach Hause gekommen. Manchmal hat er Sachen für sie gemacht, die topsecret waren. Nicht mal ich durfte davon wissen. Mother Dear hat ihm morgens das Frühstück immer vor allen anderen gemacht. Dann, eines Tages, sagt Father Dear, pack ihm sein Essen ein und bügel sein Boss-T-Shirt, heute ist ein großer Tag. Bro Ali hat eine Vollzeitstelle. Die beiden fahren in den Hangar, aber Father Dear kommt allein zurück. Seitdem tut er so, als ob er nichts darüber weiß, warum Ali nicht wiedergekommen ist.«

»Aber irgendwas muss er dazu doch mal gesagt haben.«

»Ja. Er hat gesagt, Bro Ali ist bestimmt irgendwo unterwegs, Flugzeugradare reparieren. Hochoffizielle Geschichte. Selbst Father Dear darf nicht in den Betriebsbereich. Doppeltes Gehalt. Spezialauftrag. Wenn er den Job erledigt hat, bekommt er eine Greencard und den gleichen Job in San José.«

»Und dann?«

»Er ist nie wieder aufgetaucht. Glaubst du, die haben ihn vielleicht wirklich nach San José geschickt? Aber warum hat uns dann niemand was gesagt? Und dann machen sie plötzlich den Hangar dicht, keine Flugzeuge mehr, keine Bomben, nichts. Nur der Alarm, der ab und zu losgeht. Mother Dear schreit Father Dear an, sie droht damit, in den Hangar zu gehen und Bro Ali selber zu suchen. Er war Mother Dears Liebling.« Momo wirkt verzweifelt, als hätte er einen manipulierten Wettkampf verloren.

»Erstgeborene sind da nun mal im Vorteil. Ich bin sicher, sie hat dich auch lieb.«

»Ich bin ihr einziger Sohn«, sagt Momo. »Natürlich nur, bis wir ihn finden.«

Bis *wir* ihn finden?

Und plötzlich wird mir klar, dass sich hinter all dem Gehabe, den bissigen Sprüchen und den tollen Schuhen immer noch ein Kind verbirgt, das versucht zu verstehen, was seine Eltern von ihm erwarten, das sich fragt, was da wohl noch alles kommt.

Komm schon, Mann, halt dich da raus. Wahrscheinlich ist es Verrat, den Feind gegen das eigene Land zu unterstützen. Was, wenn das Central Command dahinterkommt? Und selbst wenn es formal kein Verrat ist, ist es immer noch saudumm.

»Vielleicht ist er einfach gegangen. Weggelaufen. Kinder laufen ständig von zu Hause weg. Ich habe auch immer davon geträumt, wegzulaufen. Eines Tages läufst du auch weg.«

»Mother Dear sagt, sie vergibt mir niemals ihre Milch, wenn ich ihn nicht finde. Was soll das heißen, sie vergibt mir die Milch nicht? Ich kann sie nicht fragen, weil was, wenn es was richtig Schlimmes bedeutet? Es klingt nach was ziemlich Schlimmem.«

Ich versuche, mich an irgendeine Weisheit aus meinem Kurs zur interkulturellen Sensibilität zu erinnern, aber mir fällt nichts ein. Es hieß, sie würden ihre Mütter respektieren. Je mehr Söhne eine Mutter hat, desto mehr Respekt bekommt sie, aber umso mehr hat sie auch im Haus zu tun.

Kein Wort über Milch. Nichts über Vergebung.

»Bestimmt will sie, dass du dich auf die Schule konzentrierst und nicht nur in der Gegend rumfährst. Das wollen alle Mütter.«

»Wollte deine das auch?«, fragt er nachdenklich. »Was ist eigentlich mit dir? Hast du Kinder? Was würdest du machen, wenn eins von ihnen verschwinden würde?« Das ist nicht das erste Mal, dass der kleine Teufel mich aus dem Konzept bringt. Ich sage nichts.

»Ich weiß, was meine Mutter von mir will. Nur versteht sie nicht, dass ich es nicht allein kann. Aber jetzt habe ich eine Idee. Ich habe ein Team. Ich habe einen Plan; aber dafür musst du in den Hangar gehen.«

Ich weiß jetzt schon, dass mir seine Idee nicht gefallen wird. Das ist hundertpro eine ganz miese Idee. Ich kann nicht zusammen mit feindlichen Kombattanten in eine abgesperrte Militäranlage einbrechen. Bestimmt war da drin früher einiges los; Flugzeuge wurden aufgetankt, Kriegspläne realisiert, Piloten saßen in ihren Bereitschaftsräumen, tranken extraheißen Kaffee und warfen ihre Frühstücksaspirin ein. Ein Ort, wo Sergeants mit orangefarbenen Leuchtstäben rollende Flugzeuge dirigierten, wo man Kerosinschwaden einatmen und für ein paar Sekunden high werden konnte.

»Was ist da drin im Hangar?«, fragt Momo.

»Du sagst ja selbst, dass er nicht mehr in Betrieb ist, keine Ahnung. Vielleicht nur eine R & R-Einrichtung.«

»Was ist R & R?«

»*Rest and recreation.* Erholung für erschöpfte Soldaten, die eine Pause brauchen, die man aber nicht in nach Hause fliegen kann, weil keine Zeit ist.«

»Haben sie dich auch hergeschickt, damit du R & R machst? Willst du da nicht mal hin und es dir anschauen? Hier im Camp gibt es ja eher nicht so viel R & R.« Ich komme mir vor wie in einer Einsatzbesprechung. Die grünen Scherben auf der Mauer um das Grundstück von Momos Familie glitzern in der Sonne. Vielleicht sollte ich genau das tun, was Momo von mir will. Einen Weg in den Hangar finden. Da muss es doch noch irgendwelches Equipment geben, mit dem ich die Roving Angels anfunken kann, damit sie mich hier rausholen. Aber Momo will mitkommen.

»Am besten redest du erst mit Father Dear«, sagt er. »So ganz im Vertrauen. Das ist der erste Schritt. Er hält jeden weißen Mann für seinen Chef. Ich glaube, du kannst ihn überzeugen, dass wir in den Hangar müssen.«

Ich bin nicht hier, um deine Familienprobleme zu lösen, davon habe ich selber genug, will ich sagen. Ich schweige, aber Momo scheint sich schon auf eine Strategie festgelegt zu haben. Ich soll mit dem Logistikleiter sprechen. Im Vertrauen? Über was?

»Ich glaube nicht, dass dein Vater mir vertraut«, sage ich verlegen. Und das dürfte der Moment sein, in dem ich mich auf das Unternehmen einlasse, das mein Schicksal besiegeln wird. Ich hätte auch sagen können, *ich will aber nicht mit deinem Vater sprechen* oder *ich will nichts zu tun haben mit einem Mann, der seinen Erstgeborenen angeblich an eine Invasionsarmee verkauft hat.* Ich hätte sagen können, *ich bin die Invasionsarmee.*

Oder ich hätte sagen können, *deine Kultur ist mir ein totales Rätsel, such dir mal besser einen anderen Mann für deine Abenteuer.* Ich hätte einfach gehen können. Jeder an meiner Stelle hätte sagen sollen, *das ist nicht meine Kultur, und tschüss.* Aber das tat ich nicht. Warum? Weil meine Mission noch nicht abgeschlossen ist.

Darf ich vorstellen: Major Ellie.

KAPITEL 25

MUTT

Wann immer ich die Sirene des Hangars höre, weiß ich, dass wir bald zur Tat schreiten werden. Es ist ein schriller Laut, der die Vögel des Morgens verstummen lässt, durch jede Lehmwand dringt und alle aus ihren Träumen reißt. Es ist der Klang Tausender toter amerikanischer Soldaten, die ihren letzten Schrei ausstoßen; er steigt an und fällt dann wieder ab, klingt wie ihre Väter, die den Bildern ihrer toten Söhne etwas zuflüstern, bis er schließlich anschwillt zu einer Kakophonie all der Toten, die die Bomben dieser Söhne getötet haben und die sich jetzt aus ihren Gräbern erheben, um ihre abrupt beendeten Lebensgeschichten zu erzählen.

Zuerst klingt es wie ein Krankenwagen, der in Zeitlupe fährt, auf der Trage ein Patient in Not, aber nicht in Lebensgefahr, dann wird der Ton lauter, schriller; streunende Hunde kauern sich flach auf den Boden, als könnte dieser ihre Angst absorbieren, rastende Kraniche schwingen sich in gewaltigen Formationen in die Höhe, fliehen panisch aus dem Camp und schwören sich, diese Route in der nächsten Saison zu meiden. Die lärmenden Kinder in den Höfen hören auf zu schreien, stopfen sich die Finger in die Ohren und schneiden einander Grimassen, ein paar Ziegen gehen weiter ihren Verrichtungen nach, heben nur ab und zu den Kopf, um sich daraufhin, gelangweilt von dieser heulenden Welt, erneut ihrer Hauptbeschäftigung zu widmen, die darin besteht, keine giftigen Beeren zu erwischen und nur die Blätter zu kauen. Etwa eine Minute lang hält der Alarm die höchste Tonlage, bis ich schon glaube, er werde bis in alle Ewigkeit andauern, dann sinkt er ab. Nach ein paar Hustern, die wie ein Drache klingen, der sich verschluckt hat, endet er schließlich abrupt. Ein paar Sekunden schwingt seine Präsenz noch in der Luft nach. Die Ziegen blicken auf, nehmen erfreut die Stille zur Kenntnis und fahren dann mit ihrem ganztägigen Mittagsmahl fort.

KAPITEL 26

MOMO

Ich blicke mich nach Mutt um, aber natürlich ist er wieder verschwunden, als die Sirene losgegangen ist. Mir wird plötzlich klar, dass dieser Alarm, auch wenn man ihn im ganzen Camp hört, eine persönliche Nachricht nur für mich enthält. Er sagt mir, es gibt da eine amerikanische Airbase, da ist Bro Ali hin und von da ist er nicht wiedergekommen.

Seit Bro Ali verschwunden ist, keine Flugzeuge mehr kommen und keine Bomben mehr fallen, nehmen die Gerüchte um den Hangar kein Ende. Viele davon hat Mutt in die Welt gesetzt. Wenn er nichts zu tun hat, rennt er in hellen Nächten heulend darum herum. Manchmal auch in stockfinsteren Nächten, um die Gerüchtemacher zu verwirren.

Die Sirene geht zu beliebigen Zeiten los, eine dreiminütige schrille Symphonie, die alle daran erinnern soll, dass dieser Ort, der seit sieben Monaten verlassen ist, nach wie vor geschützt wird, dass es elektrische Vorrichtungen gegen potenzielle Eindringlinge gibt, egal, ob es kleine Altmetalldiebe sind oder ambitioniertere Diebe auf der Suche nach versteckten Schätzen. Sie testen den Alarm mit Absicht zu unvorhersehbaren Zeiten, damit die Leute glauben, dass die Sicherung des Hangars einem ausgeklügelten Plan folgt. Manchmal sitzen die Leute beim Mittagessen, manchmal gehen sie gerade ins Bett, wenn das Ding wieder losheult. Es kann gar nicht anders sein, als dass es dort Hinweise darauf gibt, wo Bro Ali abgeblieben ist – warum sonst sollte man einen leer stehenden Hangar derart sichern?

Manchmal muss man Father Dear einfach fragen, auch wenn eigentlich klar ist, dass man aus ihm nichts herausbekommen wird.

Er beschnüffelt seine Akten wie Mutt seine Hundefreundinnen.

»Ist das echt nur eine aufgegebene Airbase, oder verstecken die da drin was? Warum ziehen wir eigentlich nicht da ein?« Ich rechne nicht mit einer klaren Antwort, und ich bekomme auch keine.

»Die Leute hier sind von Natur aus misstrauisch«, sagt er und legt seine Akte weg. »Sie glauben, wenn etwas abgeschlossen und irgendwie gesichert ist, muss es darin etwas Wertvolles geben, das man stehlen kann.«

Bei Father Dear muss man taktisch vorgehen. Und man muss, wie Lady Flowerbody sagt, immer kritisch seine Erwartungen hinterfragen.

»Ist es denn so verkehrt, dass sie misstrauisch sind? Warum immer noch der ganze NATO-Draht, warum diese Schilder, auf denen steht *Durchfahrt verboten, Vorsicht, Schusswaffengebrauch* oder *Achtung, frei laufende Wachhunde*? Wieso sollen sich alle von dort fernhalten? Warum diese ganze Action mit dem Alarm, wenn es dort nichts zu beschützen gibt? Glaubst du, sie kommen vielleicht zurück?«

Wichtig ist, dass man auf keinen Fall Bro Ali erwähnt, wenn man will, dass Father Dear weiterredet.

»Zu meinem Job gehört auch, dass ich aufpasse, dass niemand da reingeht, nicht einmal ich selber. Es war keine Rede davon, dass ich von meinen Pflichten entbunden bin, sobald die Anlage leer ist. Wenn man an eine rote Ampel kommt und weit und breit kein Mensch zu sehen ist, muss man dann trotzdem stehen bleiben, oder darf man einfach sagen, kein Verkehr, keine Polizei, also fahre ich weiter?«

»Warum ziehen wir nicht einfach da ein, damit du dir keine Sorgen mehr über die Sicherheit machen musst? Ist doch schließlich unser Land.«

Father Dear schüttelt den Kopf, als wäre allein mein Vorschlag ein Akt des Verrats. »Wer sagt denn, dass ich mir Sorgen um die Sicherheit mache? Ich mache einfach meine Arbeit.«

Ich respektiere seine Leistungen. Aber man wird nicht einfach so Logistikleiter bei USAID und hat den Job sieben Monate nach Abzug seines Arbeitgebers immer noch, wenn man nicht irgendwas darüber weiß, was in dem Hangar ist. Wobei es in Father Dears Fall wohl eher heißen muss: wenn man nicht Schiss hat, herauszufinden, was in dem Hangar ist. Oder mal dort war.

»Menschen aus fünfzehn Ländern haben dort gearbeitet«, sagt Father Dear und umklammert seine Akten. »Tägliche Besprechungen zur Versorgungslage. Wir hatten 45 000 Liter Treibstoff in Reserve. Acht Sorten Brot am Buffet. Und jeden Freitag wurde eine frische Dose Messingpolitur aufgemacht.« Endlich zeigt Father Dear mal Gefühle, bis es ihm auffällt und er wieder dichtmacht.

»Und dann?«, frage ich.

»Haben sie mir meinen Sicherheitsausweis abgenommen«, sagt er so verzweifelt, als hätten sie ihm seine Männlichkeit gleich mit abgenommen. »Angeblich wegen Umstrukturierungen.«

Ich erinnere ihn besser nicht daran, dass sie ihm noch was viel Wertvolleres als seinen Sicherheitsausweis genommen haben: seinen Erstgeborenen.

»Können wir nicht mal reingehen und uns umgucken?«, frage ich und schaue ihm fest in die Augen. Wieder weicht er aus. »Das ist gefährlich«, erwidert er mit leiser Stimme. Er weiß etwas über den Ort, rückt aber nicht damit heraus. Und er hat Angst, auch noch seinen zweiten Sohn zu verlieren.

»Father Dear, ich weiß, dass es nicht deine Schuld ist, aber hast du irgendeine Ahnung, warum die Luftangriffe aufgehört haben, als Bro Ali in den Hangar gegangen ist?«

Er schaut auf seine Füße. Ich werde wohl nie raffen, was in depressiven Menschen so vor sich geht, aber ich glaube, ihm kommen die Tränen.

»Du weißt selbst, dass er dort hinwollte. Und die Leute im Hangar wollten ihn auch. Wie kann man seinem Sohn etwas abschlagen?«, sagt er. »Wie kann man Amerikanern etwas abschlagen?«

Ich sage ihm nichts von meinem Plan: Es gibt einen weißen Mann im Camp. Den schicken wir rein und folgen ihm. Alles ganz easy.

Ich glaube, Father Dear müssen wir auch mitschleppen. Respektvoll, natürlich.

KAPITEL 27

ELLIE

»Sie wissen, wer du bist«, sagt sie. »Die Wüste kennt keine Geheimnisse.«

Wir sitzen am Ufer des Wasserlochs, argwöhnisch beäugt von ein paar Ziegen, die abwechselnd grasen und die dornigen Büsche anniesen. Sie hat mich gebeten, ihr hierher zu folgen. Das tue ich nur zu gerne, hoffe ich doch auf einen unbeobachteten Moment, in dem sie mir eine Straßenkarte zusteckt, mit der ich von hier in ein Zimmer auf Diego Garcia komme. Nur für ein paar Tage, um checken zu lassen, ob meine Knochen auch alle intakt sind, um ein paar Steuerdollar in die Entdeckung neuer PTBS-Varianten zu stecken, und damit man prüft, dass ich keine Staatsgeheimnisse an die Wüstenbewohner verraten habe (als ob die Wüstenbewohner sich für was anderes als die nächste Lieferung Dosenrindfleisch interessieren würden).

Und jetzt sagt sie mir also, dass sie über mich Bescheid wissen.

Was gibt es da schon zu wissen? Mein Lebenslauf passt in zwei Zeilen: ein Mann, 637 Einsätze, mehrere Tausend Tonnen feinster Explosivstoffe auf die übelsten Orte der Welt geschmissen. Ein paar Treffer. Ein paar daneben. Aktueller Status: verschollen.

Woher wissen sie Bescheid über mich? Ich finde, dass ich in meiner Rolle als USAID-Manager in mittlerer Position bisher durchaus überzeugend gewirkt habe, was ja auch nicht allzu schwierig ist, man muss nur jedem geduldig zuhören und dann sagen, lassen Sie uns doch nach der Mittagspause weiter darüber sprechen. Ein idealer Job für Menschen, die vorgeben, sich für Menschen zu interessieren, weil sie sich in Wahrheit für gar nichts interessieren. Menschen haben mich vor meiner Zeit in diesem Scheißkaff eigentlich einen Dreck interessiert, aber irgendwie gefällt mir die Sache mittlerweile; Leute, die sich ernst über Abwasserentsorgung und untreue Ehepartner unterhalten, darüber, dass Unterkünfte für den Winter und bessere Lehrmethoden für Mathe hermüssen. Ich habe mich sogar schon gefragt, ob nach meiner Pensionierung nicht womöglich eine zweite Karriere im Paralleluniversum des humanitären Hilfswesens auf mich wartet. Cath würde das gefallen. Wir könnten uns in Darfur einsetzen lassen und ein Baby adoptieren. In der Nachbarschaft würde das sicher für einigen Wirbel sorgen. Soll heißen, die Farbe des Babys würde für Wirbel sorgen. Erst macht man sie zu Waisen, dann adoptiert man sie, so läuft es halt in dieser Welt.

»Und wieso wissen sie Bescheid über mich?«, frage ich in vorwurfsvollem Ton. »Leute wie ich gehen hier ein und aus. Meine Jobbeschreibung steht mir doch nicht auf die Stirn tätowiert. Oder etwa doch?«

Sie wirft einen Kiesel ins Wasser. Ein kleiner Mückenschwarm erhebt sich, schwebt kurz über der Oberfläche und lässt sich dann wieder nieder.

In der Ferne ertönen Rufe, die Motoren von im Sand festgefahrenen Fahrzeugen heulen auf, gedämpfte Stimmen, knackende Zweige. Wahrscheinlich ein paar Kinder, die einen Waldbrand legen wollen. Das verstößt zwar sicher gegen die Camp-Regeln, aber Kinder zündeln schließlich überall auf der Welt, gerade weil es verboten ist.

»Du redest so komisch«, sagt sie. »Manchmal können die Leute nur raten, was du sagen willst.«

Das verletzt mich jetzt doch. Warum darf ich nicht in meiner eigenen Sprache sprechen? Die halbe Welt spricht mieses Englisch. Habe ich mich etwa je darüber beschwert? Sie spricht doch auch Englisch mit mir. Sie kritisiert meine Anwesenheit und die Tatsache, dass ich Englisch spreche, auf Englisch. Ich kann auch ein paar Wörter Arabisch. Fünf, um genau zu sein, wenn man das Wort »arabisch« mitzählt. Ist es etwa meine Schuld, dass sie hier kein Arabisch können?

»Sie nennen sich Muslime, dabei sprechen sie gar kein Arabisch. Warum eigentlich nicht?«

Sie schaut mich an, als wäre ich gehirnamputiert.

»Du bist Christ, warum sprichst du kein Aramäisch?«

Was zum Teufel ist Aramäisch?, möchte ich sagen. Aber es führt zu nichts, weiter über Religion und Sprachen zu diskutieren. »Ich bin nur Kulturkatholik.« Und jetzt packt sie so richtig der gerechte Zorn, der so typisch für Weltverbesserer fern der Heimat ist. »Was bitte schön ist ein Kulturkatholik? Einer, der nur halb glaubt, die Mutter Jesu sei noch Jungfrau gewesen? Jemand, der sich übers Wochenende an einen Balken nageln lässt?«

Die Zweige knistern jetzt, aber ich sehe immer noch kein Feuer. Jemand singt mit ganz leiser Stimme, die immer nur kurz zu hören ist und dann wieder verschwindet. Es könnte eine verschlüsselte Botschaft sein, aber es klingt definitiv wie Singen. Wahrscheinlich ein paar Möchtegernmusiker, die in der Wildnis eine Band gründen wollen – sicher ein spannendes Projekt für Anthropologen, die frisch von der Uni kommen, aber total nervtötend, wenn man ein Gespräch darüber führen will, wie man den Barbaren entfliehen kann, um endlich nach Hause zu kommen. Doch was wartet zu Hause eigentlich noch auf mich? Eine Vier-Zimmer-Eigentumswohnung, ein Auto, das in der Garage verstaubt, und überall Erinnerungen an Cath.

»Und warum hast du immer diesen Fliegeranzug an?«, fragt

sie. »Leih dir doch endlich mal Klamotten von hier. Und sag bitte nicht immer ›Camp‹. Für die Menschen hier ist dieser Ort ihre Heimat.«

»Hier tragen die Leute doch alle möglichen Uniformen; mein Anzug beweist gar nichts. Und alle sagen ›Camp‹, so steht es übrigens auch am Tor. Heißt der Ort denn noch anders?« Ich beschließe, den Mund zu halten. Mit solchen Argumenten habe ich mir schon bei Cath immer nur Ärger eingehandelt. Es lief immer gleich ab: Sie hörte mir eine Viertelstunde lang stumm zu, bis ich fertig war, und antwortete mir dann erst vier Tage später. Wenn ich sie jetzt sehe, spricht sie überhaupt nicht mehr mit mir.

Andererseits stimmt es, was ich sage. Die Hälfte der Flüchtlingskinder hier trägt alte europäische Polizeiuniformen oder Uniformen anderer paramilitärischer Truppen. Jemand, der zum ersten Mal hier ist, könnte das Ganze glatt für ein großes Treffen längst vergessener Armeen halten. Teenager stolzieren in NATO-Generalsuniformen umher, Shisha rauchende Großväter tragen Overalls der britischen Infanterie, und ein paar Mädchen haben ihr Faible für die Barette der französischen Fremdenlegion entdeckt.

Wie sollte da bitte ein Air-Force-Pilot mit einem einfachen Fliegeranzug in diesem Zirkus auffallen?

»Und mein Anzug gilt hier in deiner ach so humanitären Welt also als Beweis? Würde man die Leute nur danach beurteilen, was sie anhaben, käme die Hälfte deiner Campbewohner hier vor ein Kriegsverbrechertribunal in Amsterdam.« Jetzt bin ich echt sauer. Ich war davon ausgegangen, dass sie eine Verbündete ist. Dass sie in dieser vergessenen Welt mein Fluglotse ist, mein Funkkompass, meine Navigationskarte. Ich hatte geglaubt, wir wären natürliche Verbündete, einander unentbehrlich. Wenn schon zwei gebildete Menschen, die in der Wüste festsitzen, nicht mehr zusammenhalten, haben wir die Schlacht bereits so gut wie verloren.

Gestern waren wir natürliche Verbündete, ja, Verwandte im Geist; heute sagt sie mir, ich spreche schlechtes Englisch.

»Die Tribunale sind in Den Haag«, sagt sie herablassend. »Und dort kommt niemand vor Gericht. Das ist alles nur Show. Es sei denn, man hat das Pech, Serbe zu sein und sich keinen guten Anwalt leisten zu können.«

Ich weiß nicht, ob sie sich dumm stellt, ihren Job zu ernst nimmt oder einfach nicht sehen will, wie sehr wir uns gegenseitig brauchen. Wie kann es sein, dass sich ausgerechnet die beiden einzigen Gleichgesinnten im Lager gegenseitig die Hilfe verweigern?

»Flüstern die ganzen Araber, Iraner, Afghanen und Pakis zu Hause denn nicht ständig in ihrer eigenen Sprache miteinander? Ich meine, das muss jetzt nicht heißen, dass sie was gegen uns aushecken oder planen, aber habe ich nicht recht? Tun sie es etwa nicht, in der U-Bahn oder im Kaufhaus in der Schlange? Egal, vergessen wir mal die Hautfarbe und die Nationalität, sind wir denn nicht aufeinander angewiesen? Wie sollen wir die Mächte der Finsternis besiegen, wenn wir es nicht mal hinkriegen, einem guten Soldaten einen Hubschrauber zu besorgen, der ihn nach Hause schafft? Sitzen wir nicht im selben Boot? Ergänzen wir uns denn nicht gegenseitig?«

Ich könnte noch weitermachen, höre aber auf. Für einige simple Tatsachen ist sie noch nicht empfänglich. Manchmal schweigt ein Mann besser.

Wenn ich keine Orte bombardieren würde, könnte sie sie nicht retten. Wenn es kein Feuer vom Himmel regnen würde, wer bräuchte sie dann, um das Feuer auf der Erde zu löschen? Damit man Decken über brennende Babys werfen kann, braucht man brennende Babys. Wenn ich keine Häuser bombardieren würde, würde man dann Notunterkünfte errichten? Wenn ich nicht Städte dem Erdboden gleichmachen würde, welchen Grund gäbe es dann, Flüchtlingslager zu bauen? Wem würde die ganze Welt dann ihr Mitgefühl zeigen? Wer würde

Ausstellungen in Berliner Galerien finanzieren, wer Wohltätigkeitsbälle in London organisieren? Wo würden all die Schulabgänger ihre Freiwilligendienste im Ausland leisten? Wenn ich diese Uniform ausziehe und meinen Job an den Nagel hänge, bricht die weltweite Mitleid-Maschinerie zusammen. Keiner hält Mahnwachen für Leute, die sterben, weil sie alt sind oder vereinsamt. Es braucht ein Feuerwerk, an dem sich die menschliche Vorstellungskraft entzünden kann.

Mir wird jetzt klar, dass sie in jener zivilen Welt ewiger Scheinheiligkeit und wohlverdienter Einsamkeit zu Hause ist, in der Leute wie sie irgendwo hinwollen, aber vor der riskanten Reise zurückscheuen. Sie ist so verlogen wie alle anderen, die dem Tod noch nie ins Auge geblickt haben, die noch nie auf einen 8-Zoll-LCD-Bildschirm gestarrt haben und entscheiden mussten, ob Ort X existieren soll oder nicht; sie musste nie raten, ob dieser Fahrzeugkonvoi da unten eine Hochzeitsgesellschaft oder eine vorrückende Armee ist. Sie muss nur entscheiden, wie viel Milchpulver bestellt wird und wie viele Kisten Mückenspray. Sie muss bloß Menschen zählen oder alte Melderegister durchsehen, um die Bevölkerungszahl zu schätzen, dann die wahrscheinliche Zahl überlebender Kinder ermitteln und schließlich dafür sorgen, dass genügend Knetmasse für alle da ist. Und dann ihre hoffnungslosen jungen Psychen studieren.

Die Ziegen springen an dem einzigen Baum am Ufer des Wasserlochs empor und schleudern giftig aussehende gelbe Beeren durch die Gegend. Ein Anflug von Heimweh befällt mich. Wenn man frischverliebt ist, umarmt man den anderen manchmal und hält ihn dann noch einen Moment länger fest; man weiß, dass es jetzt gleich vorbei ist, aber man lässt noch nicht los. Genau das brauche ich jetzt, eine Umarmung, die ein paar Augenblicke länger dauert als üblich. Eine Umarmung, die sagt, *halt mich fest, beschütze mich vor diesen Ziegen mit dem unheimlichen Blick und ihren giftigen gelben Beeren*. Ich brauche dringend eine Umarmung.

»Wir haben einen Tipp bekommen, dass das Camp wieder bombardiert werden sollte.« Sie sieht mir in die Augen, noch nicht ganz sicher, ob sie es mir wirklich sagen soll oder nicht. »Einen sehr verlässlichen Tipp. International Aid ist immer hilfsbereit – oder zumindest zuverlässig –, was solche Tipps angeht. In ihrer Lieferkette steckt zwar der Wurm drin – ständig schicken sie uns Beachvolleybälle –, aber die Tipps stimmen. Sie haben uns wissen lassen, dass ein Flugzeug auf dem Weg zu uns sei, aber keins von ihren. Dieser Doctor hat es auch vorhergesagt. Für dich ist das vielleicht alles Hokuspokus, aber die Leute hier glauben ihm. Er lag schon öfter richtig. Er ist kein Astrologe oder spiritueller Heiler oder so was, er hat Sachen prophezeit, die wirklich passiert sind. Und damit meine ich nicht den nächsten Regen, den kann hier jedes Kind vorhersagen. Er erzählt schon lange von Geistern im Hangar. Also jetzt nicht bloß so gruselmäßig, dass da noch die Geister deiner Leute rumspuken. Eher so, als gäbe es da vielleicht noch mehr.«

Ich muss mich sehr anstrengen, um mich zu konzentrieren. Plötzlich steht die Sonne senkrecht über unseren Köpfen und ist keine sanfte Quelle trüben Lichts mehr, sondern ein unerbittlicher Folterknecht mit einer Lötlampe. Manchmal braucht man nur eine Umarmung und bekommt stattdessen eine politische Analyse.

»Wir hockten also alle in unseren Unterkünften, nachdem wir das Vieh in die Wüste getrieben hatten, und es kam wirklich ein Flugzeug; es kreiste und kreiste, als würde es von dort oben nach uns suchen, dann nichts. Kurz nach Mitternacht hörten wir am Himmel einen leisen Knall, und dann wieder nichts. Wir warteten und warteten, horchten auf das Pfeifen, mit dem sich eure Raketen normalerweise ankündigen, aber es war völlig still. Als wir am Morgen rausgegangen sind, war alles wie immer. Die Ziegen und Kamele waren wieder da. Und dann gratulierte uns Helping Hands, von denen wir seit dem letzten USAID-Abwurf nichts gehört hatten, und sagte,

Glückwunsch, eure Leute im Camp haben eine Eagle abgeschossen. Das kam überraschend, aber wir spielten mit: Yeah, Scheiße, denen haben wir's gezeigt. Sollen sie mal ein bisschen Respekt vor uns haben. Weil je größer deine Kanonen, desto größer die Hilfspakete, die du kriegst. Also, was habt ihr?, wollte Helping Hands wissen. Wir also noch mal: Yeah, Scheiße, wir waren das. Wir hatten natürlich überhaupt nichts, taten aber weiter so, als hätten wir was, womit man Flugzeuge abschießen kann. Alles Quatsch. Außer unseren Gebeten haben wir hier gar nichts.

Diese Clowns im Camp, die sind immer auf der Suche nach Bildmaterial. ›Öffentlichkeitsarbeit‹ nennen sie das. Die Jungs fahren also in die Wüste und finden da dieses abgestürzte Flugzeug, einen halben Jet, der im Sand steckt. Sie filmen es. Und sie machen Fotos von einem toten Mann. Tut mir leid, aber ich muss das jetzt sagen: Er ist noch an den Sitz geschnallt, stark verbrannt, daher unkenntlich, aber er trägt ein Namensschild mit deinem Namen. Jetzt wollen sie ihr eigenes Video produzieren. Jeder hier will neuerdings kleine verwackelte Videos machen. Und sie haben ja auch Material, nur leider sieht der Typ darin ziemlich tot aus. Und dann tauchst du auf. Sie sind ganz wild drauf, dir die Hauptrolle in ihrem Filmchen zu geben.«

Die Welt ist voller armer Künstler, die Filme machen. Haben sie also einen toten Jettie in der Wüste gefilmt, na und? Tot sehen wir alle gleich aus. Die werden mich schon nicht entführen. Was sollten sie auch als Lösegeld verlangen: Glückseligkeit? Schließlich wollen sie ihren Flüchtlingsstatus nicht verlieren. Wer verzichtet schon gern auf kostenloses Dosenessen und fast neue Nike-Sachen?

»Und am achten Tag findet man dann dich, wie du durch die Wüste irrst«, fährt sie fort. »Man bringt dich her, und du erzählst allen, dass du auf einem Routineflug durch die Wüste falsch abgebogen bist. Und jetzt willst nicht mal nach Hause?

Willst du deinen Orden nicht abholen, dein Bild in der Zeitung sehen, deinen Bonus einstreichen, Golf spielen gehen? Du kannst nicht hierbleiben, früher oder später musst du hier weg. Aber erst gibt es noch Arbeit für dich.«

»Was für Arbeit?« Ich bin fertig mit der Arbeit.

»Als Colonel Slatter abgestürzt ist, waren die Medien zu Hause voll davon«, sagt sie. »›Letzte Mission eines amerikanischen Helden‹ und der ganze Quatsch. Die Trümmer seines Flugzeugs haben sie gefunden, aber nicht den Colonel. Und dann tauchst du auf und erzählst von irgendeiner dämlichen Air-Force-Tradition.«

»Es geht um die Ehre der Staffel dabei. Wenn ein Offizier abstürzt, fliegt man dieselbe Mission. Und das habe ich getan.«

»Ich bin ja absolut dafür, militärische Traditionen zu pflegen, aber das hier ist eine völlig neue Entwicklung. Deine Leute haben Jungen von hier beschäftigt, die nicht wiederaufgetaucht sind. Dann haben sie Momos Bruder angestellt, und plötzlich sind eure Flugzeuge abgestürzt. Der Junge war technisch begabt, ja, aber hätte er wirklich die größte Luftwaffe der Welt in die Knie zwingen können? Ist mir hier irgendwas entgangen? Du bist Slatter gefolgt, oder? Wer also folgt dir?«

Zeit für Klartext und Haltung. »Ich habe einen Eid geschworen und diskutiere unsere Kriegspläne mit niemandem. Nicht einmal mit dir. Und wer bist du überhaupt? Mein Rettungstrupp? Mag sein, dass wir im selben Team spielen, aber das war's auch schon mit den Scheißgemeinsamkeiten. Ich fliege Einsätze. Ich erledige meine Arbeit und gehe nach Hause. Ich wohne in keiner gottverdammten Kommune und wühle im Kopf anderer Leute rum.«

Sie sieht mich an, als ob sie wüsste, dass ich eine Umarmung brauche. »Siehst du die Jungen in dem Transporter da, hörst du ihre Sprechchöre? Sie werden ungeduldig. Sie mussten mitansehen, wie einer von ihnen mitten im Camp erschossen wurde. Sie haben dein Flugzeug gefunden. Sie haben dich gefunden. Du kannst den Absturz unmöglich überlebt haben. Ihr habt eure Männer hier verloren, oder? Weit mehr, als ihr zugeben wollt? Hat man sie je zurückgebracht? Auch wenn ich persönlich nicht dran glaube, sind die Leute hier überzeugt, dass ihre Geister durch die Wüste irren und den Weg nach Hause suchen. Sie glauben, man hat dich geschickt, um sie zurückzuholen. Also stimmt es, dass du auf einer Mission hier bist?«

»Ich weiß von nichts. Ich habe meinen Kaffee getrunken. Meine Aspirin genommen. Bin losgeflogen. Ich dachte, ich würde meine letzte Mission fliegen.«

»Eine fehlt noch. Du musst tun, was du tun musst.« Plötzlich spricht die Autorität eines erfahrenen Kommandeurs aus ihr. »Und ich stehe auf deiner Seite. Sie glauben, ich will dich ganz für mich allein. Das ist alles, woran Männer denken können, selbst im Krieg.«

KAPITEL 28
MUTT

Momo hat mich gefunden, adoptiert, erzogen und gefüttert, und als ich nach seinem brutalen Angriff in die Wüste abgehauen bin, hat er mich zurückgeholt. Das jedenfalls glaubt er, und ich lasse ihn in dem Glauben. Das ist gut für sein zerbrechliches Ego. Wenn Sie mich fragen, bin ich derjenige, der ihn adoptiert hat, der ihn stets vor Ärger bewahrt hat und der selbst in seinen schwächsten Momenten nie den Glauben an ihn verloren hat. Ich war da, als Bro Ali ihn beim Benzinklauen erwischt und verdroschen hat. Neben dem Hangar steht ein Benzintank, und Momo hatte sich einen Gummischlauch besorgt, ihn in den Tank gesteckt und dann so lange daran gesaugt, bis er sechs Nestlé-Wasserflaschen voll hatte, mit denen er einen Lieferservice startete: *Benzin besonders billig.* Bro Ali erwischte ihn und prügelte ihn so heftig durch, dass ich zusammenzuckte und bellte, bis es mir schließlich gelang, ihn zu retten.

Manchmal lief ich Bro Ali nachts hinterher, wenn er sich hinausschlich, sein Funkdings aufbaute und mit Leuten am Himmel sprach. Momo folgte uns; ich tat so, als würden wir ihn nicht bemerken. Selbst Bro Ali tat so, als wüssten wir nicht, dass er uns folgte.

Ich lasse Momo auch weiter glauben, er sei Gottes Geschenk

an die Menschheit und mich. Manch einer mag das hündische Ergebenheit nennen; ich nenne es Liebe.

Und es ist diese Liebe und nicht Gier, die mich jetzt zum Hangar treibt.

Es riecht, als ob dort gekocht würde, mit Butter und Zucker. Wie oft habe ich versucht, Momo dazu zu bewegen, sich hier einmal umzusehen und nach Hinweisen zu suchen. Er ist so störrisch. Wenn der Hangar wirklich stillgelegt ist, wenn alle Soldaten abgezogen worden sind, wer, bitte schön, bereitet dann hier gerade ein Festmahl zu? Aber Vorbereitung ist seiner Meinung nach alles. Er will zum richtigen Zeitpunkt zuschlagen, er will das optimale Team, er ist besessen von der richtigen Ausrüstung. Er will eine Übernahme. Ein Einkaufszentrum mit Springbrunnen in der Mitte will er aus dem Ort machen, die oberste Etage reserviert nur für seine eigenen Büros. Wahrscheinlich hat er im Kopf auch schon die Feierlichkeiten für seine Heimkehr choreographiert. Ich gebe zu, dass es keine seiner üblichen Geschäftsideen ist, bei denen es im Grunde egal ist, ob sie funktionieren oder scheitern. Hier steht mehr auf dem Spiel, deutlich mehr; das Herz einer Mutter, die Liebe eines Bruders, die Stammlinie der Familie und irgendetwas mit mein Land, meine Freiheit, das ich nicht verstehe. Ich weiß nur, dass man sich in dieser Wüste keinen Respekt damit verdient, wenn man zulässt, dass sie einem den Bruder nehmen.

Manchmal redet sich Momo ein, sie hätten Bro Ali an einen Ort namens San José gebracht. Dort hat er angeblich so viel Spaß, dass er sich nicht einmal bei seiner Familie meldet. Ich möchte ihn dann am liebsten anschreien: *Hör auf, immer nur Pläne zu machen, tu etwas. Sie haben deinen Bruder entführt, und was machst du? Du kurvst stolz mit dem Jeep herum, den sie ihm gegeben haben, damit er mit seinem Sender herumfahren kann.* Bro Ali hat immer gesagt, er würde helfen, das Böse auszumerzen. Für mich waren damit eindeutig stinkende Katzen gemeint – bis ich eines Besseren belehrt wurde.

Ich umrunde den Hangar und hoffe, noch mehr Gerüche zu entdecken, die mir verraten, was da drinnen vor sich geht. Der Stacheldraht rostet vor sich hin, die Sprengfallen sind weggenickt, die Geister von Spürhunden strecken immer noch witternd die Nase in die Luft, um heranschleichende Feinde auszumachen. Ich rieche Zimt, den Geruch von Sommerferien aus Kindertagen, und Schlagsahne, Erinnerungen an schöne Dinge, die nie passiert sind. Ich bin völlig versunken in diese Düfte, als ich Schritte höre. Ich rieche nichts, aber ich höre Schritte. Sie kommt auf mich zu, fast schwebend, und setzt sich vor mich, wie es wichtigtuerische Hundeliebhaber tun, damit wir glauben, sie wären nicht größer als wir. *Nein, du Idiot, du bist sogar viel größer, du sitzt nur, deshalb sind wir auf Augenhöhe.* Sie wuschelt mir durchs Nackenfell und umarmt mich. Ich sehe sie an. *Wer zum Teufel bist du? Wo ist dein Geruch?* Was für ein Mensch hat keinen Geruch? Ich glaube, ich kenne noch jemanden, der keinen Geruch hat. *Und wo ist dein Schatten? Warum sind deine Hände und Wangen so kalt? Was zur Hölle ist mir dir passiert? Was machst du hier, so weit weg von zu Hause?* Denn sie ist blond, hat durchschimmernde blasse Haut und blaue Augen, die durch mich hindurchzublicken scheinen. *Warum hast du keine Angst? Siehst du diese Zähne nicht? Weißt du überhaupt, wer ich bin?*

Dann wird mir klar, dass ich derjenige bin, der Angst haben sollte. Zum ersten Mal in meinem Leben fürchte ich mich vor menschlicher Berührung. Doch bevor ich bellen oder nach ihr schnappen kann, steht sie auf und geht zum Hangar. Und sie ist nicht allein. Da sind noch andere, die wie sie sind, einige in Uniform wie die Soldaten, die im Konvoi durchs Camp fuhren, um Wasser zu holen, jetzt bloß noch ein Haufen müder Soldaten auf dem Rückweg zur Basis. Sie schweben über den Sand Richtung Hangar. Plötzlich sinkt die Temperatur. Mein Gehirn arbeitet ungewöhnlich langsam. So, so, eine Person, die nach nichts riecht. Vielleicht benutzen sie ein spezielles Parfüm, um ihren Geruch zu verdecken. Denn jemanden, den man nicht riechen kann, dem kann man keine Angst einjagen.

Jetzt sehe ich sie alle. Eine Geisterarmee versammelt sich hier zu einem großen Treffen. Das wird mir Momo nie glauben. Er ist ein Mann der Wissenschaft. Selbst wenn Geister mit Scheckbüchern wedeln würden, würde Momo es nicht glauben. Er wird es nur glauben, wenn er herkommt und es mit eigenen Augen sieht. Alles ist wie früher, nur viel kälter. Die Tore des Hangars stehen offen, das Flutlicht ist eingeschaltet. Zwar sind keine Flugzeuge zu sehen, aber der Windsack flattert. Die riesigen Maschinen im Gebäude quietschen und sausen. Warum sind sie zurückgekehrt? Bringen sie unseren Bro zurück? Plötzlich erinnere ich mich. Mein gegrilltes Hirn mag langsam sein, aber es tut seinen Dienst. Ich weiß wieder, wer die Person ohne Geruch ist. Ich muss Momo unbedingt sagen, dass ein Geist unter unserem Dach wohnt.

KAPITEL 29

MOMO

Wenn Mutt mit dem Schwanz wedelt oder ihn so krümmt, dass er wie ein Fragezeichen aussieht, ignoriere ich ihn normalerweise einfach. Aber wenn sein Schwanz richtig eingerollt ist und er immer wieder um mich herumläuft, heißt das, dass er wichtige Neuigkeiten hat, um die wir uns dringend kümmern müssen. Also steigen wir in den Jeep, fahren los, und was sehe ich? Die Tore des Hangars stehen offen, die Schranken sind oben, das Flutlicht brennt. Wir fahren in unserem Cherokee einmal drum herum, ich hupe, *jemand da?* An den Checkpoints sehe ich niemanden, und auch die Silhouette einer Frau entdecke ich nirgends, obwohl ich wette, dass Mutt auch damit recht hat.

Sie haben sicher schon mal gehört, dass Gott das Paar geschaffen hat, damit seine Schöpfung sich vervielfachen und die Welt überbevölkern kann. Aber Gott hat das Paar auch geschaffen, damit sich die Partner im Leben gegenseitig nerven, verraten und dann, wenn einer von ihnen stirbt, heimsuchen können. Keine Ahnung, ob es dort im Hangar wirklich einen Geist gibt. Wen juckt das? Es gibt da eine weiße Frau, und wir haben einen weißen Mann bei uns im Haus. Er quatscht ständig von seiner Ehefrau. Angeblich will er zu ihr zurück, kommt aber nicht in die Gänge. Jetzt ist sie zu ihm gekommen.

Wenn Mutt die Wahrheit bellt, höre ich das. Ellie läuft also vor seiner Frau weg, und sie spürt ihn auf. Das tun gute Ehefrauen immer. Selbst wenn dich dein Land vergisst, deine Frau denkt an dich. Todsicher.

Ich finde ihn in Lady Flowerbodys Büro, in eine Akte vertieft. Meine Stimme hat einen feierlichen Ton, als würde ich ihm die gute Nachricht überbringen, auf die er schon so lange wartet. »Sie sind da. Und jemand ganz Besonderes für dich ist auch dabei.« Ich lasse es geheimnisvoll klingen, verheißungsvoll. Ich muss ihn sanft locken. Wenn man in Unterzahl einem mächtigen Feind gegenübersteht, ist rohe Gewalt nicht das Mittel der Wahl. Hier ist mein Verhandlungsgeschick gefragt. Ich kann Ellie keine Pistole an den Kopf halten und ihn zwingen, mit in den Hangar zu kommen. Das geht nur in Filmen. Im echten Leben labern erst mal alle, und zwar so lange, bis ihnen die Worte ausgehen. Und *dann* ziehen sie die Waffe.

»Du musst zum Hangar. Deine Frau ist da, um dich abzuholen.«

»Wo? Woher weißt du, dass sie es ist? Warum hast du sie nicht hergebracht?«

Das Weißbrot hält sich ja für so was von clever. Irgendwann gerät er damit noch mal an den Falschen.

»Sie ist in den Hangar gegangen. Du weißt doch, dass ich da nicht reinkann. Und warum sollte sie mir glauben oder auf mich hören? Ich bin doch nur ein kleiner Junge.«

Was wird er jetzt tun? Er kann schlecht behaupten, dass es keine Frau gibt, dass ich sie mir nur einbilde. Der Hangar steht offen, und es gehen weiße Menschen rein. Was für ein Mann hat Angst vor den eigenen Leuten? Nur jemand, der meint, nicht dazuzugehören. Jemand, der nicht dazugehören will. Aber was wird er tun? Er ist unser Ticket in den Hangar.

»Dein Vater hat gesagt, dass es dort spukt, dass es dort nichts gibt außer Geistern.«

Das hat Father Dear gesagt, echt?

Also flüchtet er sich jetzt schon ins Übersinnliche, verkauft weißen Männern Geistergeschichten. Ich bin derjenige, der nicht abergläubisch ist, aber trotzdem ist Ellie mir nun einen Schritt voraus. Ich werde ihn mit Logik schlagen. Der weiße Mann glaubt alles, wenn es zu seinem Vorteil ist.

»Jetzt schalt mal dein Gehirn ein. Es ist ein Lagerhaus. Voll mit ausrangierten Panzern, Flugzeugen und Artillerie. Sie hat einen Rettungstrupp dabei. Um dich zurückzubringen. Sie reist um die halbe Welt, um dich zu suchen, und du hast Angst vor einer kleinen Spritztour? Du musst sie ja echt lieben.«

Ich sehe deutlich, dass er immer noch nicht will, aber in seinem Blick liegt ein seltsames Leuchten. Plötzlich erinnert er mich an einen schlaffen Luftballon.

»Ich wollte sowieso hin. Keine Ahnung, was mich so lange davon abgehalten hat.«

»Nicht nur du willst da hin. Wir fahren alle.«

Als wir auf den Jeep Cherokee zugehen, kommt Mother Dear aus dem Haus gestürzt. Ich weiß schon gar nicht mehr, wann sie es das letzte Mal verlassen hat. Hinter ihr folgt stolz Mutt, federnden Schrittes, selbst sein Hinken wirkt auf einmal anmutig. Es scheint, als ob sein Hirn plötzlich entgrillt worden wäre.

KAPITEL 30
MUTT

Ich rechne mit Prügel, als ich mit Mother Dears vermisstem weißem Dupatta wieder auftauche, der Bro Alis mit Windpocken übersäten Oberkörper bedeckt hatte. Mother Dear sitzt da und streicht sich grünes, klebriges Zeug ins Haar. Es ist Henna. Ich kann den Geruch nicht ausstehen, weil er mich an Hochzeitsnächte und zitternde Jungfrauen erinnert. Sie hat das Haus seit einer Weile nicht mehr verlassen, und anscheinend ist das ihre Art, sich auf die große böse Welt da draußen vorzubereiten. Auch wenn mich ganz sicher noch nie jemand eine Jungfrau geschimpft hat, zittere ich jetzt. Eigentlich habe ich den Dupatta gar nicht gestohlen, ich habe ihn nur unter dem Sofa versteckt, weil er so intensiv nach Bro Ali roch. Er rief unerträgliche Erinnerungen wach. Aber jetzt, das weiß ich, braucht Mother Dear ihn. Die Zeit ist gekommen, sich nicht mehr vor diesen Erinnerungen zu fürchten.

Ich lege das Tuch in sicherer, respektvoller Entfernung vor ihr ab und bleibe unbeweglich davor sitzen. Eigentlich widerspricht es meiner rastlosen Natur, stillzusitzen, aber ich will kein falsches Signal aussenden. Sie soll nicht glauben, dass ich das Andenken ihres verlorenen Sohnes beschmutzt oder Unfug mit ihrer persönlichen Garderobe getrieben hätte. Stillsitzen ist gar nicht so schwer, wenn man nichts angestellt hat.

Und das habe ich nicht. Nicht mit dem Dupatta. Sie kommt auf mich zu, hebt den Dupatta auf und riecht daran, und in ihrem Riechen rieche ich all die Liebe dieser Welt.

Ich lasse die Zunge nicht baumeln. Halte den Schwanz ganz still. Als sie sich auf mich stürzt, zucke ich nicht. Was kommt jetzt? Ein Tritt? Ein Schlag? Bei Momo weiß ich immer, ob mich ein Tritt in den Hintern oder ein Kuss auf die Schnauze erwartet. Sie gibt mir einen Klaps. Einen zarten. Es ist nicht wirklich ein Schlag, eher eine zärtliches Wegdrücken des Gesichts, mit dem man jemandem sagen will, *du Süßer.*

Dann beugt sie sich herab und reibt ihre Nase an meiner Schnauze. Das hat sie noch nie getan. »Mein Sohn, ich glaube, wir sollten jetzt gehen.« Noch nie hat mich jemand »mein Sohn« genannt.

Draußen herrscht großes Geschrei. Alle reden durcheinander, wirklich alle.

Keine Frage, es ist höchste Zeit zu gehen.

ZUM HANGAR

KAPITEL 31
MOTHER DEAR

Ich werde hier nicht mit abgekauten Nägeln, vom Rauch brennenden Augen und schlechtem Gewissen sitzen und auf ein Wunder warten. Ich habe lange genug gewartet. Am Ende muss ich die Dinge doch selbst in die Hand nehmen. Wunder geschehen nicht, wenn man sich an den Herd ketten lässt und seine Tage damit verbringt, zu denken: *Bin ich eine schlechte Mutter? Wann bin ich nur zu so einer schlechten Mutter geworden?*

Außerdem ist kein Salz im Haus. Ich bin vielleicht eine schlechte Mutter, aber ich bin keine dumme Mutter. Ich weiß, wann die Zeit gekommen ist, zu handeln.

Ich merke, dass um mich herum die Vorbereitungen laufen. In Mutts Augen erkenne ich, dass eine Reise ansteht. Momo hat Öl aus der Küche geklaut, für sein Gewehr. Und dieser Deserteur Ellie wacht mitten in der Nacht auf, will weglaufen und stellt dann fest, dass er nirgendwohin kann.

Selbst Lady Flowerbody versucht, mich für die Sache der Frauen zu gewinnen. Sie sagt, ich bin keine schlechte Mutter, ich soll mir keine Vorwürfe machen. Mütter, sagt sie, halten sich sehr oft für unzulänglich. Ich antworte, sie soll den Mund halten, an ihrem Bericht arbeiten und aufpassen, dass aus meinem Haus nichts gestohlen wird. Wie kann es angehen, dass Menschen davon leben können, anderen zu erzählen, sie bräuchten sich keine Vorwürfe zu machen? Diese nichtsnutzige Schlampe erzählt mir, ich soll einfach ein bisschen abwarten und den Dingen ihren Lauf lassen. Ich soll meine Trauer zu meiner Stärke machen, meinen Verlust auch mal vom globalen Standpunkt aus betrachten. Sie will aus mir eine starke Frau machen, die ihre eigenen Entscheidungen trifft.

Was glaubt sie denn, wer hier die Entscheidungen trifft? Eine meiner Entscheidungen war allerdings schlecht, auch wenn sie damals nicht schlecht schien. Jungen müssen hinaus in die Welt, also ließ ich ihn. Mitten im Krieg ein anständiger Job, ein Job, bei dem er nicht kämpfen musste. Ich schwöre, dass ich dachte, er würde im Hangar sicherer sein. Sie hatten die Waffen und die Sirenen und konnten entscheiden, wo die Bomben abgeworfen wurden. Er hat es dort besser, dachte ich, nachdem eine Bombe auch unser Dach durchschlagen hatte. Vielleicht war ich eine dumme, selbstsüchtige Mutter, aber was ich jetzt brauche, ist nicht mehr Stärke, ich brauche meinen Sohn.

Ich habe schon lange genug gewartet. Seinerzeit ganze neun Monate. Wissen Sie, wie dieses Warten für mich war? Alle zwei Minuten habe ich mich gefragt, was, wenn er in mir gestorben ist? Aber dann hat er mich wieder getreten, und ich habe gesagt, *Gott sei Dank, er ist nicht tot.* Für einen Augenblick bin ich erleichtert gewesen, aber dann dachte ich wieder, was, wenn er keine Augen hat? Ich habe gebetet, *o Barmherziger, o du, der du Augen gibst, bitte lass ihn gute Augen haben.* Was, wenn er sechs Finger hat? Na ja, das wäre okay gewesen. Als ich klein war, hatte ich eine Freundin mit sechs Fingern, und alle fanden es niedlich. Wir haben sie beneidet, weil alle ihre Finger zählen wollten, nur um auch ganz sicher zu sein.

Ich wollte nicht, dass er in diese Welt geboren wird. Ich wollte ihn in mir behalten, nur noch ein paar Tage länger. Vor den Schmerzen hatte ich keine Angst. Aber ich war nicht sicher, ob ihm nicht etwas fehlte, ein Arm oder ein Zeh. Ich konnte mir kein Gesicht zu ihm vorstellen. Als er dann kam, zerrte er mein ganzes Wesen mit sich hinaus in die Welt. Es tat weh, aber es fühlte sich auch gut an. Es war furchtbar, und es war wunderbar. In meinem Bauch brannte der Schmerz, aber in meinen Augen brannten Sterne. Meine Brustwarzen schmerzten, aber sie schmerzten noch mehr, wenn er nicht daran saugte.

Und jetzt das Dasitzen und Warten darauf, dass er nach Hause kommt, die Tür knallt und ruft: *Mother Dear, ich habe Hunger, ich könnte eine ganze Kuh auffuttern. Wo ist mein Essen, Mother Dear, warum gibt es hier im Haus nie was zu essen? Warum gibst du alles Father Dear, der nur in seinem Büro sitzt und Däumchen dreht? Sogar Mutt bekommt noch vor mir zu essen. Komm schon, Mother Dear, wo ist mein Essen, ich habe so einen Hunger.*

Ich war nicht immer eine schlechte Mutter. Natürlich gab es immer Essen für ihn; es war nur nie klar, wann er Hunger haben würde. Bis der Herd endlich brannte, um darauf das Essen aufzuwärmen, raste er durchs ganze Haus und ließ einen wissen, wie groß sein Hunger war. Das habe ich gut hinbekommen; ich habe ihn ernährt und gekleidet, während seine Arme und Beine immer länger wurden und sein Appetit immer unersättlicher.

Sie hätten mich an seiner Stelle nehmen sollen. Warum habe ich zugestimmt, ihn allein dorthin zu schicken? Warum habe ich nicht darauf bestanden, ihn zu begleiten?

KAPITEL 32

MUTT

Unser Jeep fährt mit gleichmäßigem Tempo, ohne Geräusch. Father Dear sitzt neben mir, in sich zusammengesunken, als wäre er auf dem Weg zu seinem eigenen Prozess. Daneben sitzt Ellie, der weiße Deserteur, und rutscht unruhig hin und her. Momo hat eine Hand auf dem Lenkrad seines Cherokee und die andere auf seinem M16. Es ist entsichert. *Momo, würdest du die Waffe bitte wieder sichern? Lass uns nicht den großen Macker spielen. Du könntest aus Versehen jemanden töten oder verstümmeln.* Gewehre riechen nach müßiger Begierde.

Ich halte die Nase in die Luft. Und sehe den ersten roten Vogel. Dann noch einen, und noch einen. Ich belle. Momo sieht nach oben und nickt bestätigend. Ich weiß nicht, ob er sie wirklich sehen kann, oder ob er nur nett zu mir ist. Mother Dear schärft einen Kristalldolch mit einem kleinen schwarzen Stein, als wollte sie die ganze Armee damit niedermachen. Sie hebt den Dolch über ihren Kopf und prüft seine Schärfe. Er blitzt auf. Plötzlich hält Momo an. Wir werden verfolgt.

Hinter uns erscheint in der Ferne ein Mann auf einem Motorrad; er holt auf. Hier kommt der Verräter, denke ich. Erst müssen wir uns um den Verräter kümmern.

Doctor hält in sicherer Entfernung von uns an, um ihn herum eine Staubwolke. Als sie sich legt, erkennen wir, dass noch jemand auf dem Sozius sitzt: Lady Flowerbody. Ihre Hand ruht auf seiner Schulter. Sie werden ein gutes Paar abgeben, diese zwei zögerlichen Weltretter, falls sie sich vor dem jeweils anderen retten können.

Doctor interessiert unsere Mission nicht, er ist unparteiisch, er hat die Objektivität mit Löffeln gefressen; Objektivität riecht nach schaler Pisse. Er wird für niemanden Partei ergreifen. Er hat kein Interesse daran, Bro Ali zu retten, er ist nicht einmal an der Rettung der Menschheit interessiert. Er will die Wüste retten. Seiner Meinung nach ist sie der Quell des Lebens, weshalb er uns unablässig darauf hinweist, dass in der Wüste mehr als dreizehntausend Arten existieren. Er sollte statt Objektivität mal eine Portion dieser Biodiversität zu sich nehmen. Die meisten dieser Arten sind als Lebewesen getarntes Gift.

»Warum fährst du uns nach?«, ruft Momo. Aber von Doctor ist keine klare Antwort zu erwarten.

»Das tue ich keineswegs. Ihr geht euren Weg, ich gehe meinen.«

»Aber warum fährst du zum Hangar?«

»Meine Reisepläne tun nichts zur Sache. Ich darf doch wohl hinfahren, wohin ich will. Vielleicht brauchst du mich noch. Oder deine Feinde brauchen mich. Ich ziehe es zwar vor, wenn niemand mich braucht, aber ich muss mich für den Fall der Fälle bereithalten.«

Momo blickt zu Lady Flowerbody. Er hat damit gerechnet, dass sie kommt, aber nicht zusammen mit Doctor. »Und Sie? Wo wollen Sie hin?«

Lady Flowerbody zuckt die Schultern, sie hofft wohl auf ein weiteres Kapitel für ihr Buch. »Ich bin einfach mitgefahren. Ich dachte, du wolltest, dass ich mitkomme. Außerdem habe ich die Sirene gehört. Ich mache nur meine Arbeit.«

Mother Dear legt die Hand aufs Lenkrad. »Fahr weiter, Momo, wir wollen keine Zeit mit Leuten vergeuden, die uns keine klaren Antworten geben. Wir haben etwas zu erledigen und sind dankbar für jede Hilfe, aber das hier ist Zeitverschwendung. Es hat in meinem Leben genügend Männer gegeben, für die ich meine Zeit vergeudet habe, da brauche ich nicht noch einen.«

KAPITEL 33
MOTHER DEAR

Wissen Sie, warum ich wirklich eine schlechte Mutter bin? Weil ich fast jede Nacht wach liege und mich frage, warum wir nicht Momo geschickt haben. Er ist der gewieftere, der gerissenere von den beiden, er ist mit fünfzehn schon ein mit allen Wassern gewaschener junger Mann. Eigentlich hätte er gehen sollen, aber der Große war dagegen: *Ich bin der Ältere. Und ich habe noch eine Rechnung mit ihnen offen.* Ich frage mich, was geschehen wäre, wenn Momo statt Ali gegangen wäre. An dieser Stelle muss ich mich zwingen aufzuhören. Ich bin nicht nur eine schlechte Mutter, ich bin ein Monster. Da habe ich schon einen Sohn verloren, und jetzt wünsche ich mir, dass ich stattdessen den kleinen verloren hätte, weil er womöglich bessere Chancen gehabt hätte, zurückzukehren. Als ob er so ein Schicksal eher verdient hätte. Als ob es hier um Erfahrung ginge. Als ob dies ein Glücksspiel wäre, das der eine besser beherrscht als der andere.

Ab jetzt überlasse ich nichts mehr dem Zufall. Flowerbody hat sich bemüht, mir beizubringen, wie ich meine Trauer »managen« kann. Aber Trauerarbeit wird schnell zu einem Vollzeitjob ohne Aufstiegschancen. Es ist, als würde man ein kleines Unternehmen managen, das nie Gewinn abwirft. Jeder hat seine Waffe. Ich musste wählen. Mit Messern und Dolchen kann ich nicht gut umgehen, Schusswaffen sind zu laut. Aber als junge Frau war ich sehr geschickt beim Holzhacken. Irgendwo hatten wir doch noch eine Machete. Ich fand sie im Schuppen, wo sie vor sich hin rostete. Nachdem Ali verschwunden war, reinigte und schärfte ich sie, hielt sie stets bereit. Nur für den Fall, dass sie es auch auf Momo abgesehen hatten. Wenn man einen Sohn großzieht, muss man Tag für Tag seine Waffe polieren und wachsam sein. Selbst wenn man Waffen nicht mag, braucht man eine, weil man nie weiß, wer kommen könnte, um einem das Kind wegzunehmen.

Eine Mutter ist dem Tode nahe, wenn sie ein Kind zur Welt bringt. Und danach ist es nur noch eine Frage der Zeit, bis ihre Söhne ihr den Todesstoß versetzen.

Mein Vater hat kleine Objekte aus Salzblöcken gemeißelt, erst nur als Hobby, später wurde daraus ein kleines Gewerbe. »Kunst aus Gourmetsalz« nannte er das; füge einem beliebigen Material einen Schuss Rosa hinzu, und schon kannst du den vielfachen Preis dafür verlangen. Das Salz aus seiner Mine war bereits rosa gefärbt. Meist fertigte er Tischlampen daraus, manchmal in Form einer Schildkröte oder eines Kamels und einmal in Form eines Schwarms Tauben, die einen Ring bildeten und in der Mitte miteinander schnäbelten.

Für Ali und Momo stellte er manchmal kleine Pistolen und Maschinengewehre her. Sie rannten damit durchs Haus und schossen aufeinander.

»Warum schenkst du ihnen Gewehre?«, fragte ich.

»Es wird bald Krieg geben; diese Kinder müssen lernen, wie man mit Waffen umgeht.«

»Aber das sind Spielzeuggewehre.«

»Na und? Wir können sie an Touristen verkaufen und von dem Geld eine kleine Pistole anschaffen, mit der wir dann eine Karawane überfallen. Und von diesem Geld wiederum kaufen wir größere Waffen, und dann noch größere und so weiter, bis die Leute irgendwann zu uns kommen und von uns Waffen kaufen, weil sie Angst vor uns haben.«

So war er, mein Vater. Den Geschäftssinn hat Momo eindeutig von seinem Opa.

»Ich werde ganz sicher nicht ins Waffengeschäft einsteigen«, sagte ich. »Aber, Vater, kannst du eigentlich auch was machen, das wirklich funktioniert?« Und so schenkte er mir einen Dolch.

Diesen Dolch.

Sie meinen, er ist nur Deko? Nun, er ist scharf. Und das Schöne ist, es bleibt kein Blut an ihm haften. Wie bei dieser Bratpfanne, die ich habe, die mit der glänzenden Beschichtung, an der auch nichts kleben bleibt. Mein Mann hat sie mir geschenkt, als er mir noch Geschenke gemacht hat. Meinen Antihaft-Dolch habe ich für genau diesen Tag aufbewahrt. Es gab Tage, da war ich schon in Versuchung. Schließlich ist er aus Salz, warum ihn also nicht verkochen? Aber ich habe dem Drang stets widerstanden. Wie eine sentimentale Spinnerin kam ich mir dabei vor, einen kleinen Salzklumpen aufzuheben. Aber alle sentimentalen Spinner stellen irgendwann fest, dass ihr abstruser Glaube eine gute Investition in die Zukunft war. Was man aus sentimentalen Gründen behält, wird zur Waffe an dem Tag, an dem man eine braucht.

KAPITEL 34

DOCTOR

Sie glauben, sie können dort einen netten Plausch halten, ihren Forderungskatalog unterbreiten und dann mit ihrem Jungen nach Hause fahren. Ich dagegen rechne mit Verlusten, wenn auch nicht mit allzu vielen. Für mich persönlich ist es eine schwierige Entscheidung; auf beiden Seiten nur Kriminelle, die seit jeher die Erde ausplündern. Mir würde es nichts ausmachen, wenn sie alle draufgehen würden, aber ich muss diesen Ärzteeid beherzigen, von dem man mir erzählt hat. Nur die wenigsten können nachvollziehen, in welchem Dilemma medizinische Fachkräfte in einer Situation wie dieser stecken. Wenn das Töten beginnt – und es wird beginnen, das weiß ich aus Erfahrung –, auf wessen Seite stelle ich mich dann? So weit ich es überblicke, bin ich die einzige Fachkraft vor Ort. Lady Flowerbody hat mein Motorrad gesehen und mich rangewunken, als ich gerade das Camp verlassen wollte. Ich dachte, sie wollte mir assistieren, aber sie sagte, sie habe ihre eigene Arbeit. Ich mache ihr keinen Vorwurf. Wer will schon in einer Schlacht mit Geistern Sanitäter sein?

Wenn auf beiden Seiten gleichzeitig einer fällt, wen rette ich dann zuerst? Es ist meine Aufgabe, Leben zu retten, ohne Rücksicht auf die Farbe der Flagge oder gar die Farbe der Haut. Auch mein persönliches Risiko ist nicht unbeträchtlich. Egal, um welche Seite ich mich kümmere, für die andere werde ich sofort zum Ziel. Und für die Sorte Verletzungen, die es hier gleich geben wird, bin ich erbärmlich schlecht ausgerüstet. Die Leute fürchten sich immer vor großen Schlachten mit Panzern und Bomben, dabei sind es die kleinen, auf kurze Distanz ausgetragenen Kämpfe, die der menschlichen Anatomie den brutalsten Schaden zufügen. Eine Bombe reißt dich in hundert kleine Stücke, was zwar hässlich aussieht, aber ein relativ friedlicher Abgang ist. Wenn du aber einen Bauchschuss abkriegst und dann daliegst, während andere Kämpfer auf dir herumtrampeln, wirst du dich nach dieser Bombe sehnen. Krieg ist so alt wie die Menschheit, und die Art von Kampf, die sich hier gerade abzeichnet, wirkt auf mich auch nicht besonders fortschrittlich. Die sogenannten Feinde haben größere Waffen und noch größere Nahrungsvorräte. Außerdem schweben sie eher, statt zu gehen, ein Zustand, den ich bisher nur beobachtet, aber noch nie behandelt habe. Ich habe nie an paranormale Erscheinungen geglaubt und werde jetzt nicht damit anfangen. Ich bin Arzt und kein Zauberer. Und schon gar kein Unterhändler.

Meine persönlichen Überzeugungen halte ich außen vor, wenn ich arbeite. Denn eigentlich finde ich, die menschliche Rasse ist völlig überflüssig. Sie hat tosende Ozeane in Wüsten und Wüsten in Einöden verwandelt. Aber ich darf mich nicht von meinen Gefühlen leiten lassen. Ich habe eine Aufgabe zu erledigen und anschließend einen Bericht darüber zu schreiben. *Jetzt legt euch doch endlich um, ihr Hohlköpfe. Tut der Erde den Gefallen, sie ist ohne euch besser dran.* Was für ein Wahnsinn. Jetzt hat sich Mother Dear plötzlich zur Anführerin ernannt. Genau die Art Machtkampf, die diesen Planeten zerstört. Sie steht vor Momo, genau in seiner Schusslinie. Momo versucht zu zielen, ohne den Kopf seiner Mutter zu treffen. Ich sehe es schon kommen, gleich kriege ich Arbeit. Ich trage einen weißen Kittel und zusätzlich ein weißes Stirntuch, damit auch noch der Letzte es rafft. *Hey, mal alle kurz herhören. Ich bin nicht zum Kämpfen hier, sondern um eure Wunden zu versorgen, ist das klar? Je weniger Gefallene, je weniger zerfetzte Arme und Beine, desto weniger Arbeit für mich. So, und jetzt legt los, redet, wenn ihr wollt, oder kämpft meinetwegen, macht euch gegenseitig alle. Aber bitte schnell, Ärzte brauchen ihre Mittagspause.*

KAPITEL 35
MOTHER DEAR

Mein Mann hat Angst. Und diese Angst benutzt er, um mich zu kontrollieren, um mich weiter an den Herd zu ketten. Ich habe eigentlich nichts gegen den Herd, er nährt mich, er nährt meine Familie. Mein Mann erzählt von Kampfhubschraubern, die im Dunkeln sehen können, und von furchterregenden großen Hunden an schweren Eisenketten, die einen auffressen, wenn sie losgelassen werden. Er meint, wir müssen dankbar dafür sein, dass wir am Leben sind und zu essen haben. Manchmal deutet er an, dass es Ali ohne uns vielleicht sogar besser geht. Er sagt Dinge wie: *Die haben überall Klimaanlagen. Und echtes Rindfleisch. Und Kekse mit Zitronencreme.*

Mein Ali hat diese Zitronencreme-Kekse geliebt.

Darf man seinen Sohn verkaufen, wenn es dessen eigenem Glück dient? Darf man ihn um seiner eigenen Sicherheit willen weggeben?

Anfänglich sagte er, Ali sei im aktiven Dienst. Ich hakte nach: Und was ist mit geregelten Arbeitszeiten? Wochenenden? Urlaub am Unabhängigkeitstag? Was ist das überhaupt für ein Job? Warum kann er keinen Brief schreiben? Wenn mein Mann lügt, sieht er mir in die Augen.

»Er hat einen Geheimauftrag. Wenn Armeen in fremden Ländern operieren, brauchen sie Hilfe, lokales Wissen, Dolmetscher, alles ganz offiziell. Alles streng vertraulich. Alles voll bezahlt. Manchmal dauert es etwas mit den Zahlungen, aber sie zahlen immer.«

Aber warum kommt er nicht nach Hause?

Letztes Jahr ist mein Ali noch zu mir ins Bett gekommen, wenn er nachts einen Albtraum hatte. Jetzt ist er ein voll bezahltes offizielles Geheimnis.

»Hast du ihn getroffen? Hast du ihn gesehen? Kannst du ihn nicht für ein Weilchen heimholen?« Es fiel und fällt mir schwer zu glauben, dass mein Mann ein Kinderhändler sein soll. Wusste er, was er tat, als er ihn weggeschickt hat, oder war er nur naiv?

Manchmal versuche ich, Momo im Haus zu halten. Ständig blickt er zur Tür, gibt vor, irgendwohin zu müssen, dringend etwas erledigen zu müssen. Du musst lernen, stillzusitzen, Momo, hör dir meine Geschichte an. Du musst mir zuhören. Weißt du noch, als du Alis Fußball kaputt gemacht hast und er dich geschlagen hat, worauf ich ihn geschlagen habe? Ich habe euch beide angeschrien.

Father Dear kam tagelang nicht nach Hause, als der Hangar geschlossen wurde. Er hatte Angst. Angst vor dir. Er hat immer noch Angst, dass du ihn eines Tages töten wirst. Wenn Männern die Worte ausgehen, wollen sie töten. Oder sie fangen zumindest an, darüber nachzudenken, einander zu töten. In deinen Augen sehe ich Blut, auch wenn du sagst, es seien Dollarzeichen. Du gibst Father Dear die Schuld an allem. Manchmal allerdings habe ich den Verdacht, du hast die Liebe zu den Weißen von deinem Vater geerbt. Es ist eine Krankheit. Mag sein, dass Liebe immer eine Krankheit ist, aber ich sage dir, die Liebe zu den Weißen ist eine besondere Art von Krankheit.

Aber hör zu, Momo, dein Vater war nicht immer so. Er war der Sohn eines Stammesoberhaupts. Die Leute kamen zu ihm und wollten Zucker und Benzin von ihm kaufen. Er war ein fleißiger Schmuggler damals. Eines Tages sagte er: »Es kommen mittlerweile ganz schön viele Leute zu mir, um Geschäfte mit mir zu machen oder mir ihre Ehre zu erweisen. Du solltest besser deinen Kopf bedecken.«

Ich sagte, okay, und bedeckte von nun an meinen Kopf. Die Sache wurde eine Art Witz zwischen uns. Wenn ich ihn sah, bedeckte ich meinen Kopf und musste jedes Mal kichern, worauf er zu mir kam, mich drückte und dann wieder ging, um sich seinen Geschäften zu widmen. Aber obwohl ich meinen Kopf bedeckte und immer respektabler wurde, musste ich weiterhin Wasser holen. Eines Tages vergaß ich meinen Dupatta am Wasserloch, was passieren kann, denn er ist nun mal ein Stück Stoff und kein Körperteil. Als ich nach Hause kam, lungerte dort ein Pulk Männer herum und wartete auf deinen Vater, den Schmugglerboss. Ich griff nach meinem Dupatta, aber er war nicht da. Was tun? Ich wollte nicht, dass er mich vor diesen Fremden anschrie, also zog ich mein Hemd aus, bedeckte damit meinen Kopf und marschierte weiter. Was hatte ich schon zu verbergen? Jeder hat schließlich Arme, oder? Und er hatte mir nur gesagt, dass ich meinen Kopf bedeckt halten soll, was ich ja tat, mit meinem Hemd.

Als ich das Haus erreichte, blickten alle zu Boden; erst verstummten sie, dann fingen sie an, Gebete zu murmeln, als hätten sie den Leibhaftigen gesehen. Dann kam dein Vater und zerrte mich zischend und schnaubend ins Haus, wo er ungeschickt versuchte, mich zu schlagen. Ich trat ihm vors Schienbein.

»Was soll das, du Schwachkopf?«

»Was denn, mein Kopf ist doch bedeckt.«

»Sieh dich doch mal an.«

»Da gibt es nichts zu sehen, ich trage ein Unterhemd. Na gut, man sieht meine Arme, aber du hast mir nie gesagt, dass ich meine Arme bedecken muss. Warum soll ich sie nicht zeigen dürfen? Mein Kopf ist schließlich bedeckt. Sitzt nicht dort all deine Ehre? Oder sitzt sie in meinen Armen? Wenn ja, solltest du mir das mal sagen.«

An jenem Tag wurde mir klar, dass ich mit einem verwirrten kleinen Mann verheiratet war. Einem Mann, der rumläuft und jedem Weißen, den er finden kann, die Stiefel leckt, der vor seinen Aktenordnern auf die Knie fällt und nach beleidigenden Telegrammen aus dem Hauptquartier lechzt. Aber meine entblößten Arme bereiten ihm Schande.

Jetzt begleitet er uns, sitzt mit uns im Jeep. Ich habe ihn nicht darum gebeten. Es war Momo, der ihn überzeugt hat. Er musste ihm nur sagen, dass die weißen Soldaten zurückgekehrt seien und die Tore zum Hangar wieder offen stünden, und schon hat mein Mann seinen faulen Arsch in Bewegung gesetzt. Er fragt nicht, warum wir alle mitfahren. Er liest es in unseren Gesichtern. Er weiß, wann er besser schweigt.

Ich habe nichts dagegen, dass er mitkommt. Er kann ja zugucken.

KAPITEL 36
MUTT

Alles nur Geschichten. Alles Lügen. Volksweisheiten sind nichts weiter als die jahrhundertelange Anhäufung von Vorurteilen und Angst. Globale Sicherheit ist nichts als Social Engineering mit Hilfe neu geschaffener Arbeitsplätze. Erst baut man irgendeine Anlage, dann wirbt man Arbeiter dafür an, stellt Männer für die Bewachung der Anlage ein, besorgt ein paar Hunde, die diese Bewacher beschützen sollen, stellt dann man noch mehr Männer ein, die die Anlage zerstören, und schließlich träumen alle von Verträgen für Wiederaufbauprojekte.

Ich laufe dem Rudel voraus, habe eine kleine Aufklärungsmission übernommen. Vielleicht setzt Momo mich aber auch als Köder ein, um sie herauszulocken. Immerhin bin ich der Erste, der alles zu sehen bekommt. Der Stacheldraht am Haupttor ist zur Seite geräumt. Sie warten schon auf uns, sie machen es uns leicht. Fast rechne ich mit einer Willkommensparty. Von innen sieht der Hangar aus wie ein verlassenes Einkaufszentrum. Große Tore, die verrammelt sind. Verbretterte Büros. An der Decke hängt ein halbes Flugzeug. Gemurmel, widerhallendes Gemurmel, Menschen in Schatten, Schatten in Schatten. Die Leute da drinnen unterscheiden sich eigentlich gar nicht von den Bürohengsten, die vorher hier waren. Schauen Sie, ihre Füße zeigen keineswegs nach hinten wie bei einem Dschinn. Und schnuppern Sie, sie riechen auch gar nicht wie der Inhalt eines Sarges. Ich muss es wissen, ich habe alle möglichen Särge von innen und von außen beschnuppert. Diese Leute riechen nach nichts. Man hat sie zurückgelassen. Sie haben ihrem Gott und ihrem Land gedient, und dann hat man sie plötzlich vergessen. Sie sind tot, aber sie wissen es nicht. Weil niemand sie in fahnendrapierte Särge gelegt, nach Hause geflogen und dort durch die Straßen getragen hat. Diese Mühe wollte keiner auf sich nehmen. Niemand hat sie mit militärischen Ehren begraben. Niemand hat das Opfer, das sie gebracht haben, gewürdigt. Niemand hat kleine Dorfstraßen nach ihnen benannt. Man hat sie einfach vergessen.

Wären sie keine Heiden, würde man sie Märtyrer nennen. Mit ihnen soll der Krieg am Laufen gehalten werden, selbst wenn er schon längst vorbei ist.

Was Essen angeht, haben sie allerdings Geschmack. Wann haben Sie das letzte Mal einen richtig guten hausgemachten Pfannkuchen gegessen? Sie wissen es nicht mehr? Ich auch nicht. Hier gibt es Berge von Pfannkuchen und Seen von Ahornsirup. Aber ich will mich nicht beschweren. Während sie ein Buffet für die Toten herrichten, richte ich mich unter dem Tisch mit dem Ahornsirup ein. Ich bin kein Kombattant. Ich habe mich unter der Voraussetzung für die Mission gemeldet, dass ich auf keinen Fall kämpfende Funktionen übernehmen muss. Ich war immer schon eher der Logistik-Typ. Ich werde mich hier in der Nähe des Pfannkuchenbergs halten und versuchen zu erkennen, wer was braucht. Im Nebel des Krieges wissen die Leute manchmal nicht, was sie wollen.

Als Erster kommt Ellie herein. Schlau von Momo, einen der Ihren als Ersten reinzuschicken, aber vielleicht zu schlau. Ellie dürfte kein großer Gewinn für uns sein.

Der Mann ist nicht nur ein Dieb und Fahnenflüchtiger, ihm mangelt es an jeglichem Selbstvertrauen und an jeglicher Überzeugung. Lady Flowerbody meint, er brauche eine Therapie und ein paar aufmunternde Worte. Nein. Er braucht ein Leben, aber das ist gerade nicht zu haben. Ich kann durch ihn hindurchblicken. Sein Namensschild leuchtet jetzt neonartig. Da fragt man sich immer, was mit Leuten geschieht, wenn sie sterben. Das also passiert: Sie essen Pfannkuchen. Nicht gerade die schlechtesten Aussichten.

Die Namensschilder der anderen sind auch neonfarben. Die sind ja schlimmer als Geister. Sie sind Geister mit Sinn für Style.

Sie sind verlorene Seelen, die einen Weg zurück ins Leben suchen, die das goldene Sonnenlicht der Heimat vermissen. Sie wollen ihre Ränge zurück, sie wollen ihre Abfindung, sie wollen nach Hause und dort ihre Freundinnen stalken, die mit ihren neuen Freunden hoffentlich längst unglücklich sind und es deshalb noch einmal mit ihnen versuchen werden. Sie haben hart an sich gearbeitet, um tapfer zu sein, waren bereit, ihr Leben für Gott und Vaterland zu lassen, aber sie haben nicht damit gerechnet, dass Tapferkeit derartige Lärmpegel mit sich bringt, gefolgt von einer abrupten Stille, die ewig währt. Man kann nicht tapfer sein, wenn man tot ist. Und sofort vergessen wird.

Der Mensch ist ein Tor, läuft stets Dingen hinterher, die längst verloren sind. Kein Hund will je seine Jugend zurück; wir gehen nicht durchs Leben und denken ständig an den Knochen, den wir mal irgendwo vergraben haben.

Doch diese Geister sind nicht zu unterschätzen. Wir dürfen nicht vergessen, dass sie ja nichts von ihrem Tod wissen.

KAPITEL 37
MOTHER DEAR

Ich weiß immer noch nicht, was ich von ihm halten soll, von meinem Mann, dem Mann, der hinter mir im Jeep sitzt und so tut, als wäre er gar nicht da. Früher war er anders, nicht so falsch, nicht so glitschig, nicht wie das letzte Fitzchen Seife in der Hand. In einer mondhellen Nacht flehte er um meine Hand, auf Knien, nachdem er Steinchen an mein Fenster geworfen und mich geweckt hatte. Ich dachte, er wollte mit mir schlafen. Ich ließ ihn rein. Dass ein Junge mit mir schlafen wollte, fand ich nicht verwerflich. Es tat gut, das zu hören, und ich konnte ja jederzeit Nein sagen.

»Willst du mit mir schlafen?«, fragte ich ihn, aber er stand nur da und starrte mich an.

»Ich will der Vater deiner Kinder werden«, sagte er. »Ich will dich heiraten und mit dir in unserem eigenen Haus leben.«

»Aber du bist der Sohn des Oberhaupts, du kannst jede Frau heiraten, die du willst.« Alle wussten, dass das Oberhaupt seine Kinder mit der Peitsche schlug, wenn sie mit anderen Kindern spielten, und manchmal auch andere Kinder schlug, wenn sie dumm genug waren, die Einladung seiner Kinder zum Spielen anzunehmen.

Er sagte, dass er von zu Hause weggelaufen sei, nachdem er sich geweigert habe, an der Jagd teilzunehmen, worauf er es wieder mit Peitsche bekommen habe. Warum sollte ein Mann nicht jagen gehen wollen? Schon damals hätte ich erkennen müssen, dass dies der Anfang einer langen Reihe von Problemen war. Er hatte einen Vaterkomplex. Nun ja, wer hat den nicht? Aber muss man, bloß weil der eigene Vater ein grausamer Idiot ist, selber einer werden? Die Gespräche, die er mit seinem Vater führte, klangen damals so: »Wenn du nicht jagen gehst, was sollen wir dann essen? Der Hirsch schlachtet sich nicht selber und verwandelt sich in Kebabs.«

»Ich habe ihm gesagt, dann essen wir eben Gras«, erzählte er mir, während er versuchte, meine Hand zu nehmen. Ich ließ ihn, aber mir hätte gleich dort auffallen müssen, dass er auf seine Dummheit, auf seinen passiven Starrsinn, anscheinend auch noch stolz war.

»Und was sollen dann die Hirsche fressen? Es gibt doch schon so nie genug Gras für sie. Du bist vielleicht der davongelaufene Sohn eines Stammesoberhaupts, aber kein Prinz, der beim Essen wählerisch sein kann.«

»Wir werden einfach in der Wüste leben, weit weg vom Haus meines Vaters, sodass wir unsere Freiheit genießen können.«

»Ich möchte ja sehr gern meine Freiheit genießen, aber wer bezahlt diese Freiheit? Wer wird uns ernähren?«

»Ich fange bei USAID an«, sagte er. »Mein Englisch ist sehr gut.«

»Was ist USAID? Was ist Englisch?«

Er antwortete nicht, aber ich wusste, dass mein Vater recht hatte; der Krieg würde kommen. Und nach dem Krieg kommt immer USAID. Also lebten wir von Dosenrindfleisch und Beschwerden über logistische Verzögerungen. Aus dem Mann, aus dem ein Schmalspur-Prinz hätte werden können, wurde ein kleinlicher Bürokrat. Meine Familie gab mir ihren Segen, aber zuletzt haben sie mir noch nicht einmal mehr Salz geschickt. Wahrscheinlich ist es ihnen auch ausgegangen.

KAPITEL 38

MOMO

Mein Land. Mein Volk. Und trotzdem weigern sie sich zu gehen. Mit welchem Recht sind sie immer noch hier? Warum geben sie uns nicht einfach unseren Mann und nehmen dann ihre Männer mit? Wozu brauchen sie dieses wahnsinnig hohe Dach? Wow, was für fette Träger. Als wäre dieses Gebäude für die Ewigkeit geschaffen. Sicher glauben sie von sich auch, dass sie für die Ewigkeit geschaffen sind. Gerne würde ich ihnen sagen: *Leute, ihr seid tot und ihr bleibt tot. Es spielt keine Rolle, ob ihr tapfer in den Tod gegangen seid oder ob ihr die Hose dabei voll hattet. Weiß oder nicht weiß, tot ist tot.* Vorsichtig gucke ich in den Hangar, um die Situation zu checken.

Drinnen geht es gechillt zu, als wäre Sonntag und man hätte sich zum Grillen verabredet. Sprüche wie *NO FEAR* sind in blitzförmigen Buchstaben an die Wände geschmiert. Es wirkt nicht so, als wären sie auf Ärger aus. Sie haben keine Angst vor dem Sterben. Keiner sucht Deckung, keiner versucht, jemand anderem Deckung zu geben. Sie sehnen sich nach dem Tod. Zwar sind sie schon tot, aber sie wollen erlöst werden. Sie wollen ausgelöscht werden. Diesen Herzenswunsch werde ich ihnen erfüllen. Aber erst mal geht es hier noch zu wie im Affenhaus. Sie hocken auf Panzern, baumeln am Lauf einer verrosteten Artilleriekanone, und einer von ihnen fuchtelt drohend nicht mit einem, sondern gleich mit zwei M16 in der Luft herum, noch dazu mit einem viel neueren Modell als dem, das ich habe. Ein paar von ihnen drängen sich um das Bufett und betrachten gedankenversunken ihr Essen. Auch Ellie steht dort, voll damit beschäftigt, sich auf die Schulter klopfen zu lassen und sich mit den anderen abzuklatschen. »Du bist herzlich willkommen, aber wer hat die da reingelassen? Der Hangar ist nur für autorisiertes Personal.«

Ellie mag zwar autorisiert sein, aber ich werde ihnen zeigen, wer hier die Autorität hat.

Es wäre sicher hilfreich, in einem Kampf gegen Geister auch einen Geist in den eigenen Reihen zu haben. Aber so läuft das nicht im Leben. Man schützt seine Informanten, pflegt die Beziehungen zu Verbündeten, aber wenn die Zeit gekommen ist und man sie braucht, wechseln sie die Seiten. Woher weiß ich, dass mein eigener Bruder Ali zu mir hält und nicht zu denen? Jeder kennt doch die Geschichten von Vögeln, die auch dann nicht wegfliegen, wenn die Käfigtür offen steht.

Geister geben nichts auf Blutsverwandtschaft.

Es ist mir egal, dass der Deserteur sich als Geist entpuppt hat. Aber dass er nicht auf meiner Seite steht, das ist ärgerlich, um nicht zu sagen, eine herbe Enttäuschung.

Mein Land, mein Volk, und jetzt behaupten die, ich bin in meinem eigenen Land nicht autorisiert. Trotzdem bin ich hier. Mal sehen, was sie dagegen unternehmen wollen. Ich werde Bro Ali mit nach Hause nehmen, aber vorher werden diese Typen hier brennen.

KAPITEL 39

ELLIE

Colonel Slatter schmeißt also eine Abschiedsparty, und wir müssen für sie aussehen wie das All-you-can-eat-Buffet. Da sind sie. Freunde, die zu Feinden geworden sind. Kampfgenossen, die ihre Waffen auf dich richten wollen. Exkommandeure, die dir zeigen wollen, wo der Hammer hängt. Ich hatte nie viel übrig für Keilereien, aber hier fragt wohl niemand um Erlaubnis. Wir stecken schon mittendrin, also müssen wir da jetzt durch. Vorwärts marsch. Nach Gründen fragen ist eh sinnlos, wenn man als Antwort doch nur eine Faust in den Bauch oder einen Biss in die Kehle kriegt. Woher ich das weiß? Na, warten wir's ab.

Sie warten alle auf Neuigkeiten, darauf, dass ihnen jemand sagt, es ist vorbei. Wartet nur noch ein bisschen länger. Und dann sterbt.

Du hättest dieses Problem nicht, wenn du schon tot wärst. Ruhig bleiben, versuch, mit ihnen zu sprechen. Du kannst ihnen nicht drohen. Du kannst sie nicht ködern. Vielleicht hilft Flehen? Vielleicht machen sie sich Sorgen um die Nachwelt. Vielleicht sagen sie sich, wir waren gute Jungs, die gute Kriege geführt haben, und jetzt sind wir tote Jungs. Da muss doch noch irgendwas kommen.

Vielleicht kann ich auf Colonel Slatter einwirken? Er sieht

aus wie immer, exakte Bewegungen, keine Syntax. *Sir, ich bin wirklich froh, dass wir Sie gefunden haben. Seit fünf Monaten suchen wir Sie.* Ich sollte was Beruhigendes sagen, was angemessen Abgedroschenes. Wie ich gehört habe, achten Geister sehr auf Sprache. Keine Schimpfwörter. Früher kam es vor, dass Slatter »Fick deine verfickte Mutter!« schrie. Aber Slatter hat sich gebessert. Ihm sind zwar keine Flügel gewachsen, aber er ist höflich wie ein Engel. Engel sind höflich, weil sie nichts zu verlieren haben.

»Ellie«, ruft er. Er sieht normaler aus, als ich ihn je zu Lebzeiten gesehen habe, sein frisch rasierter Schädel glänzt. Vielleicht werden Leute sie selbst, wenn sie sterben. Vielleicht meinen wir das, wenn wir sagen, »sei du selbst«. »Ellie, mein Junge, hast wohl geglaubt, der Krieg ist ein Picknick?« Er reißt ein Stück von einem Pfannkuchen ab, steckt es in den Mund und kaut genüsslich. »Aber das hier, das ist eins.« Er grunzt. Ich gehe auf ihn zu. Will ihm die Hand geben. Früher hieß es: Nur wer wie Slatter trinkt, fliegt auch eines Tages wie Slatter. Von wie Slatter leben oder wie Slatter sterben war nie die Rede.

Wenn man Ärger hatte, hat einem nie jemand gesagt, sprich doch mal mit Slatter. Jetzt bleibt mir keine andere Wahl, als mit Slatter zu sprechen. *Da wäre noch diese kleine Sache mit dem Jungen, den Sie eingestellt haben. Seine Familie ist hier und möchte ihn sehen. Vielleicht sollten Sie ihn einfach gehen lassen, hm, Slatter?*

Er sieht mich an und zeigt mit einem Gewehr in meine Richtung. »Du also auch, Ellie, du auch.«

KAPITEL 40
MOMO

Am Ende ist es immer dasselbe: ein Mann und seine *Sweet Sixteen*. Alle sind einsatzbereit. Hier herrscht Chaos, als wären wir ohne Einladung in eine Junggesellenparty geplatzt. Hier sieht es aus wie in so einem Laden, wo Autodiebe auf der Flucht nur kurz Cola und Burger kaufen wollen, dann aber feststellen, dass tatsächlich nur die alte Inhaberin da ist, und kurzerhand die Kasse ausnehmen. Und sich dann am Tatort zudröhnen.

Aber irgendwas ist komisch, ein paar von ihnen kleben an der Decke des Hangars, andere lehnen an der Wand. Ein Mann mit blanker Glatze rennt herum und schwingt eine Machete. Sieht so aus, als würden wir mit dem noch Spaß bekommen; die anderen kümmern sich nicht weiter um ihn. Nun, ein durchgeknallter weißer Mann ist besser als ein durchgeknallter weißer Mann, der sagt: *Ich war mal durchgeknallt, aber jetzt ist alles okay.* Ich werde den Kampf mit ihm beginnen und ihm ein paar saubere Löcher in den Glatzkopf jagen. Anscheinend ist er der Chef dieses zwielichtigen Sonderkommandos; ich werde diesem Monster den Kopf abschlagen. Meine *Sweet Sixteen* hat ein Zielfernrohr mit Fadenkreuz, das das Fehlschussrisiko senkt, aber auf diese Entfernung würde selbst ein Blinder ein Ziel treffen – insbesondere, wenn das Ziel ein so großer, glänzender und widerlicher Kopf ist. Ellie steht bei ihm, flüstert ihm ins Ohr, klatscht sich mit ihm und den anderen ab. Sieht nach einem Treffen alter Kumpel aus, eine gute altmodische Weißbrot-Party.

Wir sind hier, weil wir ein Ziel verfolgen. Allerdings tut der Feind so, als würden wir keine Schulden eintreiben, sondern um Reste betteln.

Für mich ist eine Schlacht wie ein Fußballmatch. Nicht immer entscheidet der Spieler mit dem schärfsten Schuss das Spiel, sondern der, der die Lücke sieht und im richtigen Winkel abzieht. Das Spiel gewinnen die, die wissen, wie man seine Ellbogen einsetzt.

Jetzt habe ich ihren Anführer im Fadenkreuz. Wenn nur Mother Dear aus dem Weg gehen würde. Sie versperrt mir die Sicht, ich sehe nur einen roten Haarschopf.

Wo Father Dear ist, weiß ich nicht, es ist mir auch egal. Wahrscheinlich lauert er irgendwo im Hintergrund. So wird die Welt sich an ihn erinnern: als einen, der im Hintergrund darauf lauert, wie der Kampf ausgeht, um sich erst dann für eine Seite zu entscheiden. Könnte sein, dass er diesmal zu spät kommt.

KAPITEL 41

MOTHER DEAR

Ich weiß, dass mein Ali hier ist. Ich kann ihn riechen. Er riecht noch nach meiner Milch. Mein Sohn ist kein Geist. Wenn ich diese Geister anschaue, wird mein Herz ganz weich. Jeder von ihnen sieht aus wie ein verlorener Sohn. Wahrscheinlich haben sie auch Heimweh; wenn man weiß, dass man nie zurückkehren wird, hilft das nicht gerade gegen Heimweh. Mein Ali konnte Heimweh heilen, diese Krankheit, die schlimmer ist als Liebe. Sie wollen ihrem Schöpfer immer noch nicht begegnen. Das Leben hat doch eben erst begonnen, wie kann es denn jetzt schon vorbei sein, und dann auch noch hier in der Fremde? Aber sie können nicht nach Hause, selbst wenn ihre Mutter die Tür für sie offen gelassen hat. Nein, mein Sohn, du bist tot. Du lebst nur noch in ihrem Traum. Sie sehen aus, als wüssten sie nicht recht, ob sie mit dieser Welt schon fertig sind. Aber die Welt ist fertig mit ihnen. Es hat keinen Sinn, dass sie noch länger hier weilen.

Ich glaube, ich kann sie von ihrem Heimweh kurieren. Ich habe einen Dolch, der aus einem rosa Salzblock gehauen wurde. Kein Blut bleibt daran kleben.

Bestimmt verstecken sie ihn. Ich glaube, sie brauchen unsere Hilfe. Ich glaube, wir können meinen Sohn hier rausholen, ohne dass wir das Blut eines anderen Sohnes vergießen und seiner armen Mutter Kummer bereiten müssen. Haben diese Geister überhaupt Blut? Momo kann es kaum erwarten, dass der Kampf losgeht, hoffentlich verdirbt er nicht alles. Wir sind nicht hier, um Rache zu üben. Wir sind nicht hier, um unsere nationale Ehre zu retten; was wir retten wollen, hat überhaupt nichts mit Nation zu tun. Sie sind Soldaten. Na gut, sie sind Geister, aber sie tragen noch ihre ramponierten Uniformen und Orden, ihre Familien erhalten immer noch Hinterbliebenenrente. Meinen Dolch gebe ich nicht aus der Hand, aber erst werde ich reden. Wir können nur siegen, wenn ich meinen Erstgeborenen mit nach Hause nehme. Die Sicherheit meines Sohnes ist mein Sieg. Darin besteht mein ganzer Schlachtplan. Das ist meine Ideologie. Meine Taktik. Meine Strategie.

Man muss auf alles gefasst sein, deshalb habe ich meine Gebetskette dabei. Meine linke Hand preist Gott, meine rechte führt einen Dolch, nur für den Fall.

Ich beschließe, mich zwischen Momo und die Geister zu stellen. Nur so lässt sich hier die Ordnung aufrechterhalten, nur so gibt es keine unnötigen Opfer. Wobei ich damit nicht sagen will, erschießt mich zuerst, tötet lieber mich anstelle meines Sohnes. Es gibt weiß Gott schon genügend Märtyrer, die jederzeit bereit sind, den Tod mit offenen Armen zu empfangen. Mein Beitrag auf diesem Schlachtfeld sind fundierte Kenntnisse in Haushaltsführung und ein paar allgemeine Lebensweisheiten.

An Essen mangelt es ihnen hier jedenfalls nicht. Ich hoffe, sie haben meinen Jungen gut versorgt.

KAPITEL 42
MUTT

Leute, die an mir und meinem Clan menschliche Qualitäten zu entdecken glauben, machen sich indirekt selbst ein Kompliment. Schau dir die Promenadenmischung an, so intelligent, so mitfühlend, so menschlich; kann durch brennende Reifen springen, beherrscht das Einmaleins, gibt dir einen nahezu objektiven Überblick über die Geschichte und wittert aus einer Meile Entfernung selbst im Halbschlaf noch den Duft von Knoblauch an einem Knochen. Was für ein erstaunliches Geschöpf. Eigentlich ein bisschen wie wir.

Sie wissen nicht, dass sich Anthropomorphismus auch umkehren lässt. Soll ich Ihnen mal ein paar Mutt-Eigenschaften des Menschen aufzählen? Genau wie Hunde auch treibt es den Menschen, anderen ständig am Schritt rumzuschnuppern; er stibitzt anderen das Essen vom Teller; das Universum ist ihm egal, weder sein Ursprung noch sein Ziel interessieren ihn, er fragt nicht, was eigentlich aus all den Flüssen seiner Kindheit geworden ist, er will nur wissen, was es zum Mittag gibt und ob er diesen Ball haben und damit bis ans Ende der Welt rennen darf. Mutt blickt tief in eure Seele und erschnüffelt all eure niederen Hundeinstinkte.

Momo ist traurig und hat Angst, und wenn ein Mann traurig ist und Angst hat, bekommt das als Erstes die eigene Mutter zu spüren. Entsprechend regt sich Momo über Mother Dear auf.

Genauer gesagt regt er sich über ihre Gebetskette auf. Er hält die Welt für einen gottlosen Ort, bricht mitunter Debatten vom Zaun, Gott tut dies, Gott macht das. Ich mag diese Diskussionen über Gott nicht; Momo sagt dann so lächerliche Dinge wie *Gott ist tot* und *Wer hat eigentlich Gott zur Welt gebracht? Wenn er überall ist, wieso ist er dann nicht hier? Was isst er? Was trinkt er? Was für ein Auto fährt er? Darf er überall hingehen? Lebt er auch in einem Camp, wo er zwar raus darf, es aber nicht tut, weil er weiß, dass das sein Zuhause ist? Wird er gerade dringend irgendwo anders auf der Welt gebraucht? Ist er zu beschäftigt damit, seine Kinder auf der anderen Seite des Planeten verhungern zu lassen?*

Ich versuche ihm klarzumachen, wie sinnlos Spekulationen über die Launen seines Schöpfers sind. Es lässt sich schlicht nicht sagen, ob wir eine Manifestation Seiner Verzweiflung sind oder Sein Freudentanz oder Sein unerträgliches Jucken. Momo ahnt nicht, wie sinnlos es ist, Gott in einer geladenen Waffe oder an der Spitze von Mother Dears Dolch zu suchen. Oder in ihrem flammend roten Haar. Gott ist noch nicht fertig mit uns, und ja, Er hat diese Welt zwar geschaffen, aber Er hat uns keinen Rabatt auf Dosenrindfleisch und kein frisches Gemüse versprochen, ebenso wenig wie Er uns versprochen hat, dass Er allzeit unsere Geschwister beschützen würde. Es ist sinnlos, Gott in der eigenen Vorhaut, der Funktionsweise der Gebärmutter oder in den Ärmchen eines Babys, das deinen Hals umklammert, sehen zu wollen.

Schauen Sie sich um. Er ist hier. Aber schauen Sie nicht zu genau hin. Er ist gerade woanders beschäftigt.

KAPITEL 43
MOMO

Diese Leute beachten uns gar nicht. Sie wirbeln durch den Hangar wie dumme Ideen durch meinen Kopf. Wir brauchen Klarheit. Wir müssen unsere Flanken decken, ich muss meine Truppen formieren. Und jetzt tritt auch noch Mother Dear vor.

Mother Dear mit ihrem roten Haar. In der einen Hand hält sie ihren rosa Steindolch, und in der anderen, die sie jetzt hebt, hat sie was? Die verfluchte Gebetskette.

»Nicht die Gebetskette, Mother Dear, bitte«, sage ich. »Deine Kette ist sicher manchmal nützlich, aber nicht hier und jetzt. Weißt du noch, als ich jung war und diese Perlen wie ein Wahnsinniger durchgebetet habe? Und jetzt schau, was es uns gebracht hat.«

Um das hier zu regeln, würde auch keine Kette mit einer Million Perlen helfen. Geschweige denn ihr oldschool Teil mit nur neunundneunzig Perlen, eine für jeden Namen Gottes. Billige Kunststoffperlen auf einer Nylonschnur bringen uns nicht weiter. Und was rezitiert sie da eigentlich? Gott dies und Gott das, Gott oben und Gott unten, Gott über unseren Köpfen und in unseren Töpfen, Gott in den Herzen der Liebenden und Gott in den Plänen unserer Feinde, Gott im Leben und Gott im Tod, Gott der Archivar von Rezepten und der streng Fastende, der Fürsorgende und Nehmende, Gott der Verfasser von Reiseführern und Züchter der schnellsten Pferde, Gott der Schöpfer von Mutt und der Schöpfer seines üblen Atems, Gott der Reisende zwischen den Eiszeiten und Gott der mit Lichtgeschwindigkeit Daheimbleibende, der Barmherzigste, der grausamste Henker, Gott der Allbefreier, Gott mit dem größten Ofen, der Schmied schwerster Ketten, Gott der Ermächtiger und Erfinder der Kinderlähmung, Gott, der du Feuer atmest und unsere Herzen in arktische Ödnis verwandelst, die Gebetskette gleitet weiter und weiter und weiter, o Gott der Spender multipler Orgasmen, Gott der Verlängerer von Todesqualen, Gott der Einhaucher von Vernunft und Meister der Zauberei, Gott der Zeitmesser, fähig der Unendlichkeit.

Mother Dear lässt die Perlen weiter durch ihre Finger gleiten; es sind nur neunundneunzig, aber sie lässt nicht nach, als wäre ihr Beten die einzige Antwort auf das Monster, das jetzt auf uns zielt, das Maschinengewehr, das ihren stummen Schreien *o Gott, o Gott, o Gott, hilf uns, hilf uns* mit 330 Kugeln pro Minute ein Ende bereiten wird.

KAPITEL 44
MOTHER DEAR

Warum glaubt Momo, dass er alles tun muss? Dass er alles weiß? Wen hat er da nur mitgebracht? Ich brauche sie nur anzusehen, und mir wird angst und bange. Die sollen meinen Jungen zurückholen? Selbst mit vereinten Kräften brächten sie wahrscheinlich nicht mal eine Mahlzeit zustande, und trotzdem glauben sie, sie könnten mit ihren Waffen und ihren Petitionen jetzt einfach so in einen Jeep springen und in den Hangar fahren, um meinen Sohn zu retten.

Sehen Sie sich die Leute an, die Momo da um sich geschart hat.

Ein kleinlicher Bürokrat, der seinen eigenen Sohn in der Hoffnung auf einen sicheren Arbeitsplatz verkauft hat. Ein weißer Soldat, der gar nicht weiß, was er hier soll. Momo selbst, ein Teenager, der immer noch das Bett nässt. Und dann dieser dauergeile kleine Mutt, der alles bespringt, was sich bespringen lässt. Auch er will mein Sohn sein. Möchten Sie von so einem glanzvollen Team gerettet werden? Sie brauchen selbstverständlich einen Anführer. Sie brauchen eine feste Hand, die sie lenkt. Jemanden mit kühlem Kopf.

Wissen Sie, wie man einen kühlen Kopf bewahrt?

Mit Henna. Ein bisschen davon in die Haare, und man wird für ein paar Tage zur Rothaarigen. Ich habe nie verstanden, wieso jemand rote Haare haben möchte. Gutes Aussehen ist mir egal, aber nicht mein Sohn. Also, Henna im Haar für den kühlen Kopf und eine Gebetskette in der Hand für den steten Herzschlag. Und auf den Lippen Gottes neunundneunzig Namen.

KAPITEL 45

ELLIE

Man kann nicht einem einzigen Mann die Schuld für sämtliche Dummheiten des Central Command geben. Trotzdem können sich alle diese Dummheiten in einem einzigen Mann zeigen. Darf ich vorstellen: Colonel Slatter, der Mann, der das Wunder verpasst hat.

Zero-Zero-Schleudersitze sind das Allheilmittel der modernen Distanz-Kriegsführung. Die Garantie: Aktiviere deinen Zero-Zero-Schleudersitz von Martin-Baker, und alles wird gut. Mancher hat da Zweifel, besonders wenn er über einem Gebiet aussteigen muss, in dem er gerade tonnenweise allerfeinste Explosivstoffe abgeschmissen hat. Aber wer raus muss, der muss raus. Egal, wie beschissen die Lage auch ist, eines ist sicher: Im schlimmsten Fall ziehst du dir – und das auch nur, wenn du Pech oder eine miese Haltung hast oder zur Panik neigst und das bislang erfolgreich verstecken konntest – einen verstauchten Knöchel oder eine Rückenverletzung zu. Aber halt dich gerade, und du bist du so sicher wie eine Kamelmöse. Natürlich kannst du deine Knöchel und deinen Rücken auch sicherheitshalber schonen. Aber liebst du deine Maschine wirklich so sehr, dass du dein Leben dafür opfern würdest? Das wäre ziemlich dumm. Sie könnten dein stolzes Patriotengesicht nicht einmal deinen Lieben daheim zeigen, denn deine Familie wird dein verbranntes Gesicht und deine Augen, die in ihren Höhlen geschmolzen sind, garantiert nicht sehen wollen. Diese 250-Kilo-Bomben verpuffen nicht einfach leise. Die sind so konstruiert, dass sie ein hübsches Inferno entfachen, in dem du dich trotz deiner feuerfesten Jacke und des 20 000-Dollar-Helms in einen unförmigen Klumpen Kohle verwandelst. Und zwar nicht die Sorte Kohle, mit der man grillt. Du wirst zu einem Stück Kohle, dem so gar nichts Positives anhaftet.

Aber all das lässt sich vermeiden, indem du rechtzeitig deinen Martin-Baker zündest. Das Baby wird dich so sanft emporheben, wie eine Mutter ihr Kind im himmelblauen Strampelanzug auf den Arm nimmt. Egal, ob du im Pyjama bist oder Sandalen trägst, das Ding feuert dich in die Luft und lässt dich sanft zurück zur Erde schweben. Besser sind allerdings feste Stiefel, weil du dir ja nicht den Knöchel brechen willst. Aber wenn du die Wahl zwischen Draufgehen und einem Haarriss im Sprunggelenk hast, sollte die Wahl eigentlich leichtfallen. Und man braucht auch keinen Survival-Kurs, um zu raffen, dass es irgendwie besser ist, sich einen gebrochenen Knöchel eingipsen zu lassen, als in einem versiegelten Sarg vor sich hin zu rotten.

Natürlich fragt man sich, wie jemandem wie Colonel Slatter, der geflogen ist, als gäbe es keine Schwerkraft, und der, kaum am Boden, immer sofort wieder starten wollte, so ein grundlegender Fehler unterlaufen konnte. Slatter, der Leute in die entlegensten Winkel der Erde kommandiert hat, hat im eigenen Cockpit die Orientierung verloren. *Die Natur,* hat er immer gesagt, *und euer Bauch, nicht diese blinkenden Bildschirme. Der Horizont da draußen, nicht der auf euren Laser-Gyroskopen. Wenden, hochziehen und dann aus allen Rohren Feuer* – an dieser Stelle hat er sich immer an den Sack gepackt – *hier, fühlt mein Rohr. Wie soll ich ans Einssein glauben, wenn ich zwei Eier habe?*

Und dann brach er zu dieser Mission auf, um den letzten

noch verbliebenen Rest menschlichen Abschaums auf der Welt auszuradieren, diesen erbärmlichen Haufen hier. Es war Nacht, und er zog die Nase höher und höher, um die gigantischen Sturmwolken zu durchstoßen, die den Himmel über der Wüste verdunkelt hatten, bis er plötzlich merkte, dass er die Nase Richtung Wüste und nicht Richtung Himmel zog. Rückenflug kann Desorientierung verursachen, aber welcher Jettie kann bitte nicht zwischen Himmel und Erde unterscheiden? Darf ich vorstellen: Colonel Slatter. Er war kein Idiot, nein, natürlich versuchte er auszusteigen, aber es ging nicht, weil der Schleudersitz darauf besteht, dass man mit dem Kopf nach oben fliegt, er will einen erst aufwärts befördern, bevor es abwärts geht. Wenn du kopfüber auf den Boden zurast, sollst du dich ganz schnell umdrehen, weil er dir sonst den Arsch nicht retten kann.

Als man Colonel Slatter fand, war er immer noch an seinen Schleudersitz geschnallt. Er war völlig verbrannt. »Mission BBQ« sagen die Jungs heute, wenn sie von jener Nacht sprechen.

Und jetzt steht er vor mir, hat scheißgute Laune – grummelt höchstens ein bisschen wegen der Störenfriede – und lädt mich zur Party ein.

KAPITEL 46

LADY FLOWERBODY

Auf der Gegenseite gibt es eine einzige Frau, und es muss Cath sein, oder? Ich wusste, dass sie nicht bloß eine Tarngeschichte war, kein Flimmern in der Wüste seines Geistes. Keine bloß eingebildete Ehefrau, wie Momo beharrte, sondern jemand Realeres, jemand, der gelebt hat und gestorben ist. Jemand halbwegs Berühmtes. Ich kann sehen, dass sie miteinander geschlafen haben. Wahrscheinlich haben sie versucht, Kinder zu bekommen, und es dann aufgegeben. Sicher hatten sie ihre Probleme, aber warum bringt er sie her? Er hat mir einen Zeitungsausschnitt gezeigt, ein altes Foto von einem kränklichen jungen Mädchen, das tot zu größerer Berühmtheit gelangte als lebendig. Sie ist ihm den ganzen Weg bis hierher gefolgt.

Wir sind kein ernst zu nehmender Gegner für diese Erste-Welt-Geisterarmee, die über das beste Waffenarsenal verfügt, das sich eine Militäreinheit überhaupt nur wünschen kann. Und wir wissen nicht, welche Kräfte sie womöglich noch haben. Immerhin schweben sie frei in der Luft. Und sie sind motiviert. Sie müssen nicht einmal bis zum bitteren Ende kämpfen, denn sie sind bereits am Ende. Die Zeit arbeitet für sie.

Wir sollten uns zurückziehen, solange wir noch können. Ich kann die Gefühle einer Mutter nachvollziehen. Dafür muss ich kein Kind gestillt, Wehen und eine Schwangerschaft ertragen und ungeschützten Sex riskiert haben. Wir verfügen über genügend empirische Daten, die uns ihre Gefühle verraten, es gibt jede Menge Bücher und Gedichte und ganze Kamelladungen Volksweisheiten, die beschreiben, wie sich Mütter zu jedem beliebigen Zeitpunkt ihres Mutterdaseins fühlen. Sie will ihren Sohn zurück, wer würde das nicht wollen? Aber hier droht ein Gemetzel. Will sie wirklich ihre ganze Familie in den Tod schicken, um ihren Sohn zu retten? Das ist tribales Denken; sie ist eine Gefangene der feudalen Traditionen ihres Volkes. Da ist sie noch unterentwickelt. Genau diese Denkweise führt auch dazu, dass sich junge Menschen radikalisieren. Bekämpfe den vermeintlichen Feind mit allem, was du hast. Zerstöre dich selbst, bevor er dich zerstört. Und so wird man selbst zum Feind. Indem man versucht, den anderen zu eliminieren, wird man selbst zu dem anderen.

Nur weil ich selbst keine Kinder habe, heißt das nicht, dass ich herzlos bin. Ich verstehe ihr Dilemma. Sie hat einen Sohn verloren und ist nun bereit, ihren anderen Sohn zu opfern, um den ersten zurückzubekommen. Das kann ich ja alles gut verstehen, aber muss sie sich deswegen die Haare rot färben? So sieht sie aus wie eine Hexe und fällt außerdem auf. Wer in die Schlacht zieht, muss sich tarnen, muss versuchen, mit der Umgebung zu verschmelzen. Deshalb trage ich nur graue Kleidung. Die Frau bringt uns noch alle um. Jetzt steht sie da vor Momos großer Kanone und versperrt ihm die Sicht. Sabotiert ihre eigene Mission. Sie mag eine trauernde Mutter sein, die dringend therapeutische Unterstützung braucht, aber jetzt gerade braucht sie eine Ohrfeige, und ich würde ihr nur zu gern eine geben.

Und diesen Geistern werde ich schon sagen, wo sie hingehören. Angeblich hören sie auf die Stimme der Vernunft. Ich hätte wissen müssen, dass ich die einzige vernünftige Person im Hangar bin, alle anderen sind Geister oder haben fest vor, solche zu werden. Doctor ist hier der einzige Mann der Wissenschaft. Außerdem hat er ein Motorrad und Benzin. Ich sollte ihn bitten, mich mitzunehmen, und dann so schnell es geht hier abhauen.

KAPITEL 47

ELLIE

Colonel Slatter wirkt müde. Er ist noch derselbe alte Haudegen, er kommuniziert immer noch lieber mit Gesten als mit Verben, aber er scheint es sattzuhaben, sich einer Welt erklären zu müssen, die ihn nicht mehr versteht.

»Und dann meine Partys«, sagt er, als ich mich unauffällig neben ihn stelle. »Politik der offenen Tür. Alle willkommen. Weißt du noch, als wir die Kandaharis so weit hatten, dass sie mit uns getanzt haben? Haben ihnen unsere Gewehre gegeben. Mann, haben die in die Luft geballert. Ist so Tradition bei denen, ballern in die Luft, wenn sie feiern, egal ob Geburt oder Hochzeit. Teil ihrer Kultur. Und dieses Lied, das sie uns da gesungen haben. Dabei waren sie unsere Gefangenen. Wie die getanzt haben. Wir hatten echt viel Spaß damals. Mit unseren Gefangenen haben wir getanzt.« Colonel Slatter starrt mir in die Augen, als wollte er, dass ich sein gut gelebtes Leben offiziell bezeuge.

Ich kann mich an die Party, von der er spricht, nicht erinnern. Natürlich war ich mal auf einer Party, aber die war bei uns im Offiziersheim, nicht in Kandahar. Ich weiß mit Sicherheit, dass ich nie in Kandahar gewesen bin; drübergeflogen, ja klar, wer ist das nicht? »Ja, das waren noch Zeiten«, sage ich.

Slatter grunzt. »Musstest du dieses Gesindel einladen? Machst jetzt einen auf einheimisch, oder was? Ich mag ja diese flachen Brote, aber noch geiler finde ich die flachen braunen Ärsche«, sagt er. »Deine eigenen Leute hast du wohl vergessen, wie?«

»Sie sind wegen des Jungen hier«, sage ich. »Ich habe sie nicht mitgebracht. Sie haben mich mitgebracht. Ihr habt ihren Jungen. Sie wollen ihn zurück. Gebt ihnen den Jungen.«

»Der Junge, ja, der war hier irgendwo. Wer, glaubst du, hat mich runtergeholt? Und dich? Der kleine Scheißer, der an unseren Systemen rumgepfuscht hat. Talent hat er ja, ist fast ein bisschen wie wir. Aber jetzt muss er uns hier rausbringen. Wir bringen ihm das Fliegen bei, dem kleinen Sturkopf. Sagt, er würde eher Sand fressen als fliegen lernen. Völlig untauglich, aber muss. Zeit, dieses Scheißnest hier endlich aus der Steinzeit rauszuholen. Wir können hier unmöglich ewig festhängen, wir müssen hier raus. Und er will auch hier raus. Siehst du, wir sind uns da ganz einig.« Ich betrachte seinen Mund. Die Toten lächeln nicht.

»Das ist nicht witzig, Sir«, sage ich.

»Verdammt richtig. Sehe ich aus wie einer, der Witze reißt?«, sagt er. »Der Junge wird fliegen lernen, und dann bringt er uns hier raus. Sonst sitzen wir hier fest, raffst du das nicht? Du kennst das Motto, oder schon vergessen? Denkt an die Kinder. Immer an die Kinder denken. Sie sind wirklich unsere Zukunft.«

»Warum hier?«, frage ich. »Warum jetzt?«

»Central Command will, dass es so aussieht, als wären wir weiter vor Ort, weiter im Dienst, für Gott und Vaterland. Deshalb halten sie diese Basen am Leben, es gibt weiter Personalwechsel, Nachschub, Urlaubsanträge – die perfekte Fassade. Sie hoffen, dass man uns so nach und nach vergisst. Erst verschwindet die Führungsebene, dann verschwinden die Flugzeuge. Sie wollen einen Krieg zum Sparpreis. Keiner hat Interesse daran, uns zu suchen, geschweige denn, uns nach Hause zu bringen. Wir sind nur noch Budgetkürzungen. Sie hoffen, dass wir auch einfach verschwinden werden. Weißt du, wie Liebe verschwindet? Wir radieren sie ganz langsam aus unseren Herzen aus. Man darf es nicht forcieren, sonst verfliegt sie nicht schnell genug. Es beginnt mit einem winzigen Fleck und breitet sich dann aus, wie Vergesslichkeit. Aber damit das klar ist, das ist ihre Philosophie, nicht meine.«

Colonel Slatter ist die Mission vor mir geflogen. Er weiß nicht, dass man ihn gefunden hat, noch angeschnallt und völlig verkohlt. Aber ich lebe. Ich merke es, weil mir der Schädel dröhnt. Er ist tot und weiß es nicht. Vielleicht lässt er trotzdem vernünftig mit sich reden.

»Aber zu Hause ist es doch besser«, sage ich. »Wozu brauchen Sie den Jungen? Lassen Sie ihn gehen. Dann können wir alle nach Hause.«

»Wenn man erst mal hier ist, geht man nirgendwo mehr hin.«

Vielleicht ahnt Slatter doch, dass er ein bisschen tot ist.

»Es hat sich viel verändert«, sage ich. »PTBS-Therapien, Medikamente der fünften Generation. Durchbrüche in der Wissenschaft. Umschulungen. Studienprogramme. Mit Ihrer Erfahrung bekämen Sie locker einen Abschluss in Soziologie.«

Colonel Slatters Verachtung für mich ist nicht zu übersehen. »Will du hier Geiseln austauschen, oder was? Wir sind keine Entführer. Der Junge ist freiwillig hier. Hat einen Vertrag unterschrieben. Frag ihn. Freier Wille. *Wir* sind wegen *ihm* hier. Wir geben ihm Arbeit, wir bilden ihn aus. Was hätte er in diesem Nest sonst tun sollen? Zum Schafeficken oder Zuckerschmuggeln ist er zu vernünftig. Bei uns bekommt er die Chance auf ein besseres Leben.«

Colonel Slatter will dem Jungen ein besseres Leben geben, indem er ihm das Leben nimmt. Warum kommt mir das nur so bekannt vor?

»Er ist doch bloß ein Junge.«

»Wir waren auch mal Jungs, oder? Er weigert sich zu fliegen. Angeblich muss er davon kotzen. Aber er muss fliegen, um uns hier rauszubringen. Danach kann er nach Hause. Dann ist der Vertrag erfüllt. Unter meinem Kommando bricht niemand seinen Vertrag.«

Meine Hautfarbe wird mich nicht retten. Sie werden mich nicht verschonen. Also muss ich mich an die Einheimischen halten. Es bräuchte eine Armee rothaariger Frauen, bewaffnet mit Dolchen und Gebetsketten, um mich zu retten. Aber es gibt nur eine, das weiß ich. Und die hat andere Sorgen, als an mich zu denken.

Für einen Moment sehe ich Cath, die den Kopf aus der offenen Luke eines gepanzerten Fahrzeugs steckt. Was bitte macht sie am Steuer eines Panzerwagens? Es überrascht mich nicht, dass sie hier ist. Ich hoffe nur, wenigstens sie weiß, dass sie tot ist.

Denn von den anderen hier scheint niemand die Info bekommen zu haben.

KAPITEL 48

MUTT

Nachdem ich mich an den ersten Pfannkuchenberg herangepirscht habe, scheint es so, als würde der gesunde Menschenverstand doch die Oberhand gewinnen, als würden Friede und Wohlwollen ausbrechen wie die Pest. Dann ertönt plötzlich ein Schuss, und es wird so still, dass ich mich selbst atmen, genauer gesagt: hecheln höre. Mein Herz rast. Mitunter kommt es im Schlachtgetümmel zu Exzessen; so habe ich womöglich mehr Pfannkuchen gegessen, als ein Hund meiner Statur sollte.

Die Geister versuchen, uns mit ihrer Feuerkraft zu verjagen. Sie wollen nicht mit uns sprechen. Ich dagegen bevorzuge immer das Gespräch. Ganze Nächte habe ich nur mit Reden verbracht und Menschen davor gewarnt, nicht unter diesen blauen Plastikdächern zu schlafen. Ich höre noch etwas anderes. Ein dumpfes Geräusch auf dem Dach des Hangars, wie ein Aufprall. Dann noch ein Aufprall, und noch einer. Zweifellos ist das Dach äußerst stabil gebaut, trotzdem klingt es wie dicke Regentropfen, die auf ein Blechdach trommeln. Irgendetwas fällt aufs Dach, und wir wissen nicht, was es ist. Auch wenn es die anderen nicht interessiert, ist es meine Aufgabe als Aufklärungsmann – oder vielleicht besser: Aufklärungsperson –, unangenehmen Überraschungen vorzubeugen. Auf dem Dach setzt jetzt ein regelrechter Ansturm ein. Aus den Regentropfen werden Schritte. Waren sie erst noch zaghaft, verwandeln sie sich jetzt in Getrampel, munteres Gestampfe. Wie eine Herde Elefanten, die ihren Jungtieren einen langsamen Tanz beibringt.

Hier unten brüllt derweil einer den anderen an, dass er sich gefälligst nicht bewegen soll. Mother Dear steht mit lohendem roten Haar in der Mitte und schwingt den Dolch. Ich weiß gerade nicht mehr, was gefährlicher ist: was auch immer da oben versucht, das Dach zum Einsturz zu bringen, oder diese Frau mit ihrem glitzernden Dolch und den wallenden roten Haaren, deren Augen nach Bro Ali Ausschau halten.

Jetzt tritt Lady Flowerbody vor, die glaubt, nun sei der richtige Moment für einen Vortrag über Beziehungen gekommen. Haben eigentlich alle außer mir schon vergessen, warum wir hier sind? Wo ist Bro Ali? Sollen sie doch so viel mit ihren Waffen prahlen, wie sie wollen, oder meinetwegen auch verhandeln – ich gehe ihn jetzt suchen. Es gibt hier Hintertüren, und obwohl ich nichts als Steinwände und lange einsame Nächte rieche, sehe ich dort besser mal nach. Eine Sache unterscheidet uns von der menschlichen Rasse: Ein Mensch mit vollem Magen denkt an Siesta und Sex; wenn Mutt gut gegessen hat, macht sich Mutt an die Arbeit.

KAPITEL 49
CATH

Immer die gleichen Fragen. *Wie fühlst du dich? Warum fühlst du dich so? Cath?* Ich darf ja wohl verdammt noch mal fühlen, was ich will, und warum fragst du überhaupt, wenn dir meine Gefühle ja letztendlich doch egal sind? Er ist immer umhergeschlichen, als hätte er nichts damit zu tun, wie ich mich fühlte. Und jetzt steht er da, klopft seinen Kumpeln auf die Schulter. Sie fliegen in Spielzeugen durch die Gegend, die über dreihundert Millionen Dollar kosten, und wenn sie dann mal nach Hause kommen, haben sie plötzlich Kopfschmerzen. *Denk an die Kinder,* sagen sie, *denk doch an all die Kinder auf der Welt, die hungern und sterben,* und während sie an die Kinder denken, werfen sie tonnenweise Bomben auf irgendwelche gottverlassenen Orte ab, nur um anschließend zu Hause »Zeit für sich« zu brauchen. Sie fangen einen Krieg an, und wenn dann ein paar Millionen Menschen gestorben sind, fällt ihnen plötzlich die Jugend ein. *Denk doch an die Kinder,* sagen sie. Alle Kriege der Welt geschehen als Nachklapp zu toten Kindern. Da bleibt keine Zeit, an Babys zu denken. Und wenn doch ein Baby unterwegs ist, nenn es nicht »Baby«, weil man weiß ja nie. Wenn etwas passiert, fühlst du dich nur noch schlechter. Damit hatte sich sein Mitgefühl dann auch erschöpft; er ließ mich mit meinem Schmerz allein. An mehr erinnere ich mich nicht. Ich versuchte, an das Baby nicht als »Baby« zu denken, und als es anfing zu bluten, hörte es nicht auf. Er war gerade am anderen Ende der Welt damit beschäftigt, den Grenzverlauf irgendeines armen Landes neu zu gestalten. Ich will lieber versuchen, an schönere Dinge zu denken, wie den Abend, an dem wir uns kennenlernten.

Offensichtlich hat er hier gerade Spaß. Wäre ich er, zöge mich auch nichts nach Hause.

Es ist wie damals, als wir uns zum ersten Mal trafen.

In der Einladung zu der Party, auf der wir uns begegneten, hatte es »Grillparty auf dem Dach« geheißen. Erst viel später, als Ellie schon den Ring gekauft hatte, fand ich heraus, dass »Grillparty« Soldatensprache war und in etwa so viel hieß wie »Fleischbeschau«. Ich hatte mir ganz ehrlich nichts weiter dabei gedacht, als die Gastgeber ganz offenbar das Essen vergessen hatten. Wer geht schon wegen des Essens zu solchen Veranstaltungen? Eine Party auf dem Dach des Offizierskasinos verbindet man nicht unbedingt mit kulinarischem Hochgenuss. Man besäuft sich und zeigt den Jungs, dass man hinter ihnen steht.

Ich war zufällig wegen der Dreharbeiten für meinen Katzenschutz-Werbespot in der Gegend gewesen, und ein freundlicher Kameraassistent, der jetzt kichernd auf dem Schoß eines beleibten Sergeants saß und ihm etwas ins Ohr flüsterte, hatte mich eingeladen.

Auch der Typ mit der Glatze war da gewesen und hatte den Pfarrer gespielt. Offenbar war er ein ranghoher Offizier. Er trug einen kastanienbraunen Bademantel und ein dazu passendes Barett und bestand darauf, alle zu taufen. Im gedämpften Schein der Lichterketten sahen die noblen Kasinoräume wie ein System verbundener Höhlen aus. Kenntnisreich sprach er darüber, dass die Liebe eines Mannes zu einem Mann den Segen Gottes habe, besonders die Liebe eines Mannes zu einem jüngeren Mann. Ich beschloss, mich auch taufen zu lassen, denn anscheinend machten alle mit. Alles andere wäre unhöflich gewesen. Der Pfarrer taufte mich mit einigen Tropfen Absinth aus einer Plastikflasche. Dann rief er etwas auf Lateinisch und tropfte mir etwas von dem ekligen Zeug in den Mund. Ein falscher Pfarrer auf einer falschen Grillparty, aber der Absinth war echt. Meine Lippen brannten, ich spürte, wie es mir den Magen umdrehte, konnte mich aber beherrschen. Tatsächlich glaubte ich, ich würde es für mein Land tun.

Nachdem er alle getauft hatte, segnete er die Kaserne und goss den restlichen Inhalt der Absinthflasche in eine große Plastikschale mit Rum-Bowle. Der Absinth schwamm als kleine ölige Lache auf der Oberfläche. Als ich von der Bowle probierte, wurde mir gleich wieder übel. Ich wusste, dass man auf jeder Party einen Punkt erreichte, an dem man bereute, gekommen zu sein; überwand man diesen Punkt, war der Rest des Abends meistens okay. Ich ging hinaus auf den schmiedeeisernen Balkon und setzte mich auf die Brüstung. Drinnen hörte ich das Gequatsche von typischen Soldatensöhnen, die unter Leitung des Pfarrers im Chor etwas Lateinisches riefen. Ich hatte keine Ahnung, vielleicht war es auch Arabisch, aber es klang wie Latein. Es waren uralte Worte, bei denen ich mir Menschen in einer kleinen Kirche vorstellte, die sie sangen, ohne die Bedeutung zu verstehen. Plötzlich fühlte ich mich sehr einsam. Für gewöhnlich hasste ich es, wenn man mich als das berühmte kleine Mädchen erkannte, das gestorben und wieder zum Leben erwacht war, aber jetzt wünschte ich es mir fast. Wiederauferstehung ist ein eher ungewöhnlicher Grund für Berühmtheit, selbst wenn sie, wie in meinem Fall, recht begrenzt ist.

Mit sieben Jahren erkrankte ich an einer Hirnhautentzündung und starb. Es war kein Irrtum, alle Monitore um mich herum zeigten Nulllinien, die Ärzte hatten meinen Eltern schon ihr Beileid ausgesprochen, aber plötzlich begannen die Anzeigen wieder auszuschlagen und ich kehrte ins Leben zurück. Ich stand in den Schlagzeilen, ehe ich überhaupt wusste, was Zeitungen sind. Manchmal fühlte ich mich besonders, doch meistens bemitleidete ich mich nur selbst. Dieses Gefühl war besonders stark in vollen Räumen, auf Bahnhöfen und auf Partys wie dieser, wo ich mich völlig verlassen fühlte und mich immer nach Hause sehnte; manchmal war das Gefühl so überwältigend, dass ich nicht mehr wusste, warum ich eigentlich von den Toten zurückgekehrt war. Ich schaute in die geröteten Gesichter um mich herum. Ein Paar küsste sich zögerlich, der Pfarrer hob wieder und wieder seinen Pappbecher und schrie »viva Kandahar, viva Kandahar« und dann nur noch »viva, viva«, wobei er seinen Kopf ruckartig auf und ab bewegte wie zu einer inneren Musik. Vielleicht knallte er den Kopf aber auch gegen eine Wand, die nur er sah. Ich fragte mich, ob Kandahar seine Freundin sei, die ihn verlassen hatte, oder ein Kriegsgerät, das er einmal geliebt hatte.

Ich hockte auf der Brüstung und blickte hinab. Unten führte ein schlaksiger Mann fünf Hunde aus. Die Tiere, alle unterschiedlich groß, schleiften ihn an ihren Leinen fast hinter sich her. Ich lächelte, wobei ich mir nicht sicher war, ob es am Absinth lag oder am Anblick der fünf Hunde, die gerade alle um denselben Pfahl rangelten. Ob es jemandem auffallen würde, wenn ich jetzt über der Brüstung fiel? Einer der fünf Hunde sah zu mir empor und bellte mich an. Fast hätte ich zurückgebellt, aber plötzlich spürte ich eine Hand auf der Schulter. Ich blickte weiter hinab zu dem Hund und drehte mich nicht um. Die Finger schlossen sich fester um meine Schulter. Ich wollte, dass dieser Augenblick andauerte, die Hand auf meiner Schulter fühlte sich seltsam natürlich an, aber was, wenn ich aufsah und doch nur wieder einen Soldaten erblickte, der mir was über Kandahar erzählten wollte? Ganz sicher würde ich kotzen. Ich schaute ein letztes Mal zu dem Tier, das jetzt das Bein seines schlaksigen Besitzers rammelte, dann warf ich den Kopf in den Nacken und blickte ihn lachend an. Er trug ein

T-Shirt mit der Aufschrift *PASCHTUNEN INS PARADIES*. Ich seufzte.

Er beugte sich herab, weil er dachte, ich würde ihm etwas zuflüstern. Etwas Metallisches streifte mein Ohr. Zwei Metallplättchen an einer silbernen Kette verfingen sich in meinem Ohrring. Noch einmal blickte ich auf, warf den Kopf nach hinten; sein Adamsapfel bewegte sich heftig, als habe er Atembeschwerden. Ich verstand nicht, warum Männer Schmuck trugen. Aber Männer, die Tattoos, Schnauzer oder einen Doktor in Anthropologie hatten oder die im Bett rauchten, verstand ich auch nicht. Zum ersten Mal lernte ich einen Mann in Uniform kennen. Wie anders konnte es mit ihm im Vergleich zu einem normalen Bankangestellten oder Taxidisponenten schon sein? Vielleicht hatten sie die schlimmeren Albträume. Ich löste die Plättchen aus meinem Ohrring und las, was darauf stand: *Ellie*.

Was für ein Mann läuft mit dem eigenen Namen um den Hals herum? Entweder war er ein aufgeblasener Idiot, ein Modeopfer oder jemand, der sich den eigenen Namen nicht merken konnte. Vielleicht war es aber auch gar nicht sein Name, sondern der seiner Frau oder der seiner Mutter. Aber was für ein Mann läuft mit dem Namen seiner Mutter um den Hals durch die Gegend? Ich ließ die Plättchen los.

»Ich bin schon mal gestorben.« Ich sagte es, als würde ich ihm ein unwichtiges Detail über meine Heimatstadt erzählen, etwas in der Art wie, ich habe an der Buffalo Tech studiert, mein Vater hat uns verlassen, als ich vier war, oder, meine Mutter ist an Lungenkrebs gestorben.

»Ich kenne dich aus der Werbung für diese Unfallversicherung«, sagte er.

»Ja, solche Jobs kriege ich immer, weil ich mal gestorben und dann wiederauferstanden bin. Angeblich verleihe ich dem Tod ein weicheres Gesicht.«

»Ich sterbe jeden Tag, so verdiene ich mein Geld.«

Ich drehte mich schließlich um und blickte zu ihm auf. Er starrte mir in den Ausschnitt.

»Du bist Soldat. Ihr seid alle Soldaten«, sagte ich lächelnd, als wäre ich gerade einem Zimmer voll freundlicher Hyänen vorgestellt worden.

»Kann ich Cath zu dir sagen?«, fragte er.

»Mit vollem Namen heiße ich Catherine Scott Duval«, sagte ich. »Aber wenn du mich hier rausbringst und wir vielleicht einen kleinen Spaziergang machen, darfst du mich nennen, wie du willst.«

»Ich bin Jetpilot«, sagte er. »Wir geben unseren Maschinen Namen. Das ist im Prinzip so ähnlich.«

»Und wie heißt dein Flugzeug?«

»Strike Eagle. SE2.«

Ich hätte es wissen müssen. Er liebte seine Waffe mehr als seine Frau. Er fand Ausreden und Ausflüchte. Es fiel ihm stets leichter, irgendwo auf der Welt etwas zu bombardieren, als zu Hause zu bleiben und die Spülmaschine auszuräumen.

Aber all das gehört in ein anderes Leben. Es spielt jetzt keine Rolle. Wenn du nicht nach Hause kommst, Baby, komme ich zu dir. Jetzt hör auf zu kämpfen und lass uns endlich gehen. Wir sind fertig mit dieser Welt.

KAPITEL 50

LADY FLOWERBODY

Die Menschen verstehen nicht, dass Beziehungen manchmal kompliziert sind, ein bisschen wie spendenfinanzierte internationale Projekte; man muss an ihnen arbeiten, weil sie nur einmal Arbeit erfordern, aber man muss auch hart daran arbeiten, die eigene Würde zu bewahren. Es spielt keine Rolle, ob man eine Beziehung zu einem Einheimischen oder zu einem Ausländer eingeht, die Grundregeln sollten ganz einfach sein: Bezahl pünktlich mein Gehalt, halt dich an unseren Vertrag, respektiere meine Kultur und vergiss nicht, dass mein persönlicher Raum nur mir gehört, es sei denn, ich lade dich ein.

Die gleichen Regeln sollten auch hier gelten. Man muss ihnen sagen, dass sie gehen sollen. »Ihr müsst jetzt gehen«, sage ich. Ich sage es höflich. Man muss immer höflich bleiben. Man darf Geistern gegenüber nicht aggressiv werden. Eigentlich ist das ganz leicht. Sie sind an sich nicht gefährlich, sie werden es nur, wenn man sie nervt. Auf keinen Fall darf man unhöflich sein. Aber man muss eine klare Ansage machen. Ich bin inzwischen vielleicht eine Einheimische geworden, aber ich habe einen ausländischen Arbeitgeber. Wir sind auf Augenhöhe. Ich habe zwar noch nie direkt mit diesen Leuten gearbeitet, aber ich kenne ihren Schlag. Sie gehen, wenn man es ihnen sagt. Meiner

Erfahrung nach hören sie auf, wenn man Stopp! sagt. Es gibt schließlich Gesetze.

Eigentlich glaube ich ja nicht an Geister, aber hier springen sie von Wand zu Wand, völlig ohne Rücksicht auf die hiesige Kultur und die lokalen Traditionen und ohne das mindeste Verständnis für die Psyche junger Muslime.

Ich habe versucht, aus Ellie dem Geist einen Mann zu machen, aber jetzt zeigt sich, dass er ein Geist ist, der einen anderen Geist vermisst. Das ist genau die Art von emotionalem Chaos, die ich nicht in meinem Leben haben will. Beziehungen können kompliziert sein, aber man darf nicht zulassen, dass sie das eigene Leben auffressen. Wahrscheinlich verdienen sie einander. Wenn eine Geschichte so kompliziert wird, bleibt nur noch zu sagen: *Geh bitte.* Man muss es höflich, aber bestimmt sagen. »Ihr müsst jetzt gehen«, sage ich höflich, aber bestimmt.

»Scheiße, für wen hältst du dich?«, schreit ihr Anführer mit dem glänzenden Schädel und zeigt mit seinem Gewehr auf meinen Kopf. »Bitte bleiben Sie höflich«, sage ich zu ihm.

KAPITEL 51

ELLIE

Mother Dear hat mich im Visier. Sie sieht nicht so aus, als wollte sie mich retten. Stattdessen geht sie auf mich los. Ich will mich hinter Cath verstecken, aber ich kann durch sie hindurchsehen; sie hat mich im Leben ertragen, und jetzt erträgt sich mich im Tod. Werden wir uns versöhnen, wird sie mich endlich wieder in die Arme schließen und mir vergeben?

Slatters Stimme dröhnt aus einem Megaphon: »Wir werden nicht schießen, solange ihr nicht auf uns schießt. Frauen, Kinder und auch Tiere werden verschont.«

Auf einmal will er also verhandeln. Einfach so. Es wollen immer die verhandeln, die nichts anzubieten haben. »Wenn ihr kämpfen wollte, dann kämpft. Wenn ihr euren kleinen Jungen zurückwollt, dann kommt und holt ihn euch.«

KAPITEL 52
MOTHER DEAR

Es sieht ganz so aus, als wollte er verhandeln. Irgendwann hat mein Mann mal einen Workshop zu Geiselverhandlungen besucht, und seitdem fängt er immer so an, egal, worum es geht: *Wir haben jetzt zwei Möglichkeiten*. Er sagt das selbst dann, wenn er noch nicht mal *eine* Möglichkeit hat. Werfen wir einen Blick auf unsere derzeitigen Optionen: Da wäre dieser abtrünnige Ellie, der sich von mir hat verköstigen lassen. Kann man einem Deserteur trauen? Jemand, der sein eigenes Vaterland im Stich lässt, verrät dich wahrscheinlich schon für seine nächste Mahlzeit. Jetzt schauen Sie nur, wie er sich hinter seiner Frau versteckt. Mutt rennt blindlings dem Geruch jedes Knochens hinterher. Bleibt nur Momo. Er ist der einzig Tapfere in dieser Familie. Außerdem hat er ein Gewehr und kann fahren.

Ich bin eine schlechte Mutter. Gute Mütter sollten eigentlich alles tun, um ihre halbwüchsigen Söhne von Waffen und Fahrzeugen fernzuhalten – ich dagegen finde die Vorstellung von Momo mit einem Gewehr am Steuer eines Jeeps beruhigend. Ich muss einen kühlen Kopf bewahren, eben wie eine Mutter, die sich der Mission verschrieben hat, ihren ersten Sohn zu retten, ohne den zweiten dabei zu verlieren.

KAPITEL 53

MOMO

Da ist er, ihr Anführer mit dem glänzenden Schädel, hüpft von Wand zu Wand.

Sobald diese Fledermaus weit genug herabgeschwebt kommt, erschlage ich sie, wie man eine Fledermaus erschlagen sollte. Er hat die Arme ausgebreitet und versucht zu fliegen. Auf so eine Idee kann auch nur ein toter Pilot kommen. Der Arsch glaubt allen Ernstes, er kann fliegen. Achtung, jetzt dreht er sich um. Seine Augen glühen. Er schwebt über dem Boden. Na gut, schweben kann er offensichtlich. Aber schweben ist nicht fliegen. Schweben kann auch ein Pfau, wenn er mal für eine Zehntelsekunde abhebt.

Ich versuche, ihn ins Fadenkreuz des Gewehrs zu kriegen. Erst schieße ich ihm die Augen raus. Ich lege an und drücke ab, aber plötzlich ist er aus meinem Visier verschwunden. Jetzt ist er direkt vor meinem Gesicht, ein Sausen in meinem Ohr. Scheiße, das zwiebelt. Er hat mir voll eine verpasst. *Jetzt bist du tot, Mann.* Niemand scheuert Momo eine und überlebt das. So weit kommt es noch, dass er anschließend allen erzählt, er hätte Momo eine verpasst und der hätte mit seiner *Sweet Sixteen* einfach nur doof dagestanden.

Plötzlich verlässt mich der Mut. Da kommt man, um den Arschlöchern in den Arsch zu treten, bringt seine Truppen mit und sein M16. Und die klatschen dir einfach eine. Sie klatschen dir eine, und das vor allen anderen.

KAPITEL 54

MOTHER DEAR

Wie kann er es wagen, meinen Sohn zu ohrfeigen, wie kann er nur? Meinetwegen kommt und baut einen Hangar, werft eine Bombe auf mein Haus, bringt von mir aus eure Flugzeuge und eure toten Freundinnen mit – aber wenn ihr meinen Sohn auch nur anfasst, macht euch auf was gefasst. Jetzt kommt der Glatzkopf auf mich zugestürzt. Mir bleibt nur eins: ihm den Dolch ins Herz stoßen und gleich noch einmal zustoßen. Es spritzt kein Blut, wie man es vielleicht erwarten würde, stattdessen löst sich der Mann mit dem blanken Kopf in eine Wolke aus rotem Staub auf; aus dem Staub flattert ein roter Vogel hervor und schwingt sich zur Decke empor. Dort versammelt sich bereits ein Schwarm. Mit den Vögeln tauchen längst vergessene Erinnerungen wieder auf: das nächtliche Weinen, als sie noch kleine Jungen waren und nicht schlafen konnten; glühend heißes Brot, das sie einst in Kandahar kosteten; Gegrabsche auf der hintersten Bank eines gelben Busses; Phantasien von braunhäutigen Schönheiten, die in der Wüste tanzen; dicke Väter, die ihre Babys knuddeln und Trampolin springen; Ballspiele im nachmittäglichen Nieselregen.

Was sind Menschen, wenn nicht die Summe ihrer Erinnerungen?

Anstatt wegzurennen, stellen sie sich jetzt in einer unordentlichen Schlange vor mir auf, als würden sie vor einem Schrein um einen Teller Reis und den Segen eines toten Heiligen anstehen.

KAPITEL 55

MOMO

Mother Dear wütet mit ihrem Dolch wie eine verrückte Massenmörderin. Woher weiß sie überhaupt, wo das menschliche Herz sitzt? Sie erledigt die Geister einen nach dem anderen. Ein Stoß mit dem Dolch und dann eine Wolke aus rotem Staub, keine Schreie, nur Flügelflattern, und schon ist wieder ein roter Vogel in die Welt entlassen. Sie ist die Vernichterin. Die Befreierin. Mir kommt eine Idee. Ich werde eine Eine-Frau-Privatarmee aus ihr machen und ihre Talente in Dritte-Welt-Ländern anbieten. Wir werden die neue Nummer eins im internationalen Söldner-Business. Wir bieten Coups in kleinen Ländern an, führen Rebellionen in großen Staaten durch. Wir ziehen das Ganze global auf. Aber eins nach dem anderen. Erst suchen wir Bro Ali und machen hier die Biege. Eigentlich sollte ja Mutt die Suche anführen und uns den Weg zeigen, aber der hinkt nur da hinten rum und spielt den verletzten Soldaten.

KAPITEL 56
MUTT

Geister sind ewig, man kann sie nicht mit Kugeln töten. Aber hört Momo auf mich? Als er auf den blankköpfigen Anführer schießt und ihn verfehlt, wo landet die Kugel da? Auch ein schlecht gezielter Schuss ist ein Schuss, auch ein schlecht aus dem Mund riechender Hund ist ein Hund. Jetzt ist nicht die Zeit für Reden, doch möchte ich meinen Mitbürgern noch eines mit auf den Weg geben: Wer lernt, seine Libido zu beherrschen und Schlange zu stehen, wer seinen Appetit zu zügeln weiß und nicht wahllos auf alles schießt, was sich bewegt, der kann es im Leben zu etwas bringen.

Ich persönlich weiß, dass übertriebener Optimismus unserer geistigen Gesundheit abträglich ist, aber es gibt Augenblicke, in denen man unvorsichtig ist und sich zu zügellosem Triumphalismus hinreißen lässt. Mother Dear war dabei, mit ihrem Dolch ganze Arbeit zu leisten, aber Momo musste mal wieder sein Ding durchziehen. Mein halbes Leben habe ich damit verbracht, die Frage zu stellen, die ich auch jetzt stelle: Warum tust du so was, Momo, warum? Aber es ist zu spät. Auch ein Hund mit schlechtem Atem ist ein Hund. Auch ein schlecht gezielter Schuss ist ein Schuss. Die Kugel fliegt mit 960 Metern pro Sekunde vorwärts, und es ist ganz egal, ob sie für mich bestimmt war oder nicht (ich bin sicher, sie war es nicht). Nur knapp verfehlt sie mein Herz und bleibt stecken. Ein Steckschuss, würde Doctor sagen, auf der Durchreise hängen geblieben – als wäre mein Brustkorb ein schäbiges Hotel und die 9-Millimeter-Kugel ein müder Reisender. In einer gerechteren Welt hätte sie meine Schulter getroffen oder mein nutzloses Hinterbein abgetrennt. Aber nein, diese Kugel ist dazu bestimmt, in meiner Brust stecken zu bleiben, zwei Zentimeter von meinem Herzen entfernt. Gott richtet uns Sünder nach unseren Absichten und nicht nach unseren Taten, also wird Er sicher ein mildes Urteil über Momo fällen. Aber wenn ich ihn jetzt so ansehe, möchte ich sagen: *du Sohn einer räudigen Hündin*.

Plötzlich herrscht Ruhe. Keine Schüsse, keine Geister, die mit ihrem Kopf gegen die Wand schlagen. Überall Wolken aus rotem Staub. Meiner Ansicht nach der perfekte Moment, um sich zu verabschieden und die Bühne zu verlassen. Aber Momo meint, erst noch den Sieg feiern zu müssen. Er hat gesehen, wie Mother Dear die Geister erledigt hat, und hebt jetzt zu einer Siegesrede an. *Mein Land, mein Volk*. Eines Tages wird aus ihm ein guter politischer Unternehmer werden. Ich wünschte, ich könnte dann an seiner Seite sein. Aber mit diesem Gewehr muss er sich vorsehen. Der Mann, der sonst nur an dollarisierte Gewinnmargen denkt, spricht plötzlich von Freiheit und Leidenschaft.

»Ich werde mit den Entführern meines Bruders nicht verhandeln. Noch einmal: keine Verhandlungen mit diesen Blutsaugern. Ich werde dieses Land – mein Land – von ihnen befreien. Ich werde diese Geister rausschmeißen, ein für alle Mal. Dieser Hangar wird abgerissen und dem Erdboden gleichgemacht.«

Und mein blutender Körper wird hier sein Grab finden. Zwei bleiche Füße huschen an mir vorbei. Ellie meidet Mother Dears Dolch, als hätte er noch eine letzte Sache zu erledigen. Ich belle schwach, um Momo zu warnen.

Aber Momo hockt jetzt auf dem Boden, den Blick zur Decke gerichtet, von wo ein einzelner Tropfen Blut auf seine Stirn tropft. Er verreibt ihn. Er scheint jegliche Angst hinter sich gelassen zu haben.

KAPITEL 57
MOMO

Irgendwas geht da oben vor sich. Auf dem Dach herrscht ein Lärm, als würde eine Armee betrunkener Soldaten auf und ab springen. Mother Dear hat die Geister hier unten erledigt, aber jetzt steht eine zweite Armee auf dem Dach.

Wo bleibt die Reserve? Wie konnte ich die nur vergessen? Ich gefährde hier gerade das Leben meines ganzen Teams. Wie war noch mal der Plan? Meinen Bruder finden und dann raus hier – aber was zur Hölle ist da oben auf dem Dach los?

Ich blicke wütend nach oben, und da ist er. Bro Ali hängt von der Decke herab wie ein menschlicher Kronleuchter. Meine erste Reaktion ist: Gott sei Dank, ich habe meinen Bruder gefunden. Dann: Was in Gottes Namen macht er da oben?

Er steckt in einer heiklen Lage. Sie haben ihn von drei Seiten abgespannt, ein System aus Ketten und Flaschenzügen hält ihn in der Luft. Seine Arme sind ausgebreitet. Selbst von hier unten aus zwanzig Meter Entfernung sehe ich, dass er lebt. Hoffentlich blickt Mother Dear nicht nach oben. Ich möchte ihr den Anblick ihres Erstgeborenen in diesem Zustand völliger Hilflosigkeit gern ersparen. Mein erster Impuls ist, die Ketten, die ihn halten, zu durchschießen. Okay, ich bin vielleicht nicht unbedingt der Superschütze, aber meine *Sweet Sixteen* hat ein Zielfernrohr. Ich schaue hindurch – ohne Bro Alis Gesicht anzuschauen, das würde nur meine Konzentration stören –, aber noch bevor ich abdrücken und ihn von den Ketten befreien kann, hebt mein Jeep Cherokee plötzlich ab. Von oben hat sich ein riesiges Metallgebiss an schweren Ketten herabgesenkt und den Wagen erfasst, und als ich hinaufblicke, sehe ich auf halber Strecke zwischen der Hangardecke und dem schwebenden Jeep einen großen Kran. Darin sitzt Ellie und steuert das Metallgebiss, mit dem er mich nach oben zieht, höher und höher. Der Jeep schwankt bedrohlich in der Luft. Unter mir sehe ich nichts als rote Staubwolken. Kurz erblicke ich Mutt, der sich in der Kranführerkabine verkrochen hat und wie wild ein Paar bleicher Füße ankläfft.

Von meinem besten Freund hätte ich alles erwartet – Dummheit, Gier (die auf jeden Fall), jede Form der Perversion –, aber nie hätte ich geglaubt, dass er mich verraten würde. Wenn das hier erst vorbei ist, verpasse ich ihm aber eine Lektion. Der soll mal lernen, was Loyalität ist.

Aber wie es aussieht, bin hier und jetzt, so mitten in der Luft, eher ich derjenige, der eine Lektion erhält.

Es geht weiter nach oben, höher und höher. Vorbei an Ellie, der grinst wie ein gutmütiger Ghul und mir zuwinkt, als wollte er mir Hallo sagen.

Wenn ich es mir recht überlege, sagt er wohl eher Auf Wiedersehen.

Jetzt bin ich auf einer Höhe mit Bro Alis Füßen. Sie sind rissig und so dreckig, als hätte er ein paar Monate keine Schuhe getragen. Aber sie sind nicht gefesselt. Der Jeep steigt jetzt langsamer, und ich kann Bro Alis Gesicht erkennen. Oft geduscht hat er anscheinend auch nicht. Immerhin sieht er wohlgenährt aus. Er redet nicht lange drum herum. »Musstest du unbedingt Mother Dear mitbringen? Und wieso hat sie sich die Haare gefärbt?«

»Das ist nur Henna«, sage ich. »Das ist in ein paar Tagen wieder verschwunden.«

»Und sie hat ja immer noch die Gebetskette. Ich dachte, die wolltest du ihr wegnehmen?«

»Habe ich ja auch. Sie hat sich eine neue besorgt.« Bro Ali hört mir gar nicht zu. Er scheint mit sich selbst zu sprechen.

Ich möchte ihn berühren. Irgendwann hat er mir mal gezeigt, wo das menschliche Herz sitzt; er hat meine Hand genommen und sie auf die rechte Seite seiner Brust gelegt. Am liebsten möchte ich jetzt die Hand auf seine Rippen legen und fühlen, ob es immer noch wie eine Trommel schlägt. »Fühl mal, das ist der Takt, der uns am Leben hält«, hat er zu mir gesagt. »Ein ganz leises Bumm-bumm.«

Ob er sich noch an den Regen erinnert? Erinnert er sich an den allerersten Frosch, den wir gefangen haben und dem wir eine Leine umbinden wollten, um mit ihm spazieren zu gehen? Weiß er noch, wie ich mich mit Mother Dear angelegt habe, als er einen halb toten Welpen namens Mutt mit nach Hause gebracht hat? Erinnert er sich an unsere Rennen, die er mich immer hat gewinnen lassen, bis er mich später wirklich nicht mehr schlagen konnte, selbst wenn er es gewollt hätte?

Ich frage mich, ob Mother Dear uns von dort unten sehen kann. Ihre beiden Jungs, hoch oben in der Luft, meine Hand auf Bro Alis Herz. Es regt sich nicht. Ich warte und warte, aber es schlägt nicht.

»Sie glauben, ich sei einer von ihnen. Aber das bin ich nicht.«

Das kommt davon, wenn man seinen Gegner unterschätzt. Wer sagt, *ich bin nicht verrückt*? Die, die verrückt sind. Wer sagt, *ich schwöre, dass ich nicht lüge*? Die, die lügen.

Ist das mein Bruder oder sein Geist? Meine ganze Erziehung war völlig nutzlos. Ich weiß zwar alles über Safer Sex, ich weiß, wie die Finanzmärkte ticken, aber ich habe keine Ahnung, wie man einen Geist von einem Nichtgeist unterscheidet.

»Ich lerne, wie man fliegt, guck mal, meine Flügel. Wie mache ich mich? Noch ein bisschen, dann bin ich hier raus«, sagt er.

»Warum haben sie dir das angetan?«, frage ich.

»Sie meinen, ich hätte ihre Flugzeuge abstürzen lassen. Sie glauben, meinetwegen mussten sie den Hangar schließen. Sie sagen, ich bin ein Verräter.«

»Und? Hast du ihre Maschinen abstürzen lassen? Wie hast du das hinbekommen? Man kann ein Flugzeug doch nicht mit einem Transistorradio runterholen.« Ich bewundere ihn zutiefst.

»Ich bin doch ein Mann des Friedens.« Er zwinkert mir zu und zeigt mit den Fingern ein V. »Es war menschliches Versagen. Ich habe bloß ein bisschen an den Frequenzen rumgespielt. Und plötzlich sind die Dinger vom Himmel gefallen.« Er flattert mit den Armen wie ein Vogel, der zur Landung ansetzt.

»Weiß Mother Dear es?«, fragt er.

Ich schüttele den Kopf.

»Muss sie davon erfahren?«

»Sie vermisst dich. Jeden Tag.«

»Sie hat dich.«

Noch einmal flattert er mit den Armen, wie ein erschöpfter Vogel, der tagelang geflogen ist und nun sein Ziel fast erreicht hat.

»Tut es weh?«

»Man gewöhnt sich daran.«

Scheint so, als müssten wir uns auch daran gewöhnen.

»Tust du mir einen Gefallen?«, fragt er.

Das klingt nach einer seiner Fangfragen. Ich nicke und fasse ihn um die Taille, eine unbeholfene Umarmung. Er hat mir mal beigebracht, wie man jemanden umarmt und noch in derselben Bewegung mit einem Judowurf zu Boden schleudert.

»Du musst mir die Augen schließen«, sagt er. Ich blicke ihm in die Augen, sie sind weit geöffnet. Zwei Momos spiegeln sich darin. »Ganz sanft«, sagt er.

Ich umarme ihn fester. Er schleudert mich nicht zu Boden.

Auf dem Weg nach unten fällt mir auf, dass Ellie verschwunden ist und Mutt allein in der Krankabine sitzt. Winselnd hebt er eine Pfote, als wollte er sagen: *Sei stark, du trägst eine sehr schwere Last.*

KAPITEL 58

MOTHER DEAR

Gepriesen und bedichtet sei Er, denn jetzt schweben meine Söhne herab zu mir. Er ist der Eine, der Barmherzigste und der Boshafteste, der geniale Verfasser unserer Lebensgeschichten und ihr abrupter Beender, der Schöpfer des letzten Fisches im Ozean und der Knüpfer des größten Netzes, ihn zu fangen, Schöpfer des Zufalls und Erschaffer von Gewissheiten so groß und eiserstarrt wie der Mount Everest, der bestechendste aller Schlangenbeschwörer. Der Erlöser. Der Erlöser.

Sie umarmen sich wie zwei verlorene Brüder, die sich wiedergefunden haben, wie zwei Engel schweben sie auf mich zu. Ali sieht friedlich aus, Momo besorgt, gequält, wahrscheinlich stellt er sich schon vor, dass er zu Hause jetzt wieder der jüngere Bruder sein wird. Mein Momo hat sich schon immer zu viele Sorgen gemacht.

Er hätte mir auch nur einen Sohn schenken können. Aber Er hat mir zwei geschenkt. Seine Großzügigkeit kennt keine Grenzen.

KAPITEL 59
MUTT

Mitunter ist es ein herznaher Steckschuss, der einem die Klarheit verschafft, die man im Leben braucht. Ich erkenne, was jetzt ist, und ich erkenne, was danach kommt. Endlich hat Momo das Licht erblickt. Er hat Bro Ali gefunden und trägt ihn hinab zu seiner Mutter, aber der Zustand seines Bruders ist schlecht. Dies ist nicht das Ende. Nur Menschen glauben, ein Junge könnte tatsächlich mit einem selbst gebauten Radio ihre Flugzeuge zum Absturz bringen. Das ist ihre Art, den Krieg am Laufen zu halten.

Gerade würde ich meinen Momo am liebsten an eine Rollleine nehmen und mit ihm einen sehr langen Spaziergang ohne Ziel machen, denn er ist unerträglich traurig. Gleichzeitig ist er ängstlich wie ein Kind, das das liebste Familienerbstück seiner Mutter verloren hat, aber darauf beharrt, er habe es an einem sicheren Ort versteckt. Er ist wie ein verängstigter Junge, der durch die Prüfung gefallen ist, noch dazu seinen Ranzen verloren hat und deshalb auf dem Heimweg so lange bummelt, bis er zu seinem Entsetzen feststellt, dass er jetzt auch noch zu spät kommt – mit jeder Minute, die er die Heimkehr hinauszögert, reitet er sich tiefer und tiefer hinein. Die Schatten werden länger, die Vögel fliegen wohin auch immer sie abends fliegen, und Momo kann seine Füße nicht bewegen. Sein Herz ist ein Angstverstärker, der auf höchster Stufe läuft. Er kann nicht zu Mother Dear gehen und sagen, die Suche ist sinnlos, lass uns nach Hause gehen. Er kann noch nicht einmal sagen, Bro Ali ist jetzt an einem besseren Ort, oder, wir sollten nach Hause fahren und warten, denn eines Tages wird er zurückkommen, wie ein Junge, der hinaus in die Welt gezogen ist und vierzehn Jahre später zurückkehrt, als Mann, immer noch der Alte und doch verändert. So spricht Momo nicht. So denkt Momo nicht.

Ich bin hier oben in der Kabine, zu meinen Füßen ein Haufen roter Staub; ich kann zwar keinen Dolch schwingen, aber meine Zähne funktionieren noch. Meine Kräfte verlassen mich, mir wird übel, mein Herz schlägt wie in Zeitlupe. Um mich herum schwindet das Licht, aber ich weiß, dass ich heimkehre. Ein langes und ereignisreiches Leben liegt hinter mir, doch was bleibt, ist nur ein Bild: Ich bin noch ein Welpe und kämpfe gegen eine Armee gemeiner Katzen, als Bro Ali mich von der Straße holt, mich auf den Schoß nimmt und in eine kleine Decke hüllt. Dann füttert er mich mit Ziegenmilch aus einer Babyflasche. Die Flasche riecht nach Momos Kindheit. Ich hoffe, wir gehen bald nach Hause.

KAPITEL 60
MOTHER DEAR

Zweifelt noch irgendwer daran, dass Er der Barmherzigste ist, der, der die Getrennten vereint? Dort kommen meine Söhne, sie halten einander im Arm. Hinter ihnen trottet Mutt, etwas nachdenklich; er ist keiner, der auf und ab springt und allen Ruhm für sich beansprucht. Ich nehme sie in meine Arme. Momo windet sich, er hat sich noch nie gern umarmen lassen. Ich muss lachen, als ich sehe, dass Ali fest schläft. Früher ist er mitten im Lernen über seinen Büchern eingeschlafen, manchmal kaute er dabei noch auf seinem Bleistift.

Als er sein erstes Heft und den ersten Satz Bleistifte mit Radiergummi bekam, zeichnete er für mich, er zeichnete Bilder der Orte, die ich nie gesehen hatte. Meistens hohe Gebäude mit Hunderten von Fenstern, und in diesen Fenstern Silhouetten von Menschen. Ab und zu zeichnete er mir Meere mit Booten, die auf den Wellen schaukelten, dazu Fische so groß wie Schiffe, die die Boote jagten. Eines Abends wollte er mir vor dem Zubettgehen ein neues Bild zeigen, das er für mich gemalt hatte. Die Seite in seinem Heft war leer und vollkommen weiß. »Aber da ist ja gar nichts«, sagte ich. »Sieh genau hin«, sagte er. »Das ist das weiße Land. Es besteht nur aus Schnee und liegt am Ende der Welt. Es ist wie eine Schneewüste.« Ich tat so, als studierte ich das Bild genau, und fragte ihn dann: »Und wie heißt das Land?« Dann blickte ich auf und sah, dass er eingeschlafen war, den Radiergummi an seinem Bleistift noch zwischen den Zähnen.

Jetzt ist er müde. Ich lasse ihn schlafen. Ich werde mich zu ihm legen. Es war so dumm von mir, als ich ihm sagte, er sei jetzt ein großer Junge und müsse in seinem eigenen Bett schlafen. Momo *beta*, keine Angst, morgen bist du dran, morgen darfst du bei mir schlafen. Aber jetzt lass mich ihn halten, lass mich ihm all Seine Namen ins Ohr flüstern.

Der Barmherzigste, der Erretter der Menschen und Mutts, der Peiniger der Lügner und Geschichtenerzähler, der Former des Schönen, der Schaffer von Ordnung, der Allwissende, der Allhörende, der Verleiher von Ehre, der Vergeber und Verberger von Schuld, der Ernährer, der alles Aufzeichnende, der Belohner von Dankbarkeit, der Wiedererwecker, der Urheber alles Geschaffenen aus dem Nichts, der Stiller aller Bedürfnisse, der Vergelter, der Vergeber, der Leid Zufügende, der Leid Abwendende, der Wohltäter, der alleinige Erbe, der Allmächtige, der Vereiner, der Voranstellende, der Aufschiebende, der Erste, der Letzte.

DANKSAGUNG

Shukria an Juilen Columeau, Akbar Zaidi, Mirza Waheed und Dan Franklin für die Lektüre früher Entwürfe und weisen Rat; Hasan Mujtaba und Arif Hasan für ihre inspirierenden Zeilen; Alexandra Pringle und ihr erstklassiges Team bei Bloomsbury: Angelique Tran Van Sang, Philippa Cotton, Katherine Ailes, Allegra Le Fanu, Greg Heinimann; die Habib University und die Bibliothek des British Council in Karatschi, wo Teile des Buches geschrieben wurden.

Ich schätze mich glücklich, in Faiza Sultan Khan und Clare Alexander die besten Leserinnen, Lektorinnen und Unterstützerinnen zu haben, die sich ein Autor nur wünschen kann.

Inhalt

Axel Pütter
Frank Schneider

15 Morde

und andere Todesfälle

Wahre Kriminalgeschichten eines Hauptkommissars

Rowohlt Taschenbuch Verlag

Manche Personen in diesem Buch haben aus Gründen der Sicherheit einen anderen Namen erhalten. Die Schilderungen und Dialoge beruhen auf Erinnerungen.

Originalausgabe
Veröffentlicht im Rowohlt Taschenbuch Verlag,
Reinbek bei Hamburg, Februar 2012

Lektorat Regina Carstensen
Umschlaggestaltung ZERO Werbeagentur, München
(Foto des Autors: Frank Schneider)
Fotos im Innenteil: privat, außer S. 91, 109, 123,
141, 161, 181 und 235 (Frank Schneider)
Innengestaltung Daniel Sauthoff
Satz New Century Schoolbook PostScript (InDesign) bei
hanseatenSatz-bremen, Bremen
Druck und Bindung Druckerei C. H. Beck, Nördlingen
Printed in Germany
ISBN 978 3 499 62812 2